公子有點忙

2

風文創 446

佑眉 著

目錄

第十三章　求學去

一晃又是四年時間過去。

「東翁的心意老夫領了，只是老夫去意已決。」說話的是一位身形瘦削、年約五十許的夫子，邊說還不時笑咪咪的瞧一眼下方垂手侍立的少年。

少年生得唇紅齒白，飛揚入鬢的眉宇下，一雙湛湛黑眸猶如天上星子，有著清江之水的幽深，卻又波光瀲灩，讓人瞧上一眼就彷彿要被吸進去一般。

「是不是犬子無狀，才惹得夫子不喜？」坐在對面身著知州服飾的儒雅男子明顯一怔。

「夫子莫要替這臭小子隱瞞，只管告訴我便是。」

口中說著，對少年一瞪眼。「毓兒，你到底做了什麼，才惹得夫子這般生氣？還不跪下向夫子賠罪?!」

那少年一愣，但並沒有為自己辯解，反而一撩衣服下襬，竟是真的要跪下。

那夫子慌得忙探手攔住。「使不得！陳大人，您可莫要為難了我的乖學生。」語氣裡竟是頗為心疼。

夫子名叫吳昌平，是一個多年不第的老秀才。本來願意千里迢迢到這方城府任教，所圖的不過是東家豐厚的報酬罷了。家裡一兒一女，女兒已是到了待嫁的年齡，自然要想法子準備嫁妝；至於兒子，則好不容易有了在白鹿書院讀書的機會，也需要花費大筆銀兩。

所謂一文錢難倒英雄漢，雖是吳昌平自來清高，也不得不在現實面前低頭，答應千里迢迢來方城府任教。畢竟這份差事乃是錦水城裘家派人說合的，除了陳府的豐厚束脩之外，錦水城裘家還特意多出了一份。

本來想著和裘家那般家財萬貫的商人結交的，不定是怎樣的紈袴公子，更兼之前也聽說了，已經做了知州的未來東翁陳清和，本來也就是出身舉人罷了。卻不料，來了之後才發現，事實和自己所想卻是大相逕庭。

方城一帶的百姓無不對陳清和交口稱讚，據說這位陳知州不獨處事清廉，更愛民如子，聽說剛蒞任方城縣知縣一職時，就先破獲了縣丞矯詔向百姓收取重稅一案，更是為了百姓利益，和因罪行過重而在天牢中畏罪自殺的田姓守備槓上……

當然，帶來更多驚喜的還是陳府的這個學生！

吳昌平曾經在多家私塾中任教，頗有名氣，不然裘家也不會輾轉打聽到他，又鄭重推薦給陳家。教了那麼多學生，他還是第一次見到這般聰明又勤奮好學的孩子，不獨過目不忘，更一點就透！對於為人師者，還有什麼比得天下英才而育之更值得高興的事？

看到突然就蹦起來的吳昌平，陳清和愣了一下，旋即失笑。自家兒子太好了也發愁啊，因為總有人要和自己搶。後院裡有個把兒子疼到骨頭裡的媳婦兒也就罷了，連帶眼前的夫子還有外面的顧家，一個個那陣勢，好像唯恐自己會苛待了這小子似的。

這邊吳昌平已經把陳毓拉了起來，語氣間很是眷戀，不免嘆息。「不是我非要走，實在是我也沒什麼可教給毓兒的，再待下去，可真是要誤人子弟了。」

這幾年來，吳昌平真是把壓箱底的功夫都拿出來了，以他來看，這小弟子眼下的學問怕是不在自己之下，從去年開始，自己已有力不從心之感，所能指導他的也不過是些應試經驗罷了。

「先生切莫這般說，這些年來，先生教我良多……」陳毓扶著吳昌平坐下。

上一世自己十四歲上便中了秀才，也算是一時佳話，後來雖投身草莽，卻始終未放下書本，故先生教的這些東西自然上手得快。更難得的是夫子為人處事既有讀書人的耿介，亦善變通，是一個頗為圓融有大智慧的長者，這些都讓陳毓受益良多。更不要說夫子的愛護，陳毓也切實感受到了，這會兒聽吳昌平說要走，自然很是捨不得。

吳昌平如何體會不出陳毓的心情，當下拍了拍陳毓的手。「夫子曉得，毓兒最乖了，切莫作此小兒女狀。」

說著又轉向陳清和道：「我今兒來找東翁，除了辭行之外還有一件事。我有個兒子不是在白鹿書院讀書嗎？前兒個給我來了封信，信中說，二月裡白鹿書院就要招生了。東翁可放心讓毓兒和我一同前往？」

白鹿書院乃是大周朝第一書院，書院中大儒雲集、人才輩出，名氣之大，便是比起太學也不遑多讓，天下儒士莫不以出身白鹿書院為榮，自來是讀書人嚮往的聖地。

因對陳毓寄予厚望，吳昌平自然希望陳毓也能入白鹿書院就讀，只是這個提議，雖有百利卻也有一害。

於陳毓投考而言，目前來說有兩個選擇。一則把戶籍遷到方城府，在這裡參加考試；另一則跟著夫子回老家，在祖籍參試。若然選擇回祖籍江南參試，自然投考白鹿書院之事就順理成章——白鹿書院本就建在江南鹿鳴山，距陳毓老家也就幾天的路程。

然而這事也存在著極大的弊端，江南自來是文風鼎盛之地，真在那裡參試，考中秀才的難度無疑大得多。相反，若是隨著陳清和把戶籍暫時掛到方城府，陳毓考中秀才簡直就是板上釘釘的事。

「這……」陳清和委實有些為難，半晌看了眼陳毓。「毓兒以為呢？」

作為讀書人，陳清和心裡對白鹿書院也極為嚮往；作為父親，陳清和卻又不願兒子的人生之路走得太為艱難。一邊是自己曾經的理想，另一邊是關係到兒子前程的現實利益，兩者權衡，陳清和委實有些拿不定主意。

當然陳清和也明白，自己的這個兒子，從小都最是個有主意的。

果然，陳毓不過微微思索了一下便毫不猶豫道：「我跟先生去投考白鹿書院。」

陳毓的骨子裡，前世今生依舊是以讀書人自居的。上一世的陳毓如何不渴望能到白鹿書院去？既然這一世有這樣一個機會，自然不能也不願錯過。至於考秀才，陳毓並不擔心，上一世自己沒有名師教導，光靠苦學尚且能在十四歲上頭考中秀才，不可能這一世有先生悉心指教還會名落孫山。

聽陳毓說得堅決，吳昌平頓時眉開眼笑，不住摸著下頷上的鬍鬚。「不愧是我的學生，我們毓兒果然有志氣！」

陳毓要離家投考白鹿書院的事很快傳開，顧家人包括老爺子在內，全都趕了過來。

「要是那什麼鹿院敢不收你，回來跟爺爺說，爺爺不把他們書院踏平才怪！」老爺子拍著胸脯道。

「爹您說什麼？」顧正山卻是有不同意見。「真是咱們毓兒這麼厲害的娃娃都不收，那才是瞎了眼。」

「別怕。」顧雲楓則是摟著陳毓開始咬耳朵。「咱大哥大嫂在呢，有人敢欺負你，告訴大哥，削死他！」

當年邊關大捷，論功行賞之下，顧雲飛被授了鹿泠郡守備一職，又把柳雲姝接了過去。而顧雲楓之所以這樣說也不是沒有原因的——顧雲飛為人嚴肅，便是對自己這個弟弟也經常板著一張臉，唯有對陳毓好得不得了，還常常說什麼他們上輩子一定是同生共死的好兄弟。時常令得顧雲楓鬱悶不已。明明自己先認小毓的好不好！瞧他們哥倆好的模樣，自己倒是要排到後面了。

「這麼看不起我？」陳毓失笑。「不然咱們倆比試一番？」

「還是不要了。」顧雲楓頭搖得跟撥浪鼓一般。說起來又是一樁傷心事，這才幾年啊，這小子的功夫就跟自己不相上下了！而且每次兩人對打，爹爹和爺爺還要在旁邊念叨「小毓細皮嫩肉的，你可不許傷了他」，害得自己一點兒也不盡興。

一個月後，白河渡口。

相較於多水的江南，白河並沒有多少特色，只是鄰著鹿鳴山，更兼通往鹿鳴山的必經之道，白河想不出名也難。

這條河河域寬廣，河水卻不深，並不適合大船來往，前來投考的學子到了此處便只得棄大船登小船，倒是為兩岸百姓覓了條財路。

眼下正是二月天，白鹿書院三年一度的招新日就要到了，除此之外，也是鹿泠郡官學開學的日子，白河渡口一帶格外熱鬧，只看見遼闊的河面上，來往小船穿梭如織，好不繁忙。

吳昌平畢竟年紀大了，這麼陸路水路的行來，明顯有些累了，就回了船艙休息。

陳毓卻是一個人站在船頭，遙遙瞧著眼前綿延不斷、形似一頭美麗鹿兒仰頭長鳴的秀美山巒，神情複雜得緊。

這白鹿書院陳毓上一世自然也是來過的，只不過，彼時卻是背著條人命倉皇逃亡。當時只想著不定什麼時候就會被抓到菜市口砍頭，那便無論如何也要了了一些夙願，而白鹿書院，無疑就是年少的自己曾經渴慕過的地方。

「毓兒、毓兒？」吳昌平關切的聲音在身後響起。「可是累著了？」

他想著自己這學生畢竟出身富貴，這些日子來車馬勞頓，再是練過武，也必有些吃不消吧？當下囑咐道：「船馬上就要靠岸了，待會兒到了家，你好好睡一覺。」

「我沒事，先生，咱們準備準備下船吧。」

吳昌平哪裡肯累著他，忙一把抓住，指了指站在岸邊人群中一個正踮著腳往這邊瞧的瘦高少年道：「讓景榮揹著就成。」

吳景榮也明顯看見了兩人，很快擠出人群，小跑著來到面前，衝著吳昌平喊了聲「爹」，再瞧向陳毓，神情就有些靦覥。「陳少爺。」

之前已經收到爹爹的家信，說是要帶著他的學生、知州大人的兒子一同回返，眼前這少年定然就是了。聽爹爹說知州大人的兒子好厲害呢，年紀還小卻是允文允武，比之自己可強得太多了。

吳景榮的模樣一瞧就是個老實的，陳毓印象頗好，當下彎了眼睛笑道：「都說一日為師，終身為父。大哥是先生兒子，便和我兄長一樣，莫要同我這般客氣，直接喊我名字便好。」

吳景榮頓時越發無措。這陳少爺是不是文武雙全還不知道，可就是……笑起來的樣子真是太好看了！這般想著，他臉一下紅了，吶吶道：「那怎麼敢當。」

吳昌平瞪了他一眼。「聽毓兒的就是。」而後卻是止不住嘆了一口氣，眉宇間明顯有些憂愁。

科舉無望後，自己把所有的希望都寄託在了兒子身上，哪知兒子竟是比之自己還要魯鈍，眼瞧著過年就十八了，可到現在卻連個秀才都沒有考上。甚而能進白鹿書院，也是自己捨了老臉找了老友幫著說情求來的。要是兒子能有毓兒一半的聰明，自己又何須如此到處奔波勞碌？

「來，把行李給我吧。你們在這兒等著便是。」見陳毓性子爽朗，又絲毫沒有官家少爺的架子，吳景榮的緊張終於消除了些，麻利的把地上的行李揹在身上。

這麼多行李，陳毓自然不會袖手旁觀，便讓先生歇著，叫上喜子一塊兒去搬。剛彎下腰，突然聽見有人「呀」了一聲，循聲望去，卻是吳景榮險些和一個剛從馬車上跳下來的十五、六歲少年撞上。

那少年雖堪堪避開，卻明顯很是不爽。「喂，沒長眼睛嗎？怎麼走路的？」

吳景榮明顯不擅長和人吵架，被人呵斥了也並不辯解，只低著頭往後退了一步，艱難的側過身，給少年讓路。

少年並不過去，神情越發不耐煩。「喂喂喂，你沒長耳朵啊？擋著爺的道了知不知道？」說著便去推吳景榮，吳景榮躲閃不及，連人帶行李一下摔倒在地。

那少年撇了撇嘴轉身要走，忽地又回頭。「呀，怎麼是你呀，吳傻子？」

一聲「吳傻子」叫出來，令得吳景榮一張臉頓時火辣辣的，又羞又愧之下，恨不得找個地縫鑽進去。

白鹿書院除了正式的學生之外，還有附生。

所謂附生，也就是沒通過正式考核的學生，若依舊執意要來學院讀書，那麼學院允許旁聽。只是對這些附生，白鹿書院是不會提供食宿的，衣食住行全需自己解決。

吳景榮就是這樣一個附生。又因性格木訥，並不善與人結交，每每被人笑話為傻子。平日裡這個稱呼也沒少被人叫，吳景榮唯恐給家人惹麻煩，全都忍了，可這會兒當著老父的面被這般輕賤，吳景榮眼眶都紅了。

「趙佑恆，你莫要欺人太甚！」吳景榮仰躺在地上，恨恨的瞪著少年，眼睛裡是少有的憤怒。

那叫趙佑恆的少年沒想到自來木訥、無論大家如何嘲笑都從不反抗的吳景榮竟突然間轉了性子，愣了一下之後，扠著腰嬉皮笑臉道：「哎喲，還真是稀奇事，吳傻子什麼時候這麼有脾氣了？」

他還要再說，一個同樣揹了個大大的行李箱的少年已是快步走了過來，探手就去拉倒在地上的吳景榮。「吳大哥。」

而隨著少年轉身，身後揹著的箱子朝著趙佑恆就撞了過去。

趙佑恆忙往旁邊一跳，又聽對方叫吳景榮大哥，心知兩人應該是認識的，當下怒道：「喂，你們吳家全是傻子不成？還是全都是瞎——啊！」

話沒完，人就撲通一聲落入了水裡，直到被冰冷的河水刺得激靈靈打了個冷顫，趙佑恆才意識到發生了什麼，無論如何都想不明白，明明自己已經躲開那箱子了，而且還跳得那麼遠，怎麼還會掉到水裡去？

鹿泠郡的二月溫度雖不算低，可也得穿上夾袍才成，這麼一掉進水裡，頓時浸了個透，饒是趙佑恆水性好，也費了好大勁才爬上岸來。他渾身上下濕答答的，甚而歪掉的髮髻上還頂了片綠色的水草，早沒了之前那頤指氣使的驕傲模樣，要多狼狽就有多狼狽。

從小到大，趙佑恆哪裡吃過這麼大虧，也顧不得管要接的人了，氣得隨手奪過旁邊準備救他的人手裡的長篙，就開始尋找陳毓並吳景榮的影子。

「兔崽子，竟敢偷襲小爺，今兒個小爺不打得你跪地求饒就不姓趙！」

看他氣勢洶洶，穿著打扮又不似尋常百姓，其他人也不敢惹，慌忙呼啦啦閃開一條道來，陳毓和吳景榮的身影也一下就露了出來。

因方才身上揹著笨重的行李箱，吳景榮摔倒時明顯扭了腰，陳毓只得先幫著把行李卸下來，全揹在自己身上，兩個大箱子彷彿小山一般壓在身上，右胳膊上還挎了幾個行李包，小小的個子幾乎要被這些東西埋起來似的，饒是如此，他仍是臉不紅氣不喘，還能空出左手來去拉吳景榮。

「沒事，你快去把行李放下，我自己能站。」吳景榮慌忙擺手。那些行李箱可不是一般的沈，饒是自己這麼大了，都被壓得直喘氣，不然，剛才也不會避讓不及，被趙佑恆一下推倒。小毓還是個孩子，揹著這些東西，可不要被壓壞了才好。

不料他的手一下被陳毓抓住，微微一抬胳膊，吳景榮還沒反應過來，人已經站了起來。

「哎喲呵，倒有一把子蠻力啊！怪不得敢這麼橫。」趙佑恆的聲音從後面傳來，手中的長篙也隨之搗了過來，幾乎是咬著牙道：「小兔崽子，讓你也嚐嚐水淹的滋味！」

從小到大只有他欺負別人的，這麼無比狼狽的被人撞到水裡，還是破天荒頭一遭！惱羞成怒之下，令得趙佑恆連平日裡奉行的公平決鬥原則都不顧了。長篙一探一挽，分明當成了槍來使，竟是毒蛇般朝著陳毓刺來。

陳毓站的地方離河岸很近，身上又揹了這麼多笨重的東西，根本就不易閃避，真是要被扎實落了，怕是非得掉下河去不可。

「毓兒！」看到岸上喧譁也忙忙趕過來的吳昌平正好瞧見這一幕，臉色頓時一變。

他想要上前阻止，卻哪裡來得及？吳昌平人還沒到，那長篙已經以迅雷不及掩耳之勢刺到了陳毓身上。

「快，下去救人！」吳昌平一跺腳，慌忙拽住旁邊的船夫，下一刻，卻是一下瞪大眼睛——果然有人飛了出去，不過不是陳毓，而是趙佑恆。

直到身子再一次蕩到高空，趙佑恆還沒明白過來發生了什麼。掉下去的不該是那個小兔崽子嗎，怎麼自己倒飛起來了？下意識的瞧瞧依舊緊握在手中的長篙，再看看下面越來越近的銀白色水面，趙佑恆發出一聲悲憤至極的怒吼，手中長篙隨即變招，狠狠的在水中一拄。

方才掉過一次水，趙佑恆知道岸邊的水淺，根本淹不住自己，可就是丟不起這個人啊！好在手裡有竹篙，自己完全能借竹篙之力飛回岸上，然後，再讓那小子好看！

只是想法雖好，卻是倒楣得緊——

河岸邊水雖然淺，下面卻遍布鵝卵石，而趙佑恆的竹篙好巧不巧，竟是正好點在一塊小石頭上。長篙猛地一滑的瞬間，他立即意識到不妙，慌忙想要鬆手卻哪裡來得及？身子根本不受控制，跟著斜斜倒下的竹篙，朝遠處正並駕而來的兩艘小船就飛了過去。

事發突然，那小船完全來不及反應，見到突然出現的天外飛人，船夫下意識的就猛地掉頭想要避開趙佑恆，卻不防驚慌之下，正好和旁邊的小船撞了個正著，因速度太快，還令得旁邊的小船瞬間傾翻，上面的人猝不及防，一下被掀了下來。

另一艘小船上旋即探出幾個腦袋，瞧見旁邊被掀翻的小船，齊齊失聲道：「主子。」轉眼就有五、六個精壯漢子撲通跳進水中，只是瞧他們在水中撲騰的模樣，顯然是不善水的，能在水裡勉強保持平衡就不錯了，反而距離掉落水中的人影越來越遠。

陳毓剛把行李放回板車上，聽見聲音忙回頭去瞧，眼中神情明顯一滯。別人看不出來，陳毓卻能瞧出，方才掉下去的人中，有個年輕人明顯不良於行。

他心中不覺有些懊惱，雖是著惱於那少年欺負吳景榮的行徑，卻也不過想給對方一個小小的教訓罷了，要是牽連到了無辜的人，未免太不應該。

好在身邊還有支竹篙，陳毓不及細思便隨手掂了起來，在地上輕輕一點，人便和趙佑恆方才的動作一般，朝著河裡就飛了過去。

岸上的人正在手忙腳亂的準備搖船過去救人，不提防一抬頭就看見了陳毓的動作，不免紛紛出言勸阻。「小兄弟你就別添亂了，快回來。」

一句話未完，陳毓已經飛了出去，手下竹篙更是在水中連點，竟是和方才趙佑恆的動作如出一轍。

趙佑恆的腦袋正好從水面下冒出來，見此情景，好險沒給氣樂了，咬牙怒罵道：「好孫子哎，還敢學你爺爺，那就下來陪我吧！」

哪知一句話剛完，陳毓的身形已然再次飛起，幾個起伏之下，竟是宛若飛燕般朝著傾覆的小船而去。

趙佑恆瞧得眼睛都直了，嘴巴幾乎張成了個大圓形，轉而變為悲憤——真他娘的太不公平了，為什麼自己的竹篙第一次就拄到石頭上，這小東西都在水裡噗哧噗哧拄了這麼多下，卻都沒有一點事？趙佑恆還未想通個所以然，陳毓的身影已經從頭頂處一晃而過。

岸上傳來了一片叫好聲，不過片刻間，陳毓已經穩立在原地打轉的小船之上，雙腳用力一踹，身形原地拔起，那艘倒扣著的小船一下翻轉過來，正好接住落下來的陳毓。

岸上的人愣了片刻，又齊齊叫了一聲好。

陳毓顧不得理他們，船篙在水中一撐，朝著那正被水流沖向更深水域的人影划去。心裡則是暗暗好奇，他自始至終都盯著那人，卻發現一個頗為奇怪的現象，那人雙腿明顯是廢了的，可也不知用了什麼方法，到這時候還能安然無事。讓人更想不通的是，既然沒被水淹著，這人怎麼不想法子回船上，怎麼還拚命往水流深處去？

雖是越往河中心漩渦越急，陳毓的速度卻絲毫不受影響，轉瞬間就到了那人身邊，待看清眼前的情形，才明白到底是怎麼回事。

原來男子的前面，還有一個小小的身形在水中時起時伏，正被漩渦帶著急速往前而去。

畢竟是地地道道的江南人，看那處漩渦的形狀和水流急速旋轉時深黑的顏色，陳毓也能判斷出那處地方怕是白河裡最深的，而那小身影明顯不會水，真是被捲進去，定然會有性命之憂。

陳毓忙再次掂起船篙在船上用力一點，隨著腳下的一蹬之力，小船已然游魚似的朝著男子身邊而去，陳毓則借著竹篙的力量，身形宛若蛺蝶般再次飛起。

而被捲在漩渦中的小小身影，眼瞧著已是只有幾縷黑髮海藻似的漂浮在水面上，又打著旋漸漸就要隱沒不見。

「小七！」男子早在小船飄來的第一時間已經單手扒住船舷，手一使力，便連人帶船箭似的朝漩渦中而去，卻哪裡來得及？只能眼睜睜的瞧著那綹頭髮在水中晃了幾下，旋即消失。

同一時間，嘩啦一聲碎響，陳毓借著長篙之力，竟從上而下一頭扎進了漩渦。

那男子還沒緩過神來，陳毓的身形已經再次從水中一躍而起，他的臂彎裡正抱著一個緊閉著雙眼的瘦弱少年。

正好男子推著小船也到了近旁，陳毓先把抱著的人送上去，又忙忙探手，把旁邊的男子推了上去，自己才隨即翻身上船。

他探手便要去拽那依舊昏迷的小少年，卻被一隻手擋住。「我來。」

男子的聲音不大，甚而沒有多少起伏，卻有著說不出的威懾，令得陳毓的動作不由一頓。

對方倒提著那孩子的背，橫放在自己膝蓋上，大手在腹腔上輕輕擠壓了幾下，那孩子身子先是猛地一顫，然後就嗆咳出幾大口河水來。

看男子的模樣，明顯不願自己幫忙，救人的手法又甚是精巧，陳毓倒也放鬆下來，默默在一旁坐了，專心划船，待瞧清楚男子的面容，不覺微微一詫——

倒沒想到，竟是如此英俊的一個人。

男子生著一張容長臉，兩道挺秀的劍眉漆黑如墨，一雙眸子宛若暗夜中的寒星，讓人瞧了止不住心驚膽顫。尤其是明明雙腿不良於行，可就是這般端坐當地，卻也沒有一點兒狼狽，渾身上下更透出一種鐵血氣息。

這人的身分怕是不簡單！

陳毓並不打擾對方救人，只專心撐船，好在船行一半，男子腿上的少年終於醒了過來，睜開濕漉漉的大眼睛。

兄弟倆的眼睛明顯有些像，只是哥哥的眼神中明顯更多些殺伐決斷，而弟弟的眼神卻是和山中小鹿般，多了些柔意，又因受到驚嚇而淚汪汪的，竟是讓人瞧著就不由心中一軟。

「大哥！」少年一下坐了起來，探手撫向男子的腿，很是心疼道：「你的腿沒事吧？」

男子鬆了一口氣，嚴肅的面容上浮現出一縷笑容，微微搖頭。「我沒事。小七莫要擔心。」

「大少爺——」又一陣嘈雜的聲音傳來，卻是剛才跳下水的幾個漢子也划著另一艘小船靠了過來，手上還托著幾件乾衣服。「河中水涼，大少爺和小……小公子快換上。」

這麼冷的河水，可不要刺激得大少爺犯了舊疾才好。

男子抬手接過，先拿起一件牢牢的裹住弟弟，另一件則是扔給了陳毓。「換上吧，方才多謝小兄弟救了我弟弟。」

「救我？」弟弟明顯怔了一下，轉過頭來瞧著陳毓，黑亮的眼眸宛若會說話一般，襯著那雙雋秀的遠山眉，當真是比夕陽下的白河柔波還要嬌美。

陳毓這會兒算是懂了什麼叫顏若好女，這少年真真生得比一眾女子還要美麗。而且不知為何，明明這樣美麗的面容自己之前並沒有印象，偏是這雙眸子，卻讓自己莫名有種似曾相識的感覺。

「謝謝你。」對上陳毓定定凝視自己的眼神，那少年臉明顯紅了一下，低下頭，露出一截白如凝脂的脖頸。

船很快靠岸，吳昌平父子早急得什麼似的，看陳毓下船，上前一把把人拉過來，從頭到腳檢查了一遍。「毓兒你沒事吧？可有沒有哪裡傷著？」

陳毓忙搖頭。「先生放心，我沒事。」

兩人正說話間，一陣馬踏鑾鈴聲響起，眾人回頭，卻是一輛六匹大馬拉的馬車正飛速而來，正正停在不良於行的男子身旁。

臨上車前，男子往陳毓這邊瞧了眼，對手下吩咐了句什麼。

便有一個漢子大踏步走來，手中托盤上放著幾張銀票，來至陳毓身前打了個拱道：「大恩不言謝，我家主子因有急事，不及親自道謝，些許銀兩不成敬意，還望小公子收下才是。」

口中說著，眼中卻有些許審視的意味。

不知誰人洩漏了公子要往鹿泠郡尋覓神醫的消息，一路上竟是不時有意外或者各種偶遇發生，也不知方才一幕是不是有心人指使……

對方這是怕自己纏上他們？陳毓垂下眼眸，心裡明顯有些不舒服，片刻後徑直拿了托盤上面的銀票，看也沒看就揣到懷裡，轉身對吳昌平道：「先生，咱們走吧。」

沒想到陳毓還真就把銀票給揣起來了，吳昌平也有些納罕。別人不知道，自己還不明白嗎？陳家家世雖不顯，卻也算大富之家，雖然沒有刻意打聽，可也聽陳府下人曾不經意間提及他們親家老爺是豪富，去世後更把所有家產全給了女兒做陪嫁。

陳夫人手下亦有一幫能人，連錦水城裘家都與其有生意往來，這樣的人家，哪有缺錢花的道理？只是自己這學生自己知道，最是個心裡有成算的，一旦作出決定，便是陳老爺夫婦也不會反對……

「先生勿怪。」陳毓哪裡看不出吳昌平的心思。先生自來把自己看得重，不獨學識，更連自身的品格調教都是很費了一番心血。自己方才所為，怕是讓老先生有些不安。「對方並不想和咱們有牽扯，這般贈銀，也算是買個安心不是？」

「倒是個聰明的。」車帷幔一下拉得嚴實，年輕男子鬆手，緩緩靠在繡花靠墊上。那般小小年紀，不但身手好得緊，更兼心思通透。就是有一點，少年的身手自己怎麼瞧著那麼熟悉呢？

「大哥……」看男子閉眼假寐，對面坐著的少年精緻的眉頭卻是蹙了一下，邊用力的幫男子揉搓雙腿邊道：「人家怎麼說也救了我，這樣拿銀兩打發了，是不是不大好？」

男子閉著的眼一下睜開，眼神中明顯有些審視。

自幾年前遭逢巨變，小七的性情就變了很多，雖然依舊是一般的貼心，卻早不復小時候的天真爛漫，這般處處想著家人、心思頗重的小七雖是讓人感到窩心，卻也太讓人心疼。

這麼大年紀的小姑娘，哪個不是家人寵著、愛著？就小七，卻硬是要扛起守護全家人的重任。也不想想，她那般柔弱的肩背，家人又如何捨得？

然而很多時候，這個妹子雖在家人面前都老母雞似的護得緊，面對外人卻不是一般的冷漠，這還是第一次對一個初次見面的外人這麼上心。

「大哥這麼瞧著我做什麼？」小七臉明顯有些紅，卻依舊強撐著瞪了自家大哥一眼。

男子沒說什麼，默默又閉上眼。

看大哥不說話，小七也不再開口，只更用力的幫兄長按摩，心卻不知為什麼老靜不下來，腦海裡不時出現那個濕淋淋坐在船頭、定定瞧著自己的少年的影子……

陳毓已經把行李全都搬上了平板車，喜子本要去拉車，吳景榮怎麼肯？好在陳毓方才在他腰上拍了一巴掌，扭傷的腰已是好了，他忙忙的從喜子手中搶過車把，自己套上繩子。「這些粗活，你們可不會，讓我來就成。」

幾人剛進村，一個爽朗笑著的婦人就迎了上來。「哎呀，老頭子，你回來了？」

吳昌平的嘴角不覺露出一絲笑意。這迎上來的可不正是自己的老妻孫氏？

陳毓早就從先生嘴裡知道，他們家人口簡單得緊，來人既然語氣如此親熱，定然就是師母了，他忙上前一步見禮。「毓兒見過師母。」

孫氏看見陳毓的模樣，眼睛頓時一亮，忙抓住手拉過來。「哎呀好孩子，你就是小毓吧？怪不得你家先生捨不得回來，瞧瞧我們小毓生得多俊。」

孫氏這番話倒沒有誇張，實在是長到這麼大，還沒見過生得這般齊整的孩子，簡直和牆上畫的年畫娃娃一般可愛，當真讓人稀罕得緊。

「好了。」吳昌平撚著鬍鬚笑道：「小毓也累了，咱們家去吧。」

等進了家門，又有一個生著一張娃娃臉的少女迎上來。

吳昌平臉上的笑意更濃，指著陳毓道：「梅兒，這是毓兒，以後妳就當作自己弟弟一般。」

陳毓忙也上前見過，又命喜子把準備好的見面禮拿出來，打開來，是一箱粗棉布、一箱細葛布、一箱雲羽緞、一箱雲靄錦，還有一盒李靜文特意給吳梅準備的添妝首飾。

前面兩箱布疋也就罷了，那兩箱綢緞卻是讓吳家母女直接就呆掉了，兩人一邊瞧著，連摸都不敢摸，實在是從生下來就沒見過這麼漂亮的綢緞。

吳昌平眼睛有些發紅，自己這徒兒真是太貼心了，來時不過提了一下女兒已說了人家，正在家待嫁，毓兒竟是立馬就準備了這些東西。瞧這紅豔豔的顏色，明顯可以做上好的新娘喜服。這些可都是好東西，聽說平時都是裘家用來上貢用的，市面上根本就買不到。

「哎呀，這可使不得！」孫氏愣了半天才連連擺手道。

前兒個她去郡上趕集時，也特意去布坊裡逛過，店裡好像就有一疋這樣的緞子，聽掌櫃的說，這可是他們的鎮店之寶，他們那麼大店鋪也就這一疋罷了，讓大家只看看就好，任憑出多少兩銀子都是不賣的。自己當時一聽，真是嚇得連靠近一點兒都不敢了。

而小毓送來的這些，瞧著可比店裡的那疋綢子顏色還要鮮亮、料子還要好，更嚇人的是，可是整整搬過來兩箱。

吳梅明顯也被這麼漂亮的布料給迷住了，甚至已經開始憧憬自己穿上這種雲錦做成的嫁衣的情景，聽了娘親的話，神情不免有些黯然，卻聽話的沒說什麼。

「師娘可要難為死毓兒了。」陳毓故作為難，朝著喜子道：「怎麼辦才好？師娘和姊姊不喜歡呢，不然喜子你再回方城府一趟，讓我娘再準備些旁的禮物？」

喜子也是個乖覺的，聞言頓時衝著孫氏又是打拱又是作揖。「哎呀老夫人，您行行好，可憐可憐喜子吧！」

那番搞怪的模樣，令得吳昌平噗哧一樂，衝著孫氏點點頭道：「毓兒的心意，只管收下便是。」

聽當家的如此說，孫氏這才不再說話，忙忙的把箱子收回去，唯恐有什麼閃失，仔仔細細的放到了床裡面。到得晚間，打開那不大的首飾匣子，卻又給唬了一跳，裡面竟是鑲著紅寶石的金鐲子，這還不算，還有配對的耳環和金釵！

吳氏父子也都在。吳昌平早知道陳家的富有，又明白學生的心性，對上了心的人真是再好不過，倒沒有說什麼。

吳景榮則瞧得眼睛發直！僅只這些禮物就價值不菲，真是想不通，白河渡口那裡，小毓怎麼還會要別人的銀兩？

第十四章 對戰偽君子

在吳家歇了一宿，第二天一大早，陳毓就帶上喜子，和吳昌平父子坐上借來的牛車，往鹿泠郡而去。

江南諸郡中，鹿泠郡並不算大郡，名氣卻不小——誰讓白鹿書院就建在這裡呢？

一面靠山，三面環水，濛濛水霧中，鹿泠郡彷彿是輕紗遮面的大家閨秀，讓人僅是瞧著就生出無限的嚮往來。

「前面就是鹿泠郡。」吳景榮雖有些靦覥，倒也能盡地主之誼，不時給陳毓指點著沿途所見，牛車咿呀，伴著少年人獨有的清亮聲音，倒是讓人心情一爽。

說話間，前面又閃現出一排紅瓦白牆的建築，透過高大的院牆，依稀能瞧見裡面飛簷一角，兼且竹葉細細，讓人瞧著，心懷頓時一暢。

「這是鹿泠郡官學。」吳景榮道。

因能不時請來白鹿書院中大儒授課，鹿泠郡官學的名氣也比其他地方大得多。亦有遠道而來投考學院的學子，被白鹿書院拒絕，轉而選擇鹿泠郡官學，其間也頗是出了不少人才。

過了鹿泠郡官學，又拐了個彎，走了大概有三、四里地，就到了鹿鳴館。

遠遠瞧見曲徑通幽的鹿鳴館，陳毓臉上笑意愈濃。

這鹿鳴館，自是裘文雋的手筆。

聽說此處原址是一個綿延數里的爛泥塘。彼時，裘文雋兄弟三人也被老爺子送來投考書院，可惜均未考中，臨走時，裘文雋就把這爛泥塘以低價買了下來。時人都說裘家三少是因落選被刺激得傻了，才會花錢買個這麼爛的地方，還有人說，八成是裘家財大氣粗，因不忿家族子弟被拒之門外，才會買這麼個地方，也辦個學堂，來和白鹿書院打擂臺的。

不管哪一種說法，最後眾人得出的都是一個結論——裘家三少就是典型的人傻錢多的代表。

哪裡料到鹿鳴館甫一建成，便以其獨特的格局被人搶租一空，這麼些年來早給裘文雋賺得缽滿盆盈，令得多少人後悔不迭，到現在，哪個不對裘文雋翹一下大拇哥、道一聲厲害：不愧一代商業奇才。

「爹和小毓在這裡稍等。」吳景榮已跳下了牛車。鹿鳴館外這會兒已是圍滿了前來租房的人，和眾多套著高頭大馬的馬車相比，幾人所坐的牛車一下成了眾人矚目的焦點。

陳毓倒是不需要去和人擠，聽說陳毓要來投考白鹿書院，裘文雋一早就令下面人揀好的地段，打掃了一處乾淨的院落出來，說是個兩進的院子，裡面一切用品俱全，陳毓什麼都不用帶，只需要領人來住就好。

來之前陳毓已經和吳景榮說了的，讓他把租的那間房退了，只搬到自己院落裡去就好。畢竟若真是被白鹿書院錄取，陳毓怕是要到山上去住，喜子卻是不好帶的，吳景榮搬過去，兩人正好作伴。

這會兒瞧著人多，陳毓也不好上去找主事的，便和吳景榮商量，先去吳景榮的房間休息片刻，待到人少了，再去將主事者找來不遲。

然而這鹿鳴館專為讀書人設計，門禁還是相當嚴的，除非確認了身分，不然，其他閒雜人等是不允許入內的。便是要去吳景榮的住處，也得先核查了名牌。

吳景榮這邊和陳毓幾人交代好，剛要轉身過去，卻聽後面一聲輕笑，一個男子調侃的聲音響起。「哎呀，這不是吳兄嗎？這麼多年不見，不知吳兄在哪裡高就啊？」

陳毓抬頭，卻是一個身著青色棉袍的老秀才，瞧著年紀應該比吳昌平年輕些，正倚在一輛四匹青色大馬拉著的馬車上，上下打量著牛車和坐在牛車上的吳昌平，眼神是絲毫不加掩飾的揶揄。

那人的身邊，還站著一個和他長相相似的年輕人。

吳昌平臉色倏地很是難看，吳景榮臉色也白了，明顯有些畏懼的模樣，卻又想到什麼，只得挪過去，小心翼翼見禮。「見過先生。」

老秀才傲然點了點頭，卻沒說話，倒是他身旁的年輕人對著吳昌平拱了拱手。「多年不見，先生風采依舊。」然而語氣平淡，很難說有多少恭敬在裡面。

吳昌平哼了聲。「商公子怕是認錯人了吧？吳某何德何能，能有你這樣的學生？」

一句話說得年輕人臉色頓時就有些不好看，最先打招呼的那老秀才卻是渾不在意，依舊笑笑道：「吳兄既然回來，是又有學生要送到我們書院了？」

說話間，還刻意在「我們」兩字上頓了下，語氣裡分明極為得意。接著，他的眼神隨之落到了陳毓身上——雖然同是教書育人，可白鹿書院的先生，身分又豈是吳昌平這類四處求館的窮酸可比？

當初吳昌平處處壓自己一頭，甚而娶走了自己一向喜歡的姑娘，好在自己兒子爭氣，不獨年紀輕輕就考中了舉人，連帶的還提攜自己入了白鹿書院。只此一點，便把吳昌平這老傢伙比到塵埃裡了。

這老兒不是不服嗎？今兒就叫他瞧瞧，別說當初自己兒子不承認他，便是他現在的高足，一聽說自己是白鹿書院的人，也得上趕著來巴結！

哪知站了半晌，不但吳昌平沒有半點兒應聲的意思，便是那少年，也依舊無比高傲的端坐在車上，似是沒有聽見老秀才的話一般。

老秀才不由有些洩氣，瞧那少年的模樣，倒是一副好皮囊，難不成卻是繡花枕頭一個，和吳昌平那傻子兒子一般，是個中看不中用的貨色？倒是白白浪費了自己的口舌。

二人剛轉身要走，就聽身後陳毓道：「先生，怪道古語說黃鐘毀棄、瓦釜雷鳴，學生今兒個算是見識了。」

那老秀才腳下一個趔趄，一張臉頓時成了豬肝色，瞧著陳毓的眼睛幾乎能噴出火來。

「鬼子敢爾！」

因白鹿書院的名氣太大，別說是書院的先生，便是學生走出去，一旦自報家門，憑他是誰都得另眼相看。可是方才，自己竟然以堂堂白鹿書院先生之尊，被個乳臭未乾的毛頭小子給羞辱了？更可氣的是這小子來的目的還就是投考書院罷了。

看那人臉色一下沈了下來，旁邊的吳景榮倏地一哆嗦。

陳毓不認識此人，他卻是識得的。這人姓商，單名一個運字，而旁邊那個和商運長相相似的年輕人，則是他的兒子，今年新出爐的舉人商銘。

要說商運，和吳昌平還曾有過同窗之誼，兩人的境遇也頗為相似，都是考中秀才後便一路蹉跎、屢考屢敗，無望之下，只得轉為去教館中謀生。

相較於吳昌平失意之後的曠達心胸，商運為人則有些偏執，曾在落第之後長時間借酒澆愁。這也是兩人都遣了媒人去孫家提親，孫父選擇了吳昌平卻拒絕了商運的根本原因。

只是商運卻不知檢討自身，反而把一切都歸咎於旁人，更是對吳昌平這個「橫刀奪愛」的人恨之入骨，無時無刻不想著要把吳昌平給踩在腳下，以報當年「奪妻之恨」。

而他的這個願望，也在兒子考中秀才後終於實現——

商銘十四歲甫下場就一舉考中秀才不說，還考進了廩生！要知道這可是文氣最盛的江南，二十歲、三十歲，甚至五十歲還在為秀才而拚搏的人比比皆是。

商銘因此風頭大盛，被眾人譽為神童。之後投考白鹿書院，也是毫無意外的被錄取，更得到了白鹿書院中頗有名氣的儒者沈洛認可。彼時正好白鹿書院的蒙童班還缺少一位教授書法的先生，而商銘的書法又很有大家之風，沈洛隨口問他是何人所授，商銘則告之是自己父親精心教導的結果。

同一時間，吳昌平也正好被人推薦前來應聘，閒談間提及商銘，並言明那是自己一手教出的學生。

吳昌平這話倒是絲毫不假。

商運屢屢落第之後，始終不甘心，鎮日裡或者呼酒買醉，或者和人寫詩唱和，至於家中生計根本問也不問。家中衣食所需全靠妻子給人幫傭所得，經常窮得鍋都揭不開，甚而兒子去私塾就讀的束脩都拿不出來。

虧得吳昌平瞧著不忍，又可惜商銘是個讀書的好苗子，就出面幫著說合，讓商運也在私塾中擔了個名，這樣不獨每月都有銀子可拿，便是商銘也可以免了束脩就讀。

可以說，在商銘身上花費了大量心血的是吳昌平，而不是商運這個父親。

可吳昌平無論如何也沒有料到，到頭來在背後狠狠捅了他一刀的就是商家父子。

白鹿書院蒙童書法的西席之位被商運平白得了去還不算，甚而吳昌平還落了個人人不齒的欺世盜名的名頭。那次之後吳昌平大病一場，然後便遠走方城府，到了陳府任教，商家則因為父子俱入白鹿書院而讓人豔羨不已。

而最讓吳景榮弄不懂的便是，為何之前爹爹對商銘精心教導，到了商運這裡，卻是對自己怎麼也看不順眼。吳景榮功課上雖是有些吃力，書法卻是極好，而且因為和商銘都是吳昌平教導出來的，兩人字體頗為相似，可商運就是能一面在眾人面前毫不避諱的稱讚自己兒子，一面就當著所有蒙童的面對吳景榮大加羞辱。

呵斥都算好的了，更多的時候，甚至還會因為某個起筆讓他不滿意這樣的小事而打手背。時間長了，令得吳景榮簡直對書法產生了心理陰影，連帶的見到商運就害怕。

「怎麼？沒當軟骨頭讓你很失望？」陳毓悠然道。

既然要推薦給自己當老師，裘家自然對吳家做了一番調查，吳昌平和商家的一番糾葛，陳毓也是知道一些的，方才聽對方那般說，陳毓就已經知道來人是誰，自然就存了給先生出一口氣的打算。「還是你以為，所有人都會為了一點兒利益就唯利是圖，做個欺世盜名的偽君子也在所不惜？呸，讓我說，那可真真書都讀到狗肚子裡去了，欺師滅祖，簡直連畜牲都不如。」一番話出口，不獨商運，便是商銘，臉也白了。

當初會那般對吳昌平，商銘內心不是沒有掙扎的，畢竟，從年幼無知到意氣風發的少年時期，生命中父親這一席位幾乎是由面前這個乾瘦的老頭子充當的。

被人瞧不起、一個人默默流淚時，商銘也曾質問老天，為什麼吳昌平不是自己的父親。漸漸長大後卻明白，自己是誰的兒子無法改變，要想不做被人瞧不起的窩囊廢的兒子，就只有想辦法改變爹爹的處境。

而這一切，在商銘考中秀才並被白鹿書院錄取後終於成為了現實——即便是以背叛了曾經父親似對待自己的先生為代價。至於曾經有的愧疚，也早已在這幾年的春風得意中消失殆盡。

爹爹豐厚的束脩，使得家裡早擺脫了之前的困境，娘親不必去給人幫傭，還能僱個丫鬟伺候，對外說出去，又有白鹿書院先生這樣的好名頭，再加上自己眼下的成就，走到哪裡不被人高看一眼？

當然，越是如此，他也就越擔心手裡擁有的東西會失去。

商運自然是一樣的心思，幾年來之所以對吳景榮百般刁難，何嘗不是因為這個原因？實在是每次見到吳家小子都止不住有些心虛，總想著永遠不要見到吳家人才好。哪裡想到，今兒個不但碰見了吳景榮，連遠避他鄉的吳昌平都回來了。

本想來個先發制人，再把對方嚇走或氣走最好，卻不知吳昌平從哪兒找來這麼個不識時務的學生，分明要和自己槓上的模樣——聽他說話的語氣，吳昌平把當年的事告訴他了？

「好好好，倒是牙尖嘴利！」商運怒極反笑，語氣裡明顯充滿威脅之意。「只可惜，我白鹿書院可要不起你這般目無尊長的學生，不想丟人現眼，還是繼續回去做你吳夫子的高足吧！」

「哎呀，真是嚇死我了！」陳毓果然一番頗受驚嚇的模樣，商運嘴角的笑容還沒有露出來，就聽陳毓已經看向旁邊的吳景榮道：「景榮哥，咱們白鹿書院的山長可是換人做了？」

「沒有啊。」吳景榮呆呆的搖頭，小聲道：「書院一直是周山長當家。」

「是嗎？」陳毓拖著長腔道：「我還以為山長換人做了呢，卻不防竟是有人又行欺世盜名之事，嘖嘖嘖，還真是屢教不改，世上怎麼就有臉皮這麼厚的人呢。」

「商運，」早已明瞭商運的為人，吳昌平雖然對陳毓的維護感到窩心，卻又唯恐對方會在考場上下絆子，當下冷冷道：「毓兒投考白鹿書院，憑的自然是他的真本事，若有人敢耍什麼手段，老夫不介意連當年的事一起鬧上一鬧。」

這是要和自己撕破臉的意思？可即便過去如何難為吳景榮，都沒見這老兒這般激動過！商運明顯沒想到吳昌平會說出這樣一番話來，半晌才恨恨道：「好一對師徒，果然有膽色，竟敢跑到白鹿書院來撒野！」

「咦，這不是商先生嗎？見過先生。」

「商先生好。」

旁邊忽然響起一陣問候聲，一群學生正陪著一個四十多歲的中年人緩步而來。

商運父子回頭，可不正是商家的貴人——當初收了商銘做學生，又介紹商運入白鹿書院的沈洛？

「學生見過沈先生。」商銘臉上閃現出一抹恭敬的笑容，上前一步扶住沈洛的胳膊，把手裡一個小包裹遞過去。「先生愛喝茶，這是學生前幾日親手採摘的春前早茶，先生嚐嚐味道可還成？」

一旁的吳昌平瞧著，臉色更加不好看。當初商銘在自己面前，何嘗不是經常獻些這樣的小殷勤？

「好、好啊！」沈洛的神情很是欣慰，商銘這孩子不但聰明，更懂事貼心得緊，很多時候，自己真覺得這個弟子簡直就和兒子差不多。

錯眼瞧見旁邊的吳昌平，看他也是一副讀書人的模樣，又站在最得意的學生身側，不免多看了幾眼。

商銘果然乖覺得緊，忙上前道：「我給先生介紹一下——」

說著一指吳昌平，神情明顯有些苦澀。「這是我幼時的啟蒙恩師吳昌平吳老先生，今兒是來送他的學生投考書院的。」

他話音一落，旁邊的錦衣少年便接過話頭。「商兄說這是你的啟蒙恩師？我瞧著怎麼是來找茬的啊？還威脅人，說什麼『拿當年的事鬧上一鬧』，根本就是無賴，哪裡像個讀書人？還有他的學生，這麼大點兒就敢頂撞長者，也不知是怎麼教的？」

少年還要再說，卻被神情痛苦的商銘打斷。「程瑷，別說了。子不言父過，所謂一日為師，終身為父，先生再如何都是我的老師，別說只是罵幾句，便是要打要殺，做學生的也只管受著便是。」

「商銘，你怎麼……這麼、這麼忘恩負義?!我爹……我爹有哪裡對不起你了？」饒是憨厚老實如吳景榮，這會兒也明白商銘這番話無疑是坐實了父親的罪名，臉一下脹得通紅，幾乎快要哭的瞧向沈洛。「沈先生，他說的……」

沈洛卻是已然回頭，眼神如刀般落在吳昌平身上，立馬明白了眼前人是誰——數年前冒充商銘的書法老師，想要騙取白鹿書院教書資格的那個無恥秀才?!

「沈先生……」吳景榮還想解釋，卻被沈洛冷冷打斷。「你就是蒙童班那位大名鼎鼎、連執筆都做不好的吳景榮？可知我為什麼曉得你的名字嗎？以你的資質，怎麼有資格留在書院？若非商先生和銘兒幫你求情，你以為你還能站在這裡？受人恩情不思回報，竟還敢意圖威脅，這般無德之人，怎麼能再留在白鹿書院？你回去吧，不用再來了！」

當初便是商銘苦苦哀求，自己才沒有把吳昌平有辱斯文的齷齪事公諸於眾，倒沒想到這麼多年過去了，這等小人竟還敢跑來威脅自己的得意弟子。

又轉頭對商銘道：「性情厚道、不道人非是你的優點，可也得看維護的那人值也不值！」

吳景榮臉色一下慘白，身子一軟，若非喜子扶著，就要坐倒在地！沒考取白鹿書院作為附生而存在，已經讓吳景榮抬不起頭，苦讀數年卻落得個被書院驅逐的下場，更是讓人萬念俱灰。吳景榮呆呆的瞧著沈洛，流著淚說不出一個字。

吳昌平也沒有料到，自己不過說了這麼一句話，就會給兒子帶來這樣的災難，頭暈目眩之下，神情痛苦的摀住了胸口。

虧得旁邊一個路過的少年上前扶住，又取了顆藥丸餵給吳昌平，才讓吳昌平緩了過來。

反觀商運父子則嘴角含笑，那神情要多得意就有多得意。

沈洛冷哼一聲。「讀書人最要緊的是心正，如此心術不正者也敢來我白鹿書院鬧事，當真是斯文敗類，讓人汗顏！銘兒、商先生，咱們走吧。」

話音未落，就聽一聲冷笑，然後少年清亮的聲音隨之響起。「都說白鹿書院乃是天下文氣聚集之地，書院先生更是滿腹經綸、德被天下，卻不料竟是如此偏聽偏信、指鹿為馬，當真令人齒冷！」

這話明顯是針對自己！沈洛倏地回頭，只見一生得唇紅齒白的俊美少年，正無比憤怒的瞧著自己。

「無知小子，怎麼敢對我家先生無禮！」商銘忙上前一步，護在沈洛前面。

其他白鹿書院的學子也紛紛對陳毓怒目而視。「沈先生才名滿天下，豈是你這等小子可以胡亂污衊的？」

「這樣的人也好意思投考白鹿書院，還不打出去！」

「是嗎？」陳毓絲毫不懼，依舊負手而立，臉上神情更是冷漠得緊。「若然書院中不過是收容些欺世盜名之輩，那這白鹿書院，我不來也罷。」

一番話說得在場諸人好險沒給氣樂了——

這人腦子有問題吧？什麼叫不來也罷？好像書院求著他來似的！

商銘長出一口氣。吳昌平那麼捧著，還以為對方是個什麼樣的天才呢，卻原來是個這般輕狂無腦的，方才這番話，無疑會得罪整間書院，這人即便再有才，也不要再想留在書院了。

他眼見目的已達到，便要勸沈洛等人離開，卻被沈洛擺手拒絕。看著少年頂多也就十一、二歲罷了，會這般口出狂言，定然是他身後的吳昌平教唆所致，這樣道德低下的人也敢做人老師，不過是誤人子弟罷了。

而且說不得對方以後還會纏上商銘，沈洛認為有自己在，絕也不能讓這樣的人繼續為惡，怎麼著也要揭下他虛偽的面皮，讓他從今後再不能招搖撞騙才是。

當下冷冷道：「吳昌平，都說人活一張皮，瞧在都是讀書人的分上，當年事，老夫給你留著一絲顏面，沒料到你竟然執迷不悟，到今天還要以怨報德。既如此，老夫索性攤開來說，你既然非要把銘兒書法的功勞歸到自己身上，可敢和商先生一比？這幾日大書法家劉忠浩正好在書院中作客，到時讓他評比一番，高下立知，誰是欺世盜名之輩自然一目了然，也省得有那暗藏歹意的小人在背後壞了書院的名聲。」

商運的書法自己倒是沒有太留意，可看商銘的，卻知道筆法必然不俗。

商運的臉色微微好看了些，甚至還有些喜意。若論書法一途，吳昌平確然比自己強一些，可自己也不是全無優勢，吳昌平的字乃是野路子，自成一家；而自己卻是演習劉忠浩的字帖，甚而私下裡自己寫來，都覺得和劉忠浩的字非常相似。世人哪裡有不喜歡炫耀自己的？既是劉忠浩做裁判，自己怕是會更沾光一些。

商運當下點了點頭。「全憑沈先生吩咐就是。」

「要比試？」陳毓一笑。「這主意倒好。只是在下還有一個想法，老師有事，弟子服其勞，就由我代替我家先生應戰，不知商公子可敢代父參加比試？你的書法是你父所授，我的書法卻是得了先生真傳，到時候你我各寫一幅字，讓天下人瞧瞧，到底誰家先生才是有真才實學的名師？」

那小子要和商銘比？場中諸人頓時啞然。

這少年還真是狂得沒邊了，白鹿書院誰不知道商銘的書法極好？當初他能入書院就讀，讓人驚豔的書法無疑為其加分不少。真是比起學問，書院中能和商銘相提並論的也很有幾個，可若論起書法，商銘稱第二就沒有人敢稱第一。

而這少年竟如此狂妄的非要和商銘比書法，不是腦袋被驢踢了，上趕著找虐嗎？

有這般想法的何止是他們？便是商銘，也同樣作此想——當真是天助我也！商銘自己也清楚，他書法上取得的成就全是來自於吳昌平。當初從描紅到練字，全是吳昌平手把手教導，甚至為了讓吳昌平開心，商銘很是下了一番功夫苦練吳昌平的字。

後來為了把自己父親送進白鹿書院，商銘便否認了吳昌平的功勞，更為了淡化吳昌平的影響，刻意模仿父親練習的書法大家劉忠浩的字。可惜，基本功已成，竟是用了多種法子都無法改變吳昌平對自己字的影響，儘管外在有了些變化，可內裡的精氣神卻依舊是屬於吳昌平的字體。

也因此，儘管並不認為爹爹比書法就一定會輸給吳昌平，商銘卻擔心一旦吳昌平的書法呈上去，很可能會被人認出來和自己的書法極像，到時怕是得好一番布局，才能消除旁人的疑慮。

倒沒料到，瞌睡了就有人給送枕頭，吳昌平竟然收了這麼個愚蠢的弟子！若是兩人對陣，自己會贏自然是板上釘釘的事，而且即便兩人字體相像，也完全可以說是對方居心叵測，故意臨摹自己。

這般想著，商銘心裡自然是樂意之極。但他不願落人口舌，當下只作為難。「這如何使得？都是吳先生的學生，我好歹也算是你的師兄，焉能做這等以大欺小之事？」

陳毓如何看不透他的心思。「怎麼你不敢？怕讓人知道你和你爹才是真正的欺世盜名之輩？怕白鹿書院因你而蒙羞？」竟是越發張狂的模樣。

「一派胡言！」旁邊的沈洛也聽不下去了。「銘兒，既然有人不知天高地厚，你便教訓他一番也好。兩日後書院招生考試時，你們兩個一較高下便是。」

「師長有命，商銘自當聽從。」商銘心裡早就樂開了花——到時候可是在天下學子面前，叫他們便是後悔也來不及。

陳毓也不理他，瞧見吳昌平的臉色終於好看了些，忙向剛才突兀跑過來的少年道謝：「剛才多謝——」話說到一半卻又頓住。「是你？就你一個人嗎？我還以為你走了呢，怎麼也到了鹿泠郡？」

倒沒想到世界這麼小，對方可不正是之前在水中救起的那個俊俏少年嗎？

那少年臉微微紅了下，似是想解釋什麼，終究點了點頭。「我和我大哥有點兒事要辦，剛才正好看見這位老先生情況不對，若有冒犯，還請恕罪。」

「哪裡的話。」陳毓只覺方才沈重的心情一下鬆快了不少，竟是不覺笑了一下，又見少年方才餵吳昌平吃藥時，下身衣襬上沾了些灰塵，便俯身幫著拂了去，然後直起腰溫聲道：「是我要謝你才是，剛才多虧你出手相助。」

少年沒想到陳毓會有這個舉動，一時有些傻了，等意識到什麼後慌忙後退。「舉手之勞……罷了，我要走了。」

說著也不理陳毓，轉身便走。然而走了兩步卻又頓住，回眸瞧著陳毓道：「你的字寫得很好嗎？可別丟人現眼才是！」

明明是不相信的語氣，卻分明透著幾分關心，且那般腮凝新荔的模樣令得少年俊俏之外更添幾分雅致。

「嗯。」陳毓怔了一下，笑得更燦爛，不自覺用了哄孩子似的語氣。「你放心，我很厲害的。」

「自大！」少年白了陳毓一眼，再不停留，轉身大踏步離開。

身後傳來陳毓清亮的聲音。「在下陳毓，就在這鹿鳴館住，你什麼時候有空了，來找我玩好不好？」

少年腳頓了一下，嘴裡咕噥了聲。「誰問你叫什麼了？」嘴角卻止不住上翹……

因是三年一度的投靠日，相較於往日，白鹿書院明顯熱鬧得多。只來來往往的儒生中，分明還有一些身穿官學袍服的士子。

「咦，李兄也來了？」

「那是自然，這等奇事，如何也要親眼見識才好。」

「什麼奇事？叫我說，是獻醜還差不多。」

「也對，也不知哪裡來的野路子夫子並不知天高地厚的狂生，竟然跟白鹿書院叫板不說，還要跟商大才子比試。那狂生也算夠膽，咱家倒要見識見識，到底姓甚名誰……」

便有白鹿書院的學生幫著解惑。「這個你問我便好，來的那野夫子姓吳名昌平，知道附生班的那個吳傻子嗎？就是他爹。至於那個狂生，則是姓陳名毓，就不知道是哪個山溝裡跑出來的沒腦子的……」

「陳毓嗎？吳傻子的爹教出個沒腦子的，倒也算絕配……」

正說著呢，聲音忽然一頓，語氣中分明有些吃驚——那少年是誰，怎麼生得這般耀眼？

一個老者領著兩個年輕人，正穩穩而來。走在最中間的是一個身著雪青色袍服的少年，少年鼻梁高挺、俊眉斜飛，初升的朝陽下，越發襯得面白如玉，這樣一步步緩緩而來，讓人恍惚間想起一句詩：陌上人如玉，公子世無雙。

正自猜測，不想商銘已然上前一步，衝著來人中身材乾瘦的吳昌平深深一揖。「學生見過先生。倒不知當年事竟是令得先生耿耿於懷，先生這會兒可是消了氣了？若然氣沒消，要打要罵或要了學生這條命去，都憑先生一句話，學生絕無二話。」神情恭敬有禮之餘，更流露出無法言說的委屈。

旁邊等著看熱鬧的眾人頓時面面相覷。這少年便是那狂生嗎？真真生的好相貌！

沈洛也不得不承認，面前少年之姿容當真是宛若謫仙一般，卻依舊冷冷一哼。生得再好又如何？男子非若女子，比的是才華，可不是長相。生得這般好相貌，卻是跟了那麼一個一肚子齷齪的先生，連帶的整個人都給教歪了！

這般想著，神情已是很有幾分不愉。

那邊商銘看吳昌平不搭理自己，又向陳毓慘然笑道：「我知道師弟心裡所想，年少之人都有名利之心，師弟一心要把我踩在腳下，才會有之前不智之舉。若然是因為一己私心，我便是俯首稱臣、甘拜下風也未嘗不可，就只是，我身後還有白鹿書院，我一人如何自是無關緊要，卻不能讓白鹿書院這個讀書人的聖地蒙羞。」

說著又看回吳昌平，期期艾艾道：「當初，是先生教我讀書人自有風骨，即便我如何想要成全師弟，卻也不能違了讀書人的本心！等過了今日事，我定會親自登門，任憑先生責罰。」

商銘話語中的傷心失望，再配上他眼下可憐的模樣，活脫脫自己受了多少委屈似的，毫無疑問令得吳昌平除了被冠上欺世盜名的名聲之外，又多了為功利威逼設計弟子的厚顏無恥形象；而陳毓也成了不知天高地厚、借吳昌平這個先生之名陷害師兄、妄想圖以此上位的小人。

吳昌平氣得渾身發抖，更是心灰意冷。這就是自己當年用盡全部心血教導的學生！當初，自己被他的才華蒙了眼，只欣喜於他的聰慧而忽略了德行，以至於到頭來，落得這般下場！

「果然是斯文敗類！」一個清脆的女聲傳來，眾人抬頭，是沈洛的獨生女兒沈音。沈音的年齡瞧著和陳毓相當，別看年紀小，卻是書院中有名的才女，更兼生得眉清目秀，這麼一說話，頓時讓人眼前一亮。

沈音平日裡很少外出，今兒個突然出現，明顯是來給商銘助威的。又因沈音名頭大，登時就引來了不少附和聲，眾人瞧著陳毓幾個，竟是頗有些同仇敵愾的意味。

「是不是斯文敗類，還是比過了再說，照我看，這斯文敗類怕是另有其人呢。」

陳毓還未說話，又有一個淡淡的聲音搶先響起，抬頭瞧去，只見一棵高大的桂花樹下，正倚著一個俊美少年，少年鼻若玉琢、眉眼彎彎，白皙的皮膚宛若上好的骨瓷，在初升的旭日光暈下彷彿透明一般。明明說的話譏誚無比，偏是容貌動作無一不雅致，竟是讓人不忍說他什麼。

和他一比，本是眾人矚目焦點的沈音一下變得黯淡無光。

陳毓嘴角不自覺翹起，臉上笑容越來越大，為著對方話裡話外的維護窩心不已。竟是上前幾步，牽住對方的手。「小七，你來了？」

卻是前兒個那少年，這麼特地趕來，無疑是為了給自己助陣，甚至因為自己不惜對上白鹿書院一眾人等……

「你……」小七臉色一下變得很臭，用力甩開陳毓的手。這個傢伙，怎麼每次見面都要動手動腳的！

見別人都瞧過來，又覺得這個動作是不是有些生硬，終是橫了陳毓一眼，繃著臉道：「好好寫，不許丟臉。」

「好。」陳毓點頭，笑容也更大，下巴朝著商銘的方向一抬，學著少年的樣子很是不屑道：「咱們不丟臉，吶，丟臉的在那裡站著呢。」

惹得小七噗哧一聲就笑了出來，那邊商銘卻險些被氣出內傷！

「快看，山長來了。」人群中突然再次騷動起來。卻是山長周源正陪著一個六十上下、身著青衫的清瘦老者邊說邊笑緩步而來，兩人身後還跟著五、六個中年男子，一個個氣度不凡，卻俱是神情恭敬。

古怪的是，明明是書院最高當家人，周源和老者說話時卻是頗為小心的模樣，便是走路也刻意落後老者一步，竟是對待長者的態度，眾人頓時驚訝無比。

「咦，這位老者是誰？」

「難不成是劉忠浩大師？」

「好像不大對。劉大師年紀應該沒有這麼大吧，而且你瞧，後面的那幾位可全是咱們書院的大儒，便是到了朝廷上也很是體面的……」

尤其這些大儒平日裡即便對著山長周源，那也都是大咧咧完全不給情面的，要像這麼老實的跟在山長後面、絲毫不敢踰矩的模樣，那可是從來沒有過的。

怕是原因出在山長陪著的那位青衣老者身上。

眾人細細看去，老者的模樣，好像有些眼熟啊……

正在努力回想，沈洛已是排開人群，無比激動地迎了上去，上前撩起衣袍就要拜倒。

「先生！」

老者腳步一頓，眼神在沈洛的身上停了一下，看不出喜怒。

人群頓時靜默無聲。

沈洛一怔——先生的眾多弟子中，雖然自己最不成器，可卻最得先生喜愛，說是拿自己當兒子看也不為過，怎麼先生今兒個的情緒卻似乎有些不對勁？

尚未想清個所以然，老者終於開口。「小洛啊，起來吧。」

自己這個學生倒是個重情的，可太重情了，難免會被有心人利用。

沈先生的老師？同樣迷惑的商銘忽然想到了什麼，頓時神情一震。

能讓沈先生如此激動的人，想來想去也就只有一個人——大周朝最具聲望的大儒，柳和鳴！

白鹿書院之所以有今日這麼大的聲望，完全就是因為柳和鳴這三個字。

而商銘之所以會在沈洛身邊小心伺候，也是因為聽說柳和鳴平日裡和沈洛頗多親近。他頓時激動無比！今兒個比試還真是選對了時間，柳老夫子最是惜才，等待會兒自己擊敗了陳毓，再有利用此事樹立起的好名頭，說不好就能拜入柳氏門下。

別看柳和鳴終生不曾為官，可門生故舊卻是遍天下，真能成了柳和鳴的弟子，仕途青雲直上還不是手到擒來！

商銘忙緊走幾步，來至沈洛身後，眼巴巴的瞧著柳和鳴，分明是等沈洛引見後就要大禮參拜的模樣。豈料柳和鳴腳下未停，從他身邊擦身而過，走了幾步卻又站住，笑咪咪的打量著正肅立道旁的陳毓。

「這是誰家兒郎，生得可真是相貌堂堂。」

商銘回頭，臉色一下變得無比難看。心說柳和鳴果然是老眼昏花了吧，不然怎麼瞧也不瞧自己一眼，倒是對書院的敵人頗感興趣。

陳毓也有些奇怪，從進入書院，所見無不是充滿惡意的眼神，老先生這樣的和藹還是第一遭，更不要說看周圍人的舉動也能明白，對方必然是書院中舉足輕重的大人物。

他當下深施一禮。「小子陳毓，見過長者。」

果然是那個小傢伙。

柳和鳴瞧向陳毓的眼神越發滿意。從數年前知道寶貝孫女被人暗算，虧得一個叫陳毓的孩子拚死相救，自己就對這娃娃熟悉得不能再熟悉了。實在是除了感激之外，更因為孫女每回有信至，裡面必然會提到陳毓。雖然兩人從未見面，卻也算神交已久，就連這次回來書院，也是想要看看，若然這孩子真如孫女所言，收到膝下做了關門弟子也未嘗不可。即便資質平平，不能收入門下，便是為了他當年救助孫女的恩情，少不得也要多加關照。

今日一見，倒是頗為滿意。不說少年的長相，光是這份在眾多敵視眼光面前雖千萬人吾往矣的淡定氣度，便甩了自命天才的商銘十萬八千里不止，怪不得孫女也好、孫女婿也罷，每回提起陳毓來都是讚不絕口。

柳和鳴打量陳毓的時間實在太長了些，其他人不免都有些犯嘀咕，難不成老先生知道這少年是特意跑過來砸場子的才這般關注？不然，還真是找不到其他合理的解釋。

陳毓倒是沒說什麼，依舊保持恭敬的模樣。雖然不知為何原因，可他委實不曾從對方身上發現一點兒惡意。

眾人正自奇怪，柳和鳴已是收回眼神，和周源繼續有說有笑而去，並不再看陳毓一眼。

相較於白鹿書院並鹿泠郡官學的大批隊伍，即便再加上一個小七以及隨後趕過來的鹿鳴館管事裘成，陳毓幾個老的老、小的小的集合，依舊單薄得有些可憐。

說話間又一陣喧譁聲傳來，卻是一代書法大師劉忠浩正帶了幾名弟子從另一邊過來。

「多年不見，老先生還是風采依舊啊。」

劉忠浩瞧著也就五十餘歲的年紀，身形矮胖，穿著一身團花袍子，襯著臉上笑團團的模樣，令得陳毓不自覺想到這人寫的字，還真是一般的珠圓玉潤啊！不知道這算不算得上是另一種形式上的字如其人？

本來擔心見著那般大師級人物，陳毓會不會怯場，小七一路上不時注意陳毓的神情，倒沒想到，這人竟是低著頭笑得一抖一抖的，不由大感奇怪。「你笑什麼？」

「你瞧。」陳毓身子傾過去，順手攬住小七的肩，一副哥倆好的模樣，嘴唇更是湊到小七的耳邊。「劉大師走過來，這麼一跳一跳的，像不像他筆下的字活了過來後滿地界跑著撒歡？」

沒想到陳毓會突然這樣，小七整個人都僵住了，由於太過無措，整個人都幾乎縮進了陳毓的懷裡，下一刻狠狠的在陳毓腳上踩了一下。「放手。」

「哎呀。」陳毓猝不及防被踩了個正著，再瞧見小七惱怒的模樣，又是疼又是好笑。小七的性子真是古怪，怎麼前一刻還好好的，後一刻就跟被踩了尾巴的貓似的。

他雖一頭霧水，卻還是聽話的收回手哄他。「好小七，別生氣，是我不好。看我待會兒好好收拾那小子讓你開心好不好？」

「什麼讓我開心？」小七瞪了陳毓一眼，臉色薄怒之下依舊有些緋紅。「你是輸是贏和我有什麼相干。便是輸了——」卻又頓住，心裡已是有些懊悔，這小子就是有法子氣得自己口不擇言。呸呸呸，壞的不靈好的靈，自己剛才說的話才不算。

那邊柳和鳴已是和劉忠浩寒暄完畢，在眾人的簇擁下各歸其座，只有周源站在中間一塊大青石上，他的兩邊，則是兩方書案相對而立。

「所謂海納百川，有容乃大，白鹿書院歡迎天下讀書人不吝賜教。商銘，還有這位小友，請。」

「謹遵山長之命。」商銘恭恭敬敬的應了，站直身後，眼睛一一在眾多同窗身上掃過，宛若發誓般。「商銘定不會令書院蒙羞。」竟是一副勢在必得的模樣。

「對，讓他見識見識咱們書院的深厚底蘊！」有人附和道。

「不知天高地厚！果然是沒見過什麼世面的，今兒個就讓他明白，什麼叫人外有人天外有天。」

「他不是想出名嗎，今兒個咱們這麼多人瞧著，讓這小子狠狠的出一回名——就可惜，是爛名！」

下面一時議論紛紛，各種各樣的聲音此起彼伏，捧場叫好聲不絕於耳。

周源不覺蹙了下眉頭。

有人向書院學子挑戰這樣的事是年年都有的，周源本來並不放在心上。便是這次雙方對陣，原也沒必要讓身為山長的自己出馬，只沈洛和劉忠浩兩人私下裡商議便可。

只是正逢柳和鳴老師今日回書院，聽說有這樣一件事便執意來瞧，又因著老師在書院的巨大影響力，竟是書院中大儒齊聚，尤其又有劉忠浩這位書法大師，以致一場小小的賽事，竟是人盡皆知，成了白鹿書院一眾師生全都掛心的大事。

看看眼下的情形，包括鹿泠郡官學和前來投考的學子全算在內，怕是有上千人。且因為是在白鹿書院的地盤上，書院的學子自然一心巴望著商銘會贏，再加上其他人的助陣，怕是對那叫陳毓的少年有些不公平。

儘管之前聽沈洛說過事情緣起，周源也覺得那對師徒除了吳昌平太沒有長者之風外，便是這陳毓也無疑太狂了些。可這麼多人面前，一場對陣下來，對方會輸的可不僅僅是名次，怕是還有師徒二人的名譽，甚而今後的前途。

這少年瞧著年紀尚小，周源委實不願對方因為一個心思齷齪的老師就把一生給毀了。

這般想著，周源看向穩步而來的陳毓溫聲道：「今兒人多，小友若是心思不寧，咱們便是換個地方也可。」

換個地方？商銘皺了下眉頭。早聽說山長就是個爛好人，自己營造了這麼長時間的輿論，好不容易才引來這麼多人，更讓幾乎所有人都站到了自己這邊，怎麼也不能毀了這大好局面。

陳毓卻很有些意外，繼而眼中笑意漸濃。就說白鹿書院如何能傳承這麼久，果然沈洛那樣的糊塗人也就是個例外。方才瞧著，那位老者也罷、眾位大儒也好，包括眼前這位山長，委實都是忠厚長者。

他當下一拱手。「有勞山長掛念。只是小子以為，無論勝敗，均須要有人見證才是，這裡剛剛好。」

看商銘的樣子，似乎擔心自己會同意周源的提議，卻不知自己要給先生洗雪恥辱，自然怎麼人多怎麼好。

這般舉動落在旁人眼裡，無疑使得陳毓狂妄的個性更加深入人心。

周源也不由蹙眉，深覺現在的孩子果然不知天高地厚，既是他堅持要出醜，自己也沒法子。

這樣的人，總要摔個跟頭，才知道人生的路有多少坎坷荊棘。

第十五章　名動書院

陳毓一撩衣襬，徑直往右邊書案而去。

商銘眼中譏誚的神情更甚，強壓下內心的喜悅，也抬腳往自己書桌而去。

題目是沈洛所擬，乃是流傳甚廣的四個大字：「厚德載物」。

會用這四個字，沈洛自以為也是一片慈心，希望那少年能有所感觸，或者願意懸崖勒馬也未可知。不料那少年立於案旁，掃了一眼這幾個字，神情竟是越發嘲諷，甚而還挑釁似的望了一眼商銘。

商銘已是穩穩坐下，觸及少年的眼神，只是微微一哂。果然不到黃河不死心！他唇邊綻開一絲冷笑，緩緩收回眼神，注目眼前的一排毛筆。

作為天下讀書人嚮往的聖地，白鹿書院自是不缺筆墨紙硯這些物事。又因為沈洛刻意想要震懾陳毓，或者天下間同陳毓這般狂妄無知、敢於挑戰書院的人，拿出的毛筆全是書院頂級的，更是從小號到大號，不一而足。

商銘平日裡常用的是中號狼毫，倒不是說那些大號的他就用不了，只是型號越大，越考校一個人的腕力和定力，商銘自覺這會兒別說把大號狼毫用得爐火純青，便是拿著都有些困難，又一門心思的要贏陳毓，自然要選自己最拿手的。

至於陳毓，這麼大點兒的年齡，能用得了那小號狼毫就不錯了。

哪知一念未畢，周圍卻是響起一陣驚喘聲，商銘抬頭，眼睛也倏地睜大——對面的陳毓，竟是抬手就取了面前足足比商銘手裡的筆粗了兩倍有餘的最大號狼毫。

「果然狂妄！」

那可是白鹿書院鎮山之寶，是善製筆的鄧家特意送給白鹿書院的。尋常人別說拿來寫字了，便是握在手中都有些困難，何況陳毓細胳膊細腿的，怕是要兩手捧著才好。

「真是砸倒自己才真的貽笑大方呢！」

「你知道什麼，說不好人家就是想被砸趴下呢，好歹也有個藉口不是，到時候就說砸傷了無法寫字，好歹比這麼多人瞧著卻輸得一塌糊塗強得多啊！」

旁邊一片竊竊私語聲，甚而有人認定，說不好後一種說法還真靠譜。

陳毓那邊已穩穩把巨型狼毫拿在手中，只是這筆委實太長太大，陳毓非但沒辦法坐下，還不得不後退數步。那般宛若孩子抱著大刀的模樣惹得旁人又是一陣訕笑，跑到這麼多人面前丟人現眼，這陳毓臉皮還真不是一般的厚。

商銘嘴角冷笑更濃，對戰勝對方更加信心百倍，當下抬手飽蘸濃墨，凝神書寫。

陳毓那邊伺候的人卻是有些忙亂——會放那管狼毫上去，不過是想給陳毓一個下馬威罷了，所有人都認定，即便擺上也就是個擺設，諒那小子也不會用。

誰想到這少年行事竟是如此出人意表。

這麼大一支狼毫之下，之前準備的硯臺無疑就太小了。

虧得這毛筆還有相稱的硯臺，周源忙命人快快抬過來，心裡苦笑，這陳毓年紀不大，卻還真是能折騰，還有這性子，也委實太咄咄逼人了些。

那邊商銘已然擱筆，看著案上鋪就的白紙上已成的四個大字，商銘只覺通體舒泰，滿意得不得了。

眼前這字，相較於自己書法水平來說，無疑是超水平發揮，果然連上天都眷顧自己，才會讓自己今兒寫得如此流暢自然。

其他人瞧見商銘停筆，自然紛紛探頭去看，待看清上面所寫，個個都讚不絕口。

「好字，不愧是咱們白鹿書院的天才！」

「不過弱冠之年便有此筆力，假以時日，定可在書法界闖出一番名頭來。」

「可不，沒瞧見劉忠浩大師也是頗為滿意的樣子。」

相較於商銘這邊的勝券在握、氣定神閒，陳毓那裡就越發顯得可笑之極——那麼大點個人，捧著那麼一管如椽巨筆，甚而這邊商銘都完事了，他那裡連墨都沒有磨好。

「還以為敢向商公子挑戰的人是多了不起的俊傑呢，哪想到卻是這般毛都沒長齊的小屁孩。商公子隨便寫個字就能把他甩到十萬八千里之外，這場比試，還真是沒什麼看頭。」

「可不，虧我一大早就趕了來，哪裡想到根本就是有人特意想替商公子揚名，這般急於當眾出醜，倒也算是少見！」

「我瞧著這比試咱們也不用看了，結果已是很明顯了。」

眾人議論紛紛，甚而真有人起身準備離開。便是留下的人也覺得百無聊賴，深覺之前會以為這少年應該還是有些才華的念頭簡直愚蠢至極。

只剛走了幾步，後面忽然傳來一陣驚呼聲。

墨已磨好，之前靜立不動的陳毓手中的超大號狼毫倏地揚起。隨著一縷黑線在空中滑過，眾人只覺一道黑色的流光在眼前一閃而逝，再定睛看去，少年手中的筆已穩穩放了回去，正無比閒適的負手而立，而他的面前，正有四個斗大的字行雲流水般橫空出世。

商銘臉色一下煞白，他雖站在對面，卻還是能察覺出少年筆下大字撲面而來的雄渾氣勢。

四周是一片死寂，所有人都著了魔般盯著那四個字，彷彿深怕一開口，那字就會憑空消失。

場內非同一般的氛圍也驚動了昏昏欲睡的劉忠浩。

之前會答應做個見證，不過是瞧在沈洛的面子上，卻之不恭罷了，委實沒把這場比試放在眼裡。方才又見了號稱第一天才的商銘的字，也不過爾爾，對於那不停搞出各種動靜以吸引各方眼神的少年，劉忠浩也從一開始的有趣到最後覺得乏味。本來正閉眼打盹，卻忽然覺得有些不對勁，這才漫不經心的睜眼去瞧——下一刻，他立刻從座位上站了起來。

「我一定是眼花了吧？」

隨著他的站起，商銘之前呈上的字一下被帶得飛了起來又落在地上，劉忠浩彷彿全無所覺，抬腳就踏了上去，朝著陳毓站的地方如飛而去。「都不許動這字！」

「這字、這字……是出自哪位大師的手筆？」劉忠浩快步上前，一把把陳毓推開，眼神中是毫不掩飾的狂喜。

所謂見獵心喜，和其他讀書人喜愛名貴的筆墨紙硯不同，劉忠浩最愛的卻是各位名家的墨寶，甚至到了如醉如癡的地步。

北派書體，筆法古拙勁正；南派書法，則多疏放妍妙。劉忠浩平日裡浸淫其中，雖不敢說盡得其妙，卻也自覺頗能領會兩派之精髓。而眼前這幾個字，卻是劉忠浩從沒有見過的。竟是既有南派的婉雅秀逸，又有北派的雄渾厚重，其間又有寫字者本身的逸興遄飛，說不盡的鍾靈毓秀、儀態風流。

劉忠浩只覺眼前宛若出現一位白衣翩翩佳公子，左手筆右手劍，輾轉騰挪間神采飛揚而又氣勢豪邁、靈動非常。怎麼有人能把文士的儒雅和武人的豪邁融合得這麼天衣無縫？劉忠浩神情越發狂熱，更是無比清楚的認識到，眼前分明是又一種新的書體橫空出世。

不是沒有懷疑過這字是陳毓的手筆，但立馬被劉忠浩自己給否決——這少年才多大？眼前這筆字怕是少說浸淫書法也得有三十年！自己要找到這個人，立刻！馬上！

「這位大師在哪裡？快帶我去見他！」太過激動之下，劉忠浩一把拉住離自己最近的陳毓，心裡遺憾得要死，不過打了個盹兒的工夫，就錯過了這麼一位驚才絕豔的大師！

「說不好，他知道。」陳毓抬手指了下同樣呆若木雞的商銘。

他手中還捏了張大字，可不正是之前商銘所寫呈給劉忠浩的那張？

「他？」劉忠浩明顯覺得眼前情形有些古怪，可現場這麼多人，卻依舊維持著目瞪口呆盯著那幾個大字的模樣，竟是根本沒人顧得上回答他的問題。便是劉忠浩幾個弟子，也正杵在大字前面，一副頂禮膜拜的模樣。

劉忠浩無奈，只得接過陳毓手裡的字，只看了一眼，卻是驚「咦」一聲。「這不是商銘的字嗎？呀，不對——」

他衝著陳毓匆匆點頭。「多謝小兄弟，果然得問他！」

怪不得甫一見到大師的字覺得有些眼熟，這會兒仔細瞧來，可不是和商銘的字頗有些相似之處。自然，憑商銘現在的書法功底，這輩子怕是都無法達到眼前這幾個大字的高度，可兩人的筆法師出同源卻是一定的。

無比留戀的瞧了一眼依舊處於人群矚目焦點的幾個大字，劉忠浩先大聲對周源道：「周山長，這幾個字可得小心看顧，可別讓人扯壞了。」

口中說著，已是大步往商銘那裡而去，太過急切的他竟一把揪住商銘的衣襟。「快告訴我，大師在哪裡？」

商銘僵硬的身體終於有了些反應，方才陳毓說的話他也是聽到了的，只想著是陳毓為了羞辱自己，才特特說了那麼一番話罷了。這會兒見劉忠浩來質問自己，心中又羞又怒，連平日裡的風度也顧不得維持，竟是用力一下把劉忠浩甩開，臉色難看道：「你方才不是也在嗎？又何必問我。」

「我——」劉忠浩頓時有些口吃，又不好說自己方才無趣之下小睡了一覺，只得氣惱道：「果然字如其人，這般心胸狹窄，也不知那位大師怎麼肯收你這樣的人為徒。」

若非瞧出商銘應該和那位大師有關係，以為他樂意同這麼個從字裡就能瞧出尖酸刻薄的人說話嗎？

一句話出口，商銘臉色一下變得更加難看，敏感的覺察到，怕是有更可怕的情形就要降臨——劉忠浩竟然看出來自己的書法和陳毓的書法是由同一位老師傳授。

「大師方才說這兩幅書法有何淵源？學生斗膽想請先生加以點評。」陳毓笑吟吟道。

劉忠浩不明白陳毓因何有此一問，又因這少年瞧著比那一副死人臉模樣的商銘順眼多了，當下也就勉為其難解釋。「這兩幅書法乃是師出同源。我瞧得不錯的話，商公子和這位大師的字定然大有淵源，只是商公子的書法其間應有過停頓，改練了……我瞧瞧——」他看了片刻，神情有些古怪。「商銘雖和大師的基礎一般無二，中間不知為何，竟是又想捨棄原本的東西，改練了劉某人的書法，雖是最終又折了回去，卻終究讓這筆字落了下乘，有失清正之風。至於那位大師，說不好是另有奇遇……」

一番話說得旁觀眾人盡皆失色！

劉忠浩大師的意思，商銘和陳毓的筆法乃是同一人所授？那豈不是說，吳昌平和陳毓之前說的全都是真的？

「你、你胡說什麼？」到了這時候，便是商運也再忍不住，一下打斷了劉忠浩的話。「我兒子的字乃是我親自教授，枉我和犬子敬服大師、以習大師的字為榮，這才私下裡苦練，卻不料大師竟是這般污衊我父子二人。」

「什麼污衊？」沒想到商運這麼大反應，劉忠浩糊塗之餘，更有些惱火，當下冷哼一聲。「放著大師那樣好的一筆字不知珍惜，反而四處鑽營，怪不得令郎字裡一股子陰鷙之氣！這樣的敬服，不要也罷！」

一番話砸得商運好險沒暈過去，便是商銘也彷彿整個人都如墜冰窟一般，腦海裡盤旋的只有兩個字：完了！

他眼睜睜的瞧著陳毓扶著吳昌平一步步逼近。「商公子、商大天才，到現在，你還不願承認你的字就是吳先生親自教授嗎？當年先生如何待你，你心裡比誰都清楚，你如何忍心把這樣一個視你如同親子的老人推入絕地？

「如果說當年，你是年紀太小才會一時糊塗、鬼迷心竅，為了讓你爹爹得到白鹿書院西席之位，做出那般背信棄義、欺師滅祖之舉，那今日呢？你明知道這些年來，先生拜你所賜如何身陷泥淖，今天卻還要設計這樣一個局，想要讓先生永世不得翻身。似你這般虛偽而又心腸歹毒之人，當真是枉披了一張人皮。」

商銘被逼得連連後退，一個不察，竟是撞到一個凸起的石塊上，一下癱軟在地，臉色慘白一片。

「白鹿書院有你這樣的學生，委實顏面掃地！竟然連自己的恩師也敢陷害，這樣心腸歹毒的小人，當真讓人齒冷！」

陳毓的話字字如刀，商銘再也支持不住，仰面朝天就暈了過去。

至於本來意氣昂揚的沈洛，這會兒也早神情萎頓，恍若失了魂魄一般。原來自己才是最可悲的那個人嗎？竟把這麼一個狼心狗肺的人當作得意門生，甚而助紂為虐……

良久，一聲悠悠嘆息響起，陳毓回頭，卻是連書院山長周源都敬畏不已的那位老者開口。「所謂教書育人，切記育人當在教書之先，德為主、才為輔，德才兼備，才是正道，諸君可記否？」

「諾。」眾人紛紛起身應是，一副聆聽訓誡的模樣。

老者又抬手一指陳毓方才手書的厚德載物幾個大字。「這幾個字，以後便懸掛在山門之上。老夫會親自上書朝廷，取消商銘的舉人身分。」

又看向陳毓。「陳毓，老夫有意收你做關門弟子，你心裡可願意？」

陳毓還沒開口，後面吳昌平早急得什麼似的——那可是柳和鳴啊，大周聲望最隆的大儒！聽說柳先生早已不再收徒，倒沒想到竟是看上了毓兒。他又是使眼色又是扯衣襟，就差把人摁到地上磕頭了。

吳昌平眼都快抽筋了，陳毓身形終於動了，上前一步就衝著老者拜倒在地。「學生陳毓，拜見先生。」

一句話出口，喜得柳和鳴頓時哈哈大笑起來，上前一步親手攙起陳毓。「走吧，咱們師徒聊聊。」

說是聊聊，卻是打著另一個心思——

這段時間沒少被孫女兒念叨，還以為陳毓到了鹿泠後會先去孫女那兒呢，沒承想卻是先到白鹿書院，還露了這麼一手。平日裡為著寶貝孫女兒日日念叨陳毓，老頭子沒少吃醋，今兒個自己把人給孫女帶回去，也讓孫女兒不舒服一把。

「是。」雖然看出來先生的模樣似是對自己很是喜歡，陳毓也不敢托大，依舊恭恭敬敬的模樣。「待學生跟吳先生告別。」

「好。」柳和鳴依舊笑咪咪的，這小傢伙，倒是個重情的。「告訴你家先生，白鹿書院缺一位書法先生，不知他可感興趣？」

說完示意陳毓待會兒自己跟上來，便遛遛達達往山下而去。

看陳毓回來，劉忠浩終於回過味來，真是眼睛都綠了——

那位大師，竟然就是眼前這個十多歲的少年？而且這都什麼跟什麼呀，這麼好一個書法神童，怎麼著也得跟了自己才是啊！都怪自己慢半拍，竟是被柳和鳴給搶走了。

劉忠浩不住跌足長嘆，一會兒又想到什麼，忙拉了陳毓的手，搞起了挖牆腳的事。「我說小陳毓啊，你年紀小，怕是啥都不知道。我跟你說啊，柳老先生可是頂頂嚴厲的一個人，你要是跟在他身邊，少不得吃苦頭。我想著啊，你還是跟我最妥當，憑你的實力，我稍加指點，你就能前無古人後無來者，上下五千年，任你馳騁……」

一番話說得陳毓樂不可支，這會兒才發現，劉忠浩真是個有意思的小老頭。只是上下五千年都能任意馳騁的話，自己不是神就是鬼了！

不過他對劉忠浩提到的「柳老先生」頗感興趣，實在是陳毓都磕完頭拜完師了，還不知道自家先生的大名呢。當下小聲道：「你說我家先生姓柳？」

劉忠浩驚得嘴巴一下張得老大。「不是吧，你小子到現在還不知道剛才是跟誰磕的頭？」

半晌忍不住，伸手在陳毓腦袋上用力揉了一把。「你小子還真是個有福的。方才那位是柳和鳴，咱們大周朝最負盛名的大儒柳和鳴！」

這麼說完也覺得有些氣餒，柳和鳴是誰啊，人家不只是大儒，可是正正經經的奇才，簡直琴棋書畫無所不精。甚而自己最擅長的書法，比之柳老先生怕是也有不如。老先生的字自己見過，沒有門派痕跡，自成一家，最是瀟灑愜意，這麼說倒是和陳毓有些相合。

那邊陳毓果然少見的大吃一驚。前世今生兩輩子了，怎麼會沒聽過柳和鳴的名頭？更何況，那不是雲姝姊姊常常跟自己提起的爺爺嗎。

又抬頭瞧向小七原先站的地方，不由一頓，小七身邊不知什麼時候忽然多了一個坐在輪椅上的男子，可不正是小七那個頗為嚴厲的兄長？

這會兒陽光下，男子英俊的外貌一下完全顯露出來，偏是這麼俊逸的人，卻帶有一股凜然的殺氣，竟是沒人眼光敢在他臉上多作停留。

陳毓忽然有個不大妙的想法——這殺氣好像就是衝著自己……

陳毓本要過去打招呼的腳不由就滯了一下，而就是這麼一會兒的工夫，小七已朝陳毓眨了眨眼，然後轉身推著兄長逕自離去。

陳毓沒來由的一陣心慌，直接就想跑過去，好歹也要問一下小七這會兒住在哪裡不是？哪知道剛一動，就被劉忠浩給拉住。

「我知道自己搶不過柳先生，可陳小毓你好歹記著，每隔半年給我寫幅字好不好？」

「好。」陳毓也頗欣賞劉忠浩的性子，自然滿口答應，等應酬完擠出人群，眼前哪裡還有小七的影子？

他一時怔愣原地，只覺悵然若失。小七和他兄長的模樣分明不是鹿泠郡本地人，方才他哥哥既然找回來，說不好會帶了人離開也未可知。本想今兒個怎麼也要問清楚小七姓甚名誰，家住哪裡，也好多加來往，卻沒想到這麼一耽誤，根本連告別的機會都沒有。

所謂人海茫茫，從此後想要再遇到小七，怕是比登天還難了。

小七這會兒比之陳毓還要彆扭，就出來這麼一小會兒，大哥怎麼就趕了來？還有那瞧向自己的眼神，讓小七心裡更是止不住打鼓。

「你們什麼時候又見的面？一共見了幾次？」半晌，男子終於開口。看小七和那小子的神情，明顯自渡口別後又見過了才是，不然，也不會那般熟稔的模樣。

而正是這一點，讓男子心裡很是不舒服，甚而連之前對陳毓的好感也沖淡了不少。

小七可是全家人的寶貝，那小子怎麼就敢往前湊?!

「什麼什麼時候？」小七嘟著嘴，不願回答。

「小七。」男子雙手在兩邊的輪子上一壓，輪椅頓時停止了轉動，男子轉頭一眨不眨的瞧著小七，神情雖然不算嚴厲，卻明顯有些失望，甚而還有一些受傷。

不怪男子有這樣的感受，都說長兄如父，他和小七年齡相差太大，自己心裡根本就把小七看成自己孩子一般，再加上小七平日裡又對自己黏得緊，這般因著另外一個人藏著掖著的事還是第一次發生。

看兄長這樣，小七也不敢瞞著了。「也就兩次，一次是前兒個從藥坊往回趕時，我瞧見那位老先生身體不適，就給了他些藥。還有一次，就是今天了，這不別人都來看熱鬧了嗎……」卻是越說底氣越不足。

男子蹙眉半晌，終於開口道：「走吧。」

他心裡開始打算，這腿就不讓神醫接著治了。自己雖然想要雙腿恢復，可卻無論如何不忍心讓小七就這麼跟著對方當個藥徒。

「大哥！」看男子神情不對，小七臉色頓時一白。正所謂兄妹連心，小七又是極聰穎的，竟是立馬明白了兄長的心思，手足無措的她從輪椅後一下轉到男子前面，半蹲著仰頭看向男子。「大哥不是不想治了吧？」

男子沒想到自己的心思竟這麼快就被看破，感動之餘更是擔憂，小七倒是長了一顆七竅玲瓏心，可所謂慧極必傷，反而更讓人擔心。

「大哥你一定不能放棄。」小七眼睛都紅了。這些年來陪著大哥走遍大江南北，好不容易看到點希望，要是大哥真因為自己放棄了，自己可不得難過死？

「爹爹年紀大了，還有大姊姊，要是大哥不趕緊站起來，把咱們家撐起來，爹爹還得日夜操勞。大姊姊將來……那樣的地方，可該怎麼撐下去。大哥放心，師父都已經說了，就是看上我，拿我當女兒來養的，我自己也真的很喜歡侍弄那些草藥，也就是跟師父學些藥理罷了，又哪裡會吃苦？若是、若是大哥不喜歡、不喜歡我見陳毓，那我永遠不見他便是……」

說到最後，眼淚已是掉了下來。

雖然過去了近六年時間，記憶已有些模糊，甚而第一次見面，小七根本沒有把陳毓和那個拉著自己逃命的毓哥哥聯繫起來，可聽到陳毓這個名字，再想到大哥對他非同一般的顧忌，小七又如何不明白，此陳毓就是小時候的毓哥哥。

這麼多年了，儘管家人想盡法子想讓自己忘記那一段悲慘記憶，可午夜夢迴時還是止不住會夢到一些，惡夢的最後，無一不是一雙死死拽著自己的小手……

以至於知道了那般璀璨耀眼的少年竟是故人後，小七便忍不住想要跑來見一見他。好像見了他，心裡就能踏實些。只是，不管有多想見他，都比不上大哥的腿重要。若然是為了大哥的腿、為了爹娘的笑臉、為了大姊姊娘家有依靠，不至於被人欺負，便是這輩子再不能見陳毓也是能夠忍受的。

然而心裡，怎麼就這麼疼呢？好像……有什麼東西被挖空了一般。

男子長嘆了一口氣，終於緩緩伸手，幫小七一點點抹去眼角的淚。

過去的事是小七的心魔，就怕越壓制，將來的傷害會越大。而且小七說的又何嘗不是家族的現狀？爹爹年老、大妹妹的處境，還有家族子弟凋零，那個家，只有靠自己去撐起來。

「好。大哥會努力站起來。至於那個陳毓，可以同他來往，只記得一件事，絕不能讓他知道妳是女兒身和妳的出身來歷。若然妳向他透露什麼，那就讓大哥的腿這輩子永遠廢掉！」

鹿泠郡守備府。

大清早的，一個美貌女子就在花園裡走來走去，一聽到動靜，就忙忙的讓人去瞧。「是不是老爺回來了？」

女子不是別人，正是柳雲姝。也怪不得柳雲姝這麼急，自跟著夫君到了這鹿泠郡，和陳毓已經數年未見了，一想到那玉團子似的孩子，柳雲姝就覺得整顆心都是軟的。因此，從聽說陳毓要來投考白鹿書院的消息後，柳雲姝就激動得不得了，見天盼著陳毓趕緊到了。

「這倒春寒的天，可還是冷著呢，夫人還是回屋裡坐會兒，不然真是凍著了可了不得。」旁邊伺候的丫鬟春杏抿著嘴道：「而且您想啊，小少爺既是來報考的，怎麼著也得考完後才能過來不是。我聽說今年來投考白鹿書院的人怕不下有數千人，老爺就是這會兒趕過去，怕是也不好找。」

柳雲姝何嘗沒想到這一點，只是心裡的惦記無論如何壓不下去，雖然她名義上是嫂子，可心裡卻是把陳毓當自己兒子看的。

看柳雲姝堅持，那些丫鬟也只能應了，卻是個個提著心。又是回去拿大毛領子斗篷，又是送手爐，弄得柳雲姝哭笑不得。「瞧妳們一個個緊張的，我哪裡就有這麼嬌貴了。」

雖然聽柳雲姝這麼說，那些丫鬟卻依舊不敢就這麼放她在外面待著。整個府裡誰不知道，別看老爺是個武人，卻是個多情的，真真稀罕慘了夫人。

就說這鹿泠郡的官老爺們，哪家沒有幾房姨娘，就只有守備大人，這麼多年了只守著夫人一個，還是在夫人始終不能生育的情況下。說來這也是柳雲姝最大的隱痛，嫁給顧雲飛也有七、八年的時間了，前幾年因邊關戰事，兩人沒辦法團聚也就罷了，可這幾年卻不同。

因著顧雲飛是家裡的長子長孫，一家人盼孫心切，也不讓柳雲姝在身邊伺候老人，而是讓她一直守在顧雲飛身邊，原想著頂多一、兩年就能抱上金孫了，誰想到匆匆又是幾年時間過去了，柳雲姝這裡依舊絲毫沒有一點兒動靜。

她看了不少婦科聖手，都說怕是有些宮寒的緣故，這幾年也吃了不少藥物，卻沒什麼起色。饒是如此，顧雲飛依舊沒有納妾的意思，還益發對柳雲姝疼愛有加。

春杏正絞盡腦汁想著怎樣把夫人勸回屋子，一陣噠噠的馬蹄聲就在外面響起，大門開處，一個身材高大、五官稜角分明的英武男子正飛身下馬，一眼瞧見接出來的柳雲姝，嚴厲的眉角間全是掩不住的笑意。

柳雲姝一下跑到馬前，才站住腳，又迫不及待的往顧雲飛身後瞧，當發現後面除了幾個長隨並沒有其他人時，神情頓時很是失望。

下一刻她身子一暖，卻是顧雲飛接過丫鬟手裡的大毛領子斗篷，嚴嚴實實的幫柳雲姝裹好，剛要說話，春杏忽然眼前一亮，指著外邊道：「老爺、夫人，那可不是老太爺的車子？」

府門外邊，一輛青布驢車正緩緩停下，正是柳和鳴平日裡坐的那輛。

夫妻倆忙不迭迎出去，還未走下臺階，車帷幔拉開，一個身材頎長的少年一下從馬車上跳了下來，又探手扶了一位老人下來。

可不正是柳和鳴？

夫妻兩個齊齊迎了上去，剛要開口，不防少年回過頭來，俊秀逼人的臉上滿滿的全是笑意。「大哥、大嫂。」

柳雲姝怔了一下，下一刻不敢置信的瞪大眼睛。「你是小毓？」

不怪柳雲姝傻眼，這才幾年啊，小毓怎麼就長這麼高了？而且相比起原來玉團子似的樣貌，這會兒模樣也變了很多，不獨更好看了，便是眉宇間也多了少年人獨有的英氣，如果不是陳毓剛才叫了那麼一聲，便是迎頭撞上，柳雲姝怕是也不敢認的。

下一刻她探手就把陳毓拉了過去。「小毓什麼時候來的？怎麼穿得這麼薄？有沒有吃飯啊？想吃什麼，大嫂這就去給你做……」

「咳咳。」有了弟弟直接就把爺爺給忘了，這個孫女真是白養了！柳和鳴又等了會兒，終於忍不住咳嗽起來。

柳雲姝這才回過神來，意識到自己方才怕是冷落爺爺了，不由有些訕訕然，忙上前摟住柳和鳴的胳膊。「爺爺——」

卻被柳和鳴抽出來，鼻子不是鼻子、眼不是眼的道：「有了弟弟，還要爺爺幹什麼？哼！」

說話間瞄了陳毓一眼，明顯有些遷怒的意味。

這一路上，陳毓也早領略了自家先生彆扭的性子，萬事只能順毛捋，忙上前一步攙住柳和鳴另一條胳膊，一副大義凜然的模樣。「那哪成啊，我可是有了先生不要大嫂的。既然大嫂惹了先生生氣，那咱們這就走，再不登這守備府的門。」

說著拖了柳和鳴竟是真的要往車上而去。

弄得柳和鳴簡直哭笑不得，抬手點了下陳毓的額頭。「你小子，就能吧！」

他放開了陳毓，依舊讓柳雲姝攙著，一家人說說笑笑往正房而去。

待經過演武場，陳毓忽然站住腳步，瞧著一直笑咪咪看著自己不發一言的顧雲飛道：

「大哥，咱們比劃比劃？」

「我看成。」正在前面走的柳和鳴站住腳，一副很是感興趣的模樣。早聽孫女說這個關門小弟子還是個練武的奇才，今兒個倒要見識一番。

「好。」顧雲飛爽快的點了下頭，脫掉官袍，露出裡面一身黑色勁裝，益發顯得英氣逼人。陳毓的裡面則是一套紫色的武士裝，襯著一張臉越發瑩白如玉、俊美異常，惹得上前接過兩人外衣的丫鬟，個個臉色緋紅。

便是柳和鳴也不由道：「我這小弟子，生得可是真的好。」

旁邊的柳雲姝不住點頭，一副與有榮焉的模樣，卻忽然意識到什麼。「弟子？爺爺您把毓兒收到門下了？」

「嗯。我瞧他的字寫得挺好，就是不知才學如何。」陳毓的字何止寫得好啊，那簡直是太好了。更何況都說字如其人，看那般瀟灑寫意的一筆字，柳和鳴就能判斷出自己這小弟子將來前途怕是不可限量。

當然，為了不讓這小傢伙太過驕傲，老先生心裡雖得意得緊，語氣依舊淡淡的。

倒是瞧在孫女兒真心稀罕陳毓的分上，極簡略的說了之前發生在書院的事。

老先生雖是說得簡單，奈何柳雲姝真真是把陳毓疼到骨子裡了，聽說連劉忠浩那樣的書法大家都被陳毓給震住了，開心得眼睛都在發光。「我就說小毓最厲害的，爺爺瞧，我沒說錯吧？我就說嘛，就沒有哪個娃娃能比得過我家小毓的。」

銀鈴般的笑聲在守備府上方飄蕩，顧雲飛好久沒見小妻子這麼開心了，正要往演武場邁的腳步不覺頓了一下，回眸看過去的視線也滿是暖暖的笑意。

陳毓也聽到了柳雲姝的讚譽，未免覺得有些臉紅，剛要開口，眼睛忽然抬起，直直的落在柳雲姝身後花園裡一叢蔥蘢的花草後。花木扶疏間，正站著一個妙齡女子，女子一身淡粉衣衫，身段窈窕、面容清麗，手扶花枝，在江南的茫茫煙雨中站成了一處獨特的風景。

只是這份獨特落在陳毓眼裡卻是古怪得緊。

大哥顧雲飛眼裡只有大嫂一個，這女子一雙妙目卻是癡癡鎖定在大哥身上，甚而瞧著瞧著，一滴眼淚就從蒼白的面頰上滑落。

陳毓一下蹙起眉頭，看這女子的打扮以及跟在旁邊伺候的兩名丫鬟，分明不是顧府的下人，可據自己所知，顧家這一輩並沒有女孩子，而且對方看向大哥時那不容錯認的深情眼眸，也太詭異了吧？

一黑一紫兩個身影，一個勇猛若獅、一個迅疾如鷹，身形交錯間，各個往後退了一步，雖是收勢，卻自有一股淵渟岳峙的宗師派頭。

陳毓和顧雲飛各自站穩身形，雨絲朦朧，兩人卻都是大汗淋漓。

「大哥的拳法越發老道了。」方才若非顧雲飛處處容讓，怕是百招之內自己就會落敗。只是這個結果，陳毓還是相當滿意的，畢竟上一世，因為習武的時候年齡已經太大了，通常都是二十招之內必敗無疑。

陳毓邊笑邊接過丫鬟遞過來的毛巾胡亂擦了一把汗，飛揚的黑髮下一雙眼睛亮得驚人，俊美少年宛若一個發光體，讓人瞧著就移不開眼睛。

和陳毓的鐘靈毓秀不同，顧雲飛是經過血與火淬鍊的真漢子，方才一番打鬥，無疑完全激發了顧雲飛藏在身體深處的野性，遠遠瞧著，哪像一個日常坐衙門的官老爺，說是馳騁沙場的百勝將軍還差不多。

兩人站在一處，俱是耀眼無比。

「頂多再過三年，小毓怕是就能趕上大哥了。」好長時間沒打得這麼痛快了，顧雲飛只覺暢快得緊。更訝異陳毓的天分，也真是奇了怪了，論起對家傳武學的領悟能力，小毓竟是比自己那弟弟還要強得多。

「好了，你們兩個就別互相吹捧了。」柳雲姝抿著嘴笑道。「眼瞧著這雨就要下大了，也堪堪到了飯時，咱們快去屋裡待著吧。」

柳和鳴撚著鬍鬚，笑容裡又是欣賞又是開心。文能治國、武能安邦，自己果然收了個好弟子！

沐浴完畢，顧雲飛和陳毓並肩往正廳而去。

哪知剛走了幾步，就被人攔住去路。

「老爺。」卻是一個丫鬟。

陳毓冷眼瞧去，正是之前留心過的那名女子身邊伺候的。

顧雲飛臉上的笑意暫態淡去。「何事？」

那丫鬟就有些瑟縮，一副馬上就要哭出來的樣子。「老爺，您能不能去瞧瞧我們家小姐？小姐本就身子骨弱，又不小心染了風寒，這會兒還昏昏沈沈的，又一直哭著說想爹爹和兄長……」

聽丫鬟提到什麼「爹爹和兄長」，顧雲飛神情明顯有些黯然。「我知道了，回去好好伺候著，待會兒我就讓人請大夫過去。」

聽顧雲飛如此說，那丫鬟的神情明顯有些失望，卻也不敢反對，只得小心應了聲「是」，便退了下去。

陳毓眉頭蹙得更緊。雖是這麼會兒工夫，也讓陳毓明白，那位小姐應該是寄居在府內。只是既為女眷，有病了自然應該去回稟大嫂，然後請大夫來便可，這麼巴巴的跑來請大哥過去做什麼？

進了屋，柳雲姝和柳和鳴已經在等著了，見兩人進來，忙不迭命人傳菜。

很快，就擺了滿滿一桌酒席，連帶的顧雲飛又開了一罈子好酒，單手拍開上面的泥封，一股濃郁的酒香頓時充斥了整間房子。

陳毓的酒蟲一下被勾了起來，瞧著酒罈子，眼饞得不得了，只是還沒表達出想要喝點兒的意思，就被柳雲姝塞了一杯糖水到手裡。「這酒性子烈著呢，小毓可不能喝。」

「大哥——」陳毓無奈，只得瞧向顧雲飛，一副可憐巴巴的模樣。

哪想到自家大哥是個重色輕友的，寧肯得罪兄弟也不願違背媳婦兒的意思，愣是只管和老爺子推杯換盞，連看都不往陳毓這邊看一眼。

還是柳和鳴瞧著陳毓實在可憐，又想著今兒一天，也不少難為這小弟子，才大發慈心，倒了一杯遞給陳毓。「男孩子嘛，喝點酒也沒什麼。給，讓你小子解解饞。」

喜得陳毓忙接過來一飲而盡，下一刻卻是後悔不迭，這酒果然夠勁得緊，而且自己也不像上一世般練出的那般酒量，這一喝下去，竟是從喉嚨到肚腹都是火燒火燎的，鬧得他又吐舌頭、又揉胸口的，好一陣兵荒馬亂，惹得顧雲飛和柳和鳴都大笑不已。

柳雲姝則是一邊笑著一邊又往陳毓手裡塞了杯糖水。「快點兒喝了，化化酒味。」看陳毓小臉這麼片刻間就紅彤彤的，唯恐他不舒服，忙不迭讓人扶著他下去休息，又一迭連聲讓人準備醒酒湯。

陳毓本就吃得飽了，看柳和鳴和顧雲飛正喝得盡興，便不欲打擾他們，就說不用麻煩，自己一個人到花園子裡轉轉，把這酒發散發散就好。

看陳毓起身時，身形倒是挺穩的，除了臉紅一些，其他也沒什麼，又想著小孩家家的，坐了這麼久說不定也嫌悶了，柳雲姝也就應了，只吩咐春杏跟過去伺候。

別看顧雲飛是武人，這花園倒是布置得挺有情調，假山荷塘不一而足，更有應季花兒次第開放，瞧著頗有些意趣。

陳毓一路走一路看，走得累了，便到涼亭坐了下來。春杏怕他著涼，忙又回房間去幫著拿斗篷。

聽到有腳步聲窸窸窣窣的傳來，陳毓還以為是春杏回來了，自顧自閉目養神，不料一個柔柔女子的聲音在耳邊響起。「你就是雲楓嗎？」

怎麼老有人把自己當成顧雲楓啊？當初方城府時如此，這會兒又是如此。陳毓睜開眼，想著既然知道雲楓，那自然和大哥關係匪淺，可抬眼看過去，臉色就有些不好看。來人可不就是之前那個在花園裡瞧著大哥流淚的女子？明明她那丫鬟方才還說什麼主子正昏昏沈沈的在床上躺著呢，怎麼卻跑到這涼亭裡來了？

陳毓本準備起身的動作生生定住，依舊坐在石凳上，涼涼的眼神裡並無半分情緒。

「妳是誰？」

「雲楓還不認識我吧？」對陳毓的無禮行為，女子絲毫不以為忤，言辭間反而更加溫和，一副知心大姊姊的模樣。「我大哥和你大哥是八拜之交，論起來，咱們也算是姊弟才對，你叫我婉蓉姊姊就好。」

大哥八拜之交的妹妹？可怎麼會住在這裡？還一副對大哥情根深種的模樣！

再想到大哥、大嫂膝下現在還沒有孩子的情形，陳毓立即就明白了女子的心思。這樣一幕若是落在顧家人眼中，抑或者被自己這個「顧雲飛的弟弟」把看到的事情說給家中老人聽，怕是必然要有一場風暴。
要知道顧家的家風最是嚴謹，顧老爺子對後輩子孫的要求就是必須要有擔當。
「姑娘不是有病在身嗎？」陳毓收回眼，淡淡道。
「我父兄均已亡故，你是顧大哥的弟弟，我心裡就當你是自己的親弟弟一般。」華婉蓉垂下的眼眸中閃過一絲喜意，聲音卻是悽苦。「這會兒不出來見一下你，怕是以後也沒機會了。我一個弱女子，顧大嫂她……」
「華小姐……」拿了個斗篷的春杏這會兒終於匆匆趕來，遠遠的瞧著華婉蓉，臉色很是難看。
「春杏姊姊。」華婉蓉明顯嚇了一跳，連聲音都有些抖，一副飽受驚嚇的模樣，淚水在眼眶中打轉，要落不落的，那般委屈的神情更惹人憐愛。
若是落在尋常人眼中，看著這麼個嬌美的人兒被嚇成這樣子，心裡不定怎樣憐惜呢。可惜陳毓並不是那心腸軟的人，到了這時候，越發確定對方是在演戲。
什麼叫「不出來見一下，以後就沒機會了」？刻意想把大嫂牽扯進來，後面沒說完的話是想暗示大嫂苛待她這麼一個寄人籬下的孤女吧？再加上之前父兄俱亡的說辭，當真是要多可憐就有多可憐。
春杏也想到了這一點，氣得臉都變色了，卻也不好當著陳毓的面跟對方爭辯。
「我瞧得不錯的話，姑娘身上穿的這是雲靄錦吧？」陳毓聲音不高，語氣卻是篤定得緊。家裡織坊每出了新緞子，他都會著人送出去一批，而大哥、大嫂這裡自然也是每年都有。如今華婉蓉身上穿的衣衫，便是雲靄錦裁成。

「啊？」華婉蓉頓時有些反應不過來，不明白陳毓怎麼突然扯到了自己穿的衣服上。

「據我所知，這樣的綢緞乃是貢品，自來有寸布寸金之稱。」陳毓的聲音越發嚴厲。「便是我大嫂身上穿的也不過是普通綢緞罷了，卻把這麼好的布料全給了姑娘，我倒不知，姑娘又從哪裡來這滿腹的委屈？吃顧府的、喝顧府的，穿得比大嫂還要精美，大嫂哪裡對不住妳？姑娘竟還這般背後說嘴，想要壞我大嫂的名聲！

「姑娘沒有父兄固然可憐，可又與顧府何干？這般看在故人情分上多加照顧已是有恩於姑娘，姑娘不知感恩不說，竟還心懷不滿，一人獨處時，良心何安?!既在顧府住得這般艱難，何不早早離去，做出這般虛偽做作的樣子委實難看之極。」

沒想到陳毓說話如此刻薄，華婉蓉身子宛若風中落葉般瑟瑟發抖起來，到最後，更是淚如雨下。「是大嫂對你說了什麼對不對？大嫂她……就這般容不下我一個孤女嗎？」

自己都說得這麼難聽了，這女人竟還要演？她對大哥的執念到底有多深啊?!陳毓目瞪口呆之餘，也明白再同這女子說下去也沒什麼意義，站起身來，冷哼一聲。「執迷不悟。」

離開時，他在經過女子身邊時站住腳，壓低聲音道：「不要妄想我大哥，若然妳真做出什麼踰矩的事，到時候即便大嫂不說什麼，我也會把妳給處理了！」

華婉蓉沒想到陳毓會這般說，如遭雷擊，一張臉更沒有絲毫血色，她旁邊的丫鬟看情形不對，忙上前扶住，然而她卻身子一軟就暈了過去。

「快來人啊，小姐暈過去了！」那兩個丫鬟頓時喊了起來。

陳毓像沒聽見一般，自顧自揚長而去。

「陳公子你真是個好人。」跟在後面的春杏神情明顯很是雀躍，這個華婉蓉，早該有人整治她一番了，這樣接二連三的弄出么蛾子委實讓人受不了。「怪不得我們家夫人整日裡盼著陳公子來府上作客，要是公子早些來，我們夫人就不必受那麼多委屈了。」

「這個華婉蓉怎麼回事？為何會住在守備府？」陳毓站住腳問道。

說起這事來，春杏倒是最清楚，當初可不是自己親眼目睹了整件事？再加上私下打聽來的，也就有個八八九九了。

「這位華小姐呀，是京都人，聽說他們家世代習武，好像和咱們大周朝名氣最大的國公府成家還有些關係……」

華婉蓉的爹叫華源通、兄長叫華揚。

顧雲飛初入軍中，就是在華揚手下做事。難得的是兩人性情相投，又因顧雲飛也是個有本事的，兩人惺惺相惜之下，便結拜為兄弟。華揚對顧雲飛特別欣賞，還曾經開玩笑說想要把妹子許給顧雲飛，後來知道顧雲飛已經娶了妻子，此事便就此作罷。

隨著戰事越發激烈，也多虧華揚從旁教導，才讓顧雲飛躲過數次危機，並在華家父子提攜下，很快在軍營中脫穎而出。

只是天有不測風雲，眼看著大周朝就要大獲全勝，卻是迎來了最艱難的一次戰役，那次戰爭中，英國公世子廢了一雙腿，部下將領也是死傷泰半，又碰上雪崩，以致很多人屍骨無存，而華家父子也在壯烈陣亡的行列之中。

消息傳回去，舉朝震驚。

其間顧雲飛也曾親自前往，想要尋回華揚父子的遺骨，卻一直未能如願。無奈何，只得在大軍凱旋時，收拾了幾件兩人平時穿的衣衫，又寫了一封信，託人捎了回去。

哪想到數月後，就有人拿著信登門拜訪。這人不是旁人，正是華婉蓉。

華婉蓉一進門就給顧雲飛跪了下來，一力懇求顧雲飛幫自己尋回父兄屍骨。

本來顧雲飛和華揚在軍中時，也曾想到過戰死沙場這樣的事，平日裡少不得互相託付，若是戰死，希望對方照顧自己家人。

華揚的家庭情況倒是和陳毓有些相似，生母早亡、繼母當家。只下面還有幾個庶出弟妹，因而他最放不下的就是一母同胞的妹妹華婉蓉，唯恐自己不在人世，會讓她受什麼委屈。顧雲飛當時就拍著胸脯應了下來，若是華揚有個萬一，定會把華婉蓉當自己親妹妹一般看待。

彼時華婉蓉倒沒有說要長住顧府，只是懇求顧雲飛派人尋覓父兄屍骨，並表示若不找回父兄遺骨，就絕不回家。

因為本就有承諾在前，又敬佩華婉蓉一個弱女子竟有此忠孝之行，顧雲飛當即就把她留了下來，並依照華婉蓉的請求，不間斷的派人尋找華家父子遺骨，甚而自己還曾親自去過幾次，可惜始終無法得償所願。

華婉蓉因此在顧府中住了下來，話裡話外又透露出繼母待自己頗為嚴苛、在府中過得如何艱難之事，顧雲飛夫婦兩人自然不好送她離開。

要說一開始，顧雲飛也好、柳雲姝也罷，那是真把她當成了親妹妹來看的，甚至兩人合計過，既然華家繼母不是良善之人，索性就把華婉蓉留在身邊，待相看個好人家，再準備一份豐厚的嫁妝，把人送回去，到時候也就回華家走個過場罷了，便是華婉蓉出嫁，夫婦兩個也是她一世的靠山，怎麼也不會讓她受絲毫委屈才是。

兩人想得雖好，卻誰也沒有料到，華婉蓉竟然喜歡上顧雲飛了。

甚而她身邊的丫鬟還說漏嘴過，說顧雲飛本就是華家想要給華婉蓉相看的良人。

陳毓越聽，連帶的對華揚都有些腹誹，想也知道，八成是華揚太寵妹妹了，相看顧雲飛時，就先把顧雲飛的情形透露給華婉蓉知道了。就說這女人怎麼總是一副幽怨的模樣，恐怕十之八九還認定是大嫂搶了她的位置呢。

這華婉蓉的情形也委實棘手得緊，一個弄不好，大哥就要背個背信棄義的名聲，怪不得大嫂忍了這麼久。

正想著心事，就見一個揹著藥箱的大夫匆匆而來，明顯是要來給華婉蓉診治的。

春杏有些擔心，唯恐華婉蓉會說什麼對陳毓不利的話。

陳毓倒是絲毫不在意，自己方才那番話，倒是希望華婉蓉真能說給大哥聽。實在是從春杏的話裡，陳毓也能聽出來，因為大嫂的隱瞞，大哥怕是並不知道華婉蓉這些背後弄鬼。

此刻，房間裡的華婉蓉這會兒真是快要氣瘋了。

從小到大，她的眼淚可謂無往而不利，就連性情略有些彪悍的繼母都在她的眼淚裡敗下陣來，平日裡絲毫不敢刁難她，便是如此，還總是有人在見到她的眼淚後，出來幫著抱不平；親爹、親哥哥，更是對她寵得不得了，看她蹙一下眉頭，都心疼得什麼似的。

還是第一次，有人絲毫不為自己的眼淚所動，還說出那般難聽的話來。

只是再憤怒又如何？之前繼母惹了自己，自己可以含淚出門投奔顧家，讓她落一個不慈的名頭；這次這個說話如此惡毒的人卻是一個比自己還要小著幾歲的少年罷了，自己若真對外說了什麼，可能還會被指責是以大欺小。

華婉蓉可不想離開顧家。

事實上，當初大哥隱隱透露出想要幫自己和他結義兄弟牽線的打算時，她一點也不樂意。從小自己就想著要嫁一個家世不凡的英俊夫郎，而聽大哥的意思，顧家不過是吃著一碗鏢師的飯罷了。

這想法卻在來到顧家後，越來越後悔。顧雲飛不只生得英俊至極，和最疼愛自己的大哥亦有頗多相像之處，之後華婉蓉更因為親眼目睹了顧雲飛對妻子的癡情，而把一顆心全遺失在了這裡。

這些日子以來，她處心積慮想要和顧大哥培養感情，可惜到了現在都並無絲毫進展。也是今兒一大早，偶然聽說顧大哥的弟弟要來，才想出這麼個計策來。

本想著顧雲飛這麼長時間沒有子息，顧家人不定如何心急火燎呢，自己但凡露出點兒意思，說不好不用自己開口，顧家人就會敦促著顧大哥娶了自己。

誰知道那小子對柳雲姝死心塌地不說，嘴巴還那麼毒！

不過這也沒什麼，要知道，自己的背後還有英國公府呢。雖然都是成家下屬，可也分個遠近不是，尤其自家父兄還是在跟著英國公世子時慘死在戰場之上？

第十六章　覬覦

大夫來過後，情形果然如陳毓想的那般，華婉蓉除了被傳出「病得厲害」的消息外，就再沒有其他的事了。

陳毓也不關心這件事。想著酒氣也發散得差不多了，就又往客廳方向而去，路過一個小隔間時，卻發現方才那大夫還在裡面等著。

不由站住腳，對方這是要跟大嫂說華婉蓉的病情？

看陳毓蹙眉，春杏不由失笑。這陳公子不像老爺的結拜兄弟，倒是夫人的親弟弟才是，怎麼瞧怎麼像是娘家兄弟跑來給親姊姊撐腰來的，便解釋道：「我家老爺囑咐過，華小姐病了，儘管開藥便是，無須擾了夫人。程大夫這會兒定是等著給夫人診脈呢。」

陳毓頓時就有些擔心。「大嫂身體有恙？」

「那倒不是。」

春杏的臉上有些愁容。夫人身體倒是無恙，可也就是這個無恙，才更讓人發愁——這幾年，大夫也不知請了多少個了，卻沒有大夫能準確的說出夫人不孕的原因到底是什麼，也就只能按照宮寒之類的情形先治著。

便是夫人，也對有個自己的孩子越來越不報希望了，甚而還流露出不然就給老爺納個良家妾的意思。若非如此，那個華婉蓉又怎麼會在府中越來越囂張？

只是這話倒也不好跟陳毓明說，春杏只得支吾道：「夫人身體也挺好的，就是吃些溫補的藥。」

溫補的藥？看春杏含糊其辭的模樣，陳毓很快明白過來，卻也只能嘆一口氣，抬腳進了房間。

這位程大夫名叫程峰，在當地倒是很有名氣，對一些疑難雜症頗為拿手，鹿泠郡最負盛名的仁和醫館便是他開的。

程峰本來並不把陳毓放在眼裡，還以為是顧府的客人跑錯地方了呢，而且怎麼瞅也就是一個十一、二歲的小毛頭罷了，又能懂什麼？也沒準備搭理他。可待攀談片刻後便不由改觀，實在是這小孩懂得太多了，甚而說到醫藥方面也懂些皮毛。

到後來又聽春杏說陳毓竟是大儒柳和鳴的關門弟子，更是刮目相看。

世人誰不知道，能被柳和鳴看重的哪個不是大才？

兩人竟是很快成了一對忘年交，說著說著就聊到顧雲飛的子嗣問題，聽陳毓一口一個大哥的叫著，程峰知道對方應該是顧雲飛親近的人，便也不瞞他。「我瞧著顧夫人身子骨倒是好得緊，即便有些宮寒，理應不會影響到子嗣才是，眼下這情形倒是讓我頗為費解。不過，我這人婦科方面不是太擅長，有什麼問題沒看出來也未可知。」

聽程峰如此說，陳毓也很無奈。「程大夫您是杏林名手，可還聽說過其他看婦科更厲害的同行沒有？若是有，還請跟我們說一聲，便是花再多銀兩也是使得的。」

程峰有些躊躇，這樣的人自己倒是知道，可不就是自己師父嗎？可就是……一般人請他不動啊。而且自己若是不經允許把這事說出去，說不好怎麼挨訓呢！

陳毓那是什麼人？見程峰的模樣哪能不明白？他站起身來對著程峰就是深深一揖。「還請先生見告。若有什麼麻煩，必不會連累您才是。」

「這——」程峰也是個老實人，見陳毓如此，頓時有些頭疼，守備大人夫婦都是難得的和氣人，平日裡也對醫館頗多看顧，自己又委實喜歡陳毓的性子，何況師父這些日子還恰好就在自己醫館中，更又收了個無比滿意的關門弟子。

看師父的意思，是準備讓小師弟傳承衣缽的，怎麼著也會留在這裡好好教導一段時間才是。想了想道：「這樣，待會兒我替夫人寫個藥方，你拿著去抓藥，我醫館裡新來了個藥童，你去求求他。」

自己這是把路給指明了，求不求得到，就看個人造化了。

陳毓頓時大喜，忙不迭拽著程峰就往柳雲姝那裡去。

程峰老胳膊老腿的，那禁得住他這麼折騰？慌得忙抱住一棵樹站定身形，笑罵道：「臭小子，哪有你這麼求人的。再這麼拽下去，我這把老骨頭非零散了不可！」

又囑咐道：「你可記得千萬別說是我教你的，還有，他那脾氣可是古怪得緊，即便你求到面前，也不見得會答應出手。」

「呶，那就是我們仁和醫館，你去抓藥，我還有些事……」來到醫館門前下了車，程峰明顯就開始心虛。竟是大踏步就往醫館而去，邊走邊給陳毓使眼色，示意他跟自己拉開些距離，最好裝作不認識的樣子，弄得陳毓真是哭笑不得。

自己手裡的這張藥方子可是程峰剛剛寫的，就這麼裝不認識人家會信嗎？但他也不好戳破，只得略頓了一頓，才緩步而入。

待進了醫館才發現，醫館的生意今兒個實在是太好了，抓藥的人都排到門外邊去了，探頭往裡面瞧了瞧，偌大的櫃檯，只有一個藥童正低著頭在那兒抓藥。

得，就一個藥童，倒是好找。

陳毓心思大定，拐回身去，老老實實的在後面排隊。

好在那藥童上手得倒挺快，約有半個時辰的工夫，終於輪到陳毓了。藥方遞過去剛要開口，卻是愣了一下，這藥童怎麼瞧著這麼熟悉呀？雖然低著頭，可越瞧越像……

他試探著叫了聲。「小七？」

藥童明顯一怔，抬起頭來，正好和陳毓的眼神撞了個正著。

可不正是小七？

只是和之前在白鹿書院看到的那個意氣風發的小七不同，這會兒的小七眼睛卻是有些紅腫，明顯之前哭過了。

小七也是一愣，卻不搭理陳毓，只抽過陳毓手中的藥方，極快的抓好藥塞到陳毓手裡，便板著臉對後面的人道：「下一位。」

這又是怎麼了？陳毓納悶不已，可後面又有其他人等著呢，陳毓也不好多做停留，看看身後的隊伍，看來小七還有得忙。

這麼多人，怕是中午飯還沒吃呢！陳毓不由得對程峰很是埋怨，怎麼就不知道多請個人，瞧把小七給忙的！忙轉身往外而去，好歹得幫著小七買些東西吃不是？

那邊程峰也收到了陳毓幽怨的眼神，忙低下頭，看來自己這小師弟根本不買帳啊！真是那樣的話，自己也沒法子。

一直過了盞茶工夫，醫館裡的人終於全都散去了，程峰嘆了口氣，陳毓這是回守備府想法子去了？又瞧一眼小師弟——怪不得師父會想著把一身功夫都傳給小師弟，除開小師弟從醫的天分外，自己瞧著，他們倆這性情還真是像。

正自胡思亂想，又有人進來了，程峰打起精神朝外看去，眨了眨眼睛——竟然是陳毓去而復返，一隻手裡掂著個紙包，另一隻手還端著熱騰騰的一碗豆漿。

程峰這才想起來，自己光顧著發呆，卻是這麼會兒工夫了，連飯都忘了吃了，忙起身迎出來，哪想到陳毓經過他身邊時連停都沒有停，逕自走了過去，小心的把手裡的東西放在櫃檯上，然後探手拉住自己小師弟的手。

「餓了吧？這麼冷的天，就是要幹活，怎麼也得先吃飽飯不是？我給你打包了好幾樣稻香齋的點心，還熱呼著呢，還有這豆漿，也趕緊趁熱喝。」

程峰頓時就慌了，事情怕是要糟！要知道小師弟可是最不耐煩和陌生人有什麼接觸，就是自己這個師兄也不行！這小子怎麼就敢拉手了！

小七眼睛更加紅了，想要抽出手，無奈何陳毓手勁大得很，終是被他拉到了食案旁。

程峰終於坐不住了，忙忙跑過去，探手就想把食案拿走。

早說過小師弟的脾氣和師父的脾氣一樣，可是怪著呢，又是個挑剔的性子，別說陌生人的東西，就是自己碰過的他都不會再吃，從來都要一個人單獨用。

剛才還說陳毓這孩子穩重，嘴甜會哄人，怎麼還幹起強迫的事來了？這要是惹惱了小師弟，等師父回來，怕是會對自己懲罰加倍。

哪知程峰手還沒有碰到食案，就被小七一下推開，甚而還抬頭瞪了一眼程峰。

程峰頓時有些發傻。小七不是不想吃嗎？

還未反應過來，陳毓已經打開紙包，捏了個雲片糕遞給小七。「快吃。」

程峰嘴巴張得老大，眼睜睜的瞧著從不肯跟自己分食的小七接過陳毓手裡的雲片糕，又就著陳毓端起的碗，喝了一口豆漿……

「你不是和你大哥來求醫的嗎？怎麼會跑到這裡當起藥童了？」雖然程峰把他師父誇得天上有地上無的，陳毓還是有些心疼——沒瞧見方才抓藥時的情形，把小七累成什麼樣了?!

更令人疑惑的是，之前在渡口時，小七的大哥出手可是闊綽得緊，更對小七疼愛有加，怎麼捨得讓小七受這麼大的苦。

小七無語。要怎麼說自家那師父的古怪脾氣？自己不留下給他當弟子的話，他就不肯給大哥看腿！當然，這麼些時日的相處，小七也能瞧出師父是個心慈的，之所以那麼說，不過是一門心思的想要把她留下來罷了。

這些卻也不好明講，小七只得含糊道：「他們家的藥挺貴的，我們帶的銀兩不夠，正好這裡還缺個藥童，我就留下來幫著做些事，就當抵藥錢了。」

一句話說得陳毓心裡咯噔一下——自己當初只當對方定是有錢人，卻哪裡想到人家奉行的是滴水之恩當湧泉相報的原則？說不定原是傾盡所有家產來看病的，結果絕大部分銀兩都給了自己，以致如此捉襟見肘，他不由大為歉疚。

「都是我不好，當初不要你們家銀兩就好了。不過那銀票還好好的放著呢，待會兒我就拿過來，咱們一塊兒給你師父送去。到時候，你就不用在這裡受苦了。」

「那倒不用。」知道陳毓這是心疼自己，只是師父想要留的是自己，和那些銀兩卻是無關，她之前又發過毒誓，絕不能暴露自己的家世，小七只得擺手。「我師父已經給了足夠多的藥，說是能保證我哥好起來，而且我也喜歡跟著師父學醫。」

兩人說著話，小七吃了幾塊點心，又喝了小半碗豆漿，便不肯再接著用。

「不好吃？」陳毓歉疚之下對小七越發上心，而且小七的精神狀態也當真算不上好。

「想吃什麼？我再去給你買。」

哪知剛轉過身來，衣袖卻被人拉住。

「你坐著吧，我吃飽了。」

對上小七黑葡萄似的大眼睛，陳毓一瞬間不覺有些晃神。總覺得記憶中，好像也曾經有過一雙同樣的眼睛，總無比依賴的瞧著自己，還有總是怯生生躲在後面，揪著自己衣袖那一模一樣的動作，心裡不由一動。「我們之前……可是見過？」

不明白陳毓為什麼會這麼問，小七睨了一眼陳毓。「不就在渡口那裡嗎。」

渡口之前沒見過嗎？陳毓不覺有些悵然，轉而自失的一笑。自己胡思亂想些什麼呢？端看那時候安安的排場，也知道她定然是家世不凡的官家小姐……他怎麼會聯想到眼前家中兄弟連看病的錢都不夠，還得把人抵押到醫館的小七？

既然知道程峰口裡那個難纏的名醫只有小七能夠擺平，陳毓倒也沒有客氣，直接把顧家的事告訴了小七，明言自己想要替大嫂求醫。

「本來我大哥想要親自來的，又怕惹得令師不喜，早知道是小七在這裡，我就領著大哥一塊兒來了，也好介紹你們認識。」省得有哪個不長眼的敢欺負小七！

「顧雲飛是你大哥？」聽陳毓提到顧雲飛，小七眨了下眼睛，明顯有些驚奇。

雖然沒有見過顧雲飛這個人，卻經常從大哥嘴裡聽到，大哥的意思，對這人倒是欣賞得緊，還囑咐自己，以後有什麼為難的事，大可去找他。

「你知道我大哥？」陳毓也很是奇怪，小七的語氣竟和大哥頗為熟稔的樣子。

小七忙擺手。「他不是我們守備大人嗎，我自然聽過他的名字，就只是你才多大點兒，怎麼會和他結拜？」

「許是我們倆有緣。」陳毓的笑容暖暖的。「而且我大哥很好的，最是情深意重。」

「等師父回來，我就跟他說。」既是大哥欣賞的人，又是陳毓一力護著的，小七當然不會袖手旁觀。

「師父又走了嗎？」一旁的程峰很是吃了一驚。

小七點頭，情緒明顯更加低落。「去京城了。」

姊姊大婚在即，大哥自然不可能不回去，師父只能跟著回京城。也正好趁著這次回去，告訴那些有心人自己體弱在外休養的消息。

「哎呀，你說這事，師父怎麼也沒跟我說一聲呢，早知道我怎麼也得去送送了。」程峰嘴上如此說，心裡卻喜歡得什麼似的——走了好，走了好啊！雖然瞧著小師弟的模樣和陳毓是相熟的，可也難保師父捨不得責備小師弟，轉而拿自己出氣啊！

程峰笑著笑著又覺得場合有些不對，畢竟不只陳毓急著找師父瞧病，自家小師弟也明顯還在難過啊。不由有些訕訕，朝著一副不贊同模樣的陳毓道：「話說小七雖是剛拜入師父門下，得師父親自教導之下也是頗有些門道的。不然，就讓小師弟先跟你去顧府瞧瞧？」

說不定有陳毓這麼個妙人兒陪著，小師弟心情能好起來，到時候也好幫自己美言幾句。

「我陪你去瞧瞧也可。」小七答應得挺爽快。府裡有專門的太醫，自己因身子骨弱，又對這些感興趣，也跟著學了些，這些年來陪著大哥天南地北的求醫，更是長了些見識，如今又得師父親自教導，倒頗有些技癢呢！再加上師父特意留給自己那麼多珍貴脈案，想來即便幫不上忙，也不致犯什麼錯處。

兩人坐上車子，一路往顧府而去。待來至府門前，卻見一個人正在府門外徘徊，可不正是喜子？

瞧見陳毓下車，喜子小跑著迎了上來，臉上明顯全是喜色。「少爺！」

「是不是有什麼事？」知道自己和顧家的關係，若沒事，喜子不會特意找來。只是看喜子這喜興勁，應該不是什麼壞事。

「是喜事呢。」喜子瞧了一眼和陳毓並排而立的小七，明顯有些躊躇。少爺不是愛顯擺的人，很多時候並不願別人知道家裡的狀況。

小七剛要迴避，卻被陳毓攔住，轉身對喜子道：「沒事，小七不是外人，你只管說便是。」

聽陳毓如此說，喜子才道：「三公子特意囑咐裘掌櫃來報的信，說是太子大婚的禮服定了，太子和太子妃的喜服全部用的是咱們織坊提供的雲水緞。」

當時大周朝共有十六家有名的大織坊參與競爭呢，到最後是裘家獻上的雲水緞大獲全勝，陳家的織坊也隨之揚名整個大周朝，這些日子，前來求購布疋的人都快把織坊的門檻給踏平了，虧得外面有裘家三公子撐著，否則還真不知會如何呢！

這話一說，便是陳毓臉上笑意也不禁多了幾分，想了想囑咐喜子。「我知道了，你轉告秦伯，家裡佃戶的租子再減一成。另外拿出些銀兩，再修建幾所義學。」

喜子高高興興的應了。

旁邊的小七明顯有些怔愣，半晌才瞧著陳毓幽幽道：「那雲水緞很美嗎？做成喜服的話，一定很漂亮吧？我……我是說，成家那位太子妃穿上的話一定很好看吧？」

「那是自然。」陳毓點了點頭，雲水緞是織坊花費兩年心血才研製出的新織錦，既有天上雲朵的縹緲，又有春江柔水的絲滑，最是絢麗華美。第一疋布剛織出來時，便是裘老爺子那般毒辣的眼睛都瞧得目瞪口呆。

想著卻忽然覺得不對，詫異的瞧著小七。「妳剛才說，太子妃是成家小姐？」可不對啊，自己記得清楚，上一世的太子妃可是潘家小姐！成家小姐只是之後才迎娶的側妃！

「你不知道？」小七明顯更加吃驚。整個大周朝都知道，成家軍凱旋時，太子妃的人選終於定了下來，就是成家大小姐。怎麼陳毓家的織品都被選中了，他倒好，竟不知道正主是誰。

意識到自己有些失態，陳毓終於回神，只得掩飾道：「平日裡爹和先生都是督促著讀書，並沒有人和我說起京中大事。」

其實前些時候，關於太子妃，自家老爹也是提了一嘴的，只是陳毓卻先入為主的認定是潘家，所以一直都沒在意。這會兒聽小七如此說，驀然想到一點——太子妃的人選之所以出現變化，莫不是和這一世成大帥沒有在方城府遇難有關？

如此一想，他也隱隱有些了然。上一世成家先是繼承人成了廢人，然後是家主英國公在凱旋路上去了半條命，成家因沒有了頂梁柱，便是本來鐵桶一般的成家軍也被分化，很快淪為二等家族。甚而後來還傳出成家小姐淪落妓館的消息，即便後來這個傳言不了了之，卻還是給成家的聲望造成很大的打擊，以致成家女最終沒有被選中。甚而聽說即便是那個側妃之位，也是太子求來的。

那成家小姐也是個命苦的，即便後來得嫁太子，卻始終不孕，好不容易在四年後有了身孕，又在生育孩子時難產而亡。而成家的傳奇也終於就此止步，永遠消失在了歷史煙雲之中……

陳毓搖了搖頭，領著小七往府內而去，剛走了幾步，正好和一個丫鬟迎面撞上，陳毓一眼認出，對方可不正是貼身服侍華婉蓉的那個叫小秋的丫頭？

小秋也瞧見了陳毓，臉色先就有些不好看。剛要避讓開，卻正好瞧見和陳毓並肩而行的小七，臉色頓時白了一下，那模樣彷彿是見了鬼一般。

「你認識那個丫頭？」陳毓有些疑惑。聽說華婉蓉經常「抱病」，若真是因為這一點，兩人會認識倒也情有可原，可那丫頭的模樣，卻分明不是認識那麼簡單……

「不認識。」小七瞥了一眼失魂落魄的小秋，神情有些茫然。「她不是顧府的人嗎？」

「是，也不是。」陳毓神情嘲弄。「她是京中華府小姐的丫鬟，只是那華小姐這會兒正寄居府中……」

「京城的小姐嗎？」小七一副嚇了一跳的樣子。「一定是很厲害的大家閨秀了！」心裡卻咯噔一下，華這個姓並不多見，還是來自京中，那就不是經常到自家走動的那個華府嗎？他們家的小姐……難道是華婉蓉？

據自己所知，華婉蓉雖是年方二八，卻並未婚配，這顧府中又是一對年輕夫妻當家，便真是親戚，寄居在這裡怕也有些不妥吧？

「什麼大家閨秀?!」陳毓冷哼一聲，語氣裡全是不以為然，只是這是顧府私事，他也不願多說。

再回頭瞧去，那小秋已是急急的往華婉蓉的小院而去。

「成家小姐？」華婉蓉同樣被嚇了一跳。「妳看得可真切？」

「是成家最神秘也最受寵的那位小小姐沒錯！」小秋言之鑿鑿。「小姐還記得去年春節嗎？我陪小姐去了成府，可不就是那時剛見過她一面……」

一番話弄得華婉蓉越發六神無主，半晌道：「妳去——罷了，還是我親自去吧。」

兩人一路往柳雲姝的主院而來，剛行至小門旁，便聽見一陣爽朗的笑聲傳來，可不正是柳雲姝？

柳雲姝的對面正坐著顧雲飛，他嘴角微微勾起，定定的瞧著妻子，一向嚴厲的臉上是無法遮掩的萬千柔情……

華婉蓉只覺心頭彷彿被人剜去了什麼似的一陣劇痛。

「大嫂似是有些肝氣鬱結。」房間裡小七收回手，長舒一口氣，這些日子也就跟著師父學了一些粗淺的東西罷了，饒是如此，依舊能瞧出柳雲姝身體底子不錯，於子孫一途上理應不會太過艱辛才是。她提筆剛要寫方子，忽然抬了下頭，正對上窗戶外華婉蓉迷醉的眸子，頓時就明白了陳毓方才提起華婉蓉時臉上的不屑和嘲諷到底是怎麼回事。

同一時間，柳雲姝也看到了窗外扶著小秋的手、失魂落魄站在那裡的華婉蓉，臉上的笑容一下變得無比勉強。

守在門外的春杏臉色有些難看，生恐這兩人再鬧出什麼么蛾子來，忙忙的上前攔住了這主僕二人。「我們夫人正瞧著病呢，華小姐有什麼事，待會兒奴婢幫您通稟。」

「那好，我也是這幾天身子不舒服，等那位小大夫診完脈，能不能麻煩春杏姊姊跟夫人說說，也讓他幫我瞧瞧可好？」華婉蓉點頭，語氣竟是意外的和氣。

春杏驚得眼睛好險沒掉地上——眼前這個乖巧聽話的女子，真是那個動不動就迎風流淚念叨她苦命的「爹爹和哥哥」的華家大小姐？若非親眼所見，她簡直要懷疑是有人冒充的！

華婉蓉不動聲色的看了一眼房間內埋頭寫方子的小七，看小七並沒有什麼特別的表示，才對春杏點了點頭，扶著小秋的手往自己房間而去。

春杏被完全不按常理出牌的華婉蓉唬得一愣一愣的，半天才咕噥了句。「這大白天的，真是見鬼了。」心裡卻是越發七上八下。

到得小七出來，春杏忙上前小心回稟了華婉蓉想要請小七也幫著看看的意思。

陳毓聞言很是不喜，小七倒是沒有推託，隨著春杏走了一趟。

回來之後只說華小姐並無什麼大病，只是有些神思不屬，倒似是思親戀家的症候……

半個月之後，京城中華府就來了人，華婉蓉的庶弟奉母命來接華婉蓉回府，說是家裡幫著相看了一位叫嚴釗的將軍，已換了庚帖，婚禮就定在來年春天……

華婉蓉回京的消息，還是喜子去守備府辦事時聽春杏說的。

和春杏的歡欣鼓舞不同，陳毓大為詫異，一則華府這麼長時間都對華婉蓉不管不問，怎麼這會子突然就跑來把人給接走了？

二則就是華婉蓉要嫁的夫婿人選，竟然是嚴釗。

之所以會對嚴釗這個名字留意，實在是上一世，最後分得成家軍絕大部分兵力，最終帶著這些人馬投向潘家陣營的那人，可不就叫這個名字？

卻又搖頭失笑，自己便是知道這些事又怎樣，畢竟，說出去怕是沒有一個人會信。而且說不好也就是同名同姓罷了。再說，即便是同一個人，能在成家軍中擔任那樣的職位，必然是成家非常寵信的人，自己真是跑過去亂說什麼，怕是會被當成瘋子看待！

眼下陳毓也沒時間想些其他的，考試的時間近在眼前，正月裡已是在縣衙裡報了名，眼看著縣試在即，陳毓得趕緊啟程回去。

而在這之前，陳毓還想在鹿泠郡這裡建一座織坊並一個成衣坊，再買兩個土地肥沃的莊子，將來一併作為姊姊的嫁妝。

因是失母長女，而且生母、繼母均是商家女出身，陳秀的婚事頗多波折。

及笄後雖也有人上門提親，卻都不盡如人意。倒是年前，新任方城縣知縣許如海的夫人韓氏給說了一門親事，陳家人頗為滿意。男方也是姓韓，名叫韓伯霖，論輩分要叫韓氏一聲姑母，聽韓氏說他們家雖清貧了些，卻最是個規矩的人家。

韓伯霖也是個極爭氣的，兩年前考中了舉人，等到明年就要下場，聽韓氏的意思，以韓伯霖的才華，不出意外，很快就能捧個進士回來。

只是有一點兒不足，那就是韓伯霖父親早亡，下面還有四個弟弟妹妹，母親又體弱多病，身為長子，壓在韓伯霖肩上的擔子無疑極重。甚而這些年來家裡負債累累，再加上弟妹和母親的拖累，以致也是和陳秀一般，處境頗有些尷尬，這般高不成低不就，婚事就擱那兒了。

韓伯霖唯恐寡母弟妹受委屈，一心想著等自己舉業有成進士及第，再考慮親事也不晚。

韓家老母不願，於是就託了韓氏，可巧，韓氏跟隨丈夫赴任方城縣後，知道了陳知州家的小姐正是適婚之齡卻尚未婚配，就為兩家牽了線。

知道了陳家的情形，韓家那邊倒是滿意，在這之前也有官宦人家想要結親的，可人家要嫁的卻是家裡不得寵的庶女，哪裡像陳家，嫁的可是正經的嫡女。又聽韓氏說陳秀生得極好，性情還和順得緊，就更加心熱了。

消息傳到陳清和那裡，他對這門親事也頗感興趣，畢竟自己也是寒門出身，家世倒是並不看重，就只陳毓堅持要先去打探一番。

陳毓到了鹿泠郡後，頗費了一番功夫，得到的消息倒是和韓氏說的並沒有太大差別，甚而韓家幾個弟弟，陳毓還找機會接觸了下，雖是穿著頗為清簡，也都是知書懂禮的孩子，瞧著家教是極好的。

如果說有哪裡稍有出入的話，那就是韓氏家族在鹿泠郡中也算大姓，至於韓伯霖家，因父親早亡，寡母領著這麼多孩子，好像頗受家族排擠……

陳毓正轉著心思，眼前一暗，卻是一個年輕男子攔在自己面前。男子瞧著也就十八、九歲的樣子，一身的儒雅氣質，挺鼻俊目、輪廓深邃，瞧著陳毓的細長眉眼裡全是略有些靦覥的笑意。「小毓！」

陳毓還在愣神，旁邊的喜子已是樂呵呵的打了個拱。「姑爺。」

陳毓愣怔了一下才回神，怪不得自己覺得這人眼熟，可不正是之前偷偷考察過的未來姊夫韓伯霖？只人雖也是自己相中的，可一想到將來就是這個男人把自己姊姊搶走，陳毓看他又有些不順眼。

卻不知韓伯霖也很有壓力。

他也是在訂了婚之後，才從陳家人口中得知，自己的小舅子也在白鹿書院讀書，而且這小舅子不是別人，正是近日來白鹿書院風頭最盛、被大儒柳和鳴收為關門弟子的那個書法天才陳毓。

當初陳毓和商銘比試書法時，韓伯霖也是親眼見著了的，更是領略了陳毓非同一般的戰鬥力，沒料到，對方竟成了自己的小舅子。

本來韓伯霖還擔心這小子年少有成，又家世頗好，會不會瞧不上自己這個姊夫？這會兒瞧見陳毓紅著臉的彆扭模樣，提著的心一下落了下來。

看來自己白擔心了，這位小舅子還是滿可愛的。

記得姑母來信時，曾隱晦的提起未婚妻的容貌，雖沒有明說，卻暗示姊弟倆生得有六分像。眼下一瞧小舅子生得這般俊，未婚妻的容貌又豈能差了？

這般想著，韓伯霖竟是越看陳毓越順眼，看完第一眼，又接著看第二眼，連帶的笑容也越來越和煦。

那般疼愛弟弟的大哥哥模樣，令得本是頗不自在的陳毓也不好發脾氣。「韓公子。」

韓伯霖卻不樂意，笑呵呵的道：「叫什麼公子，咱們一家人，那麼見外做什麼？你便只叫我姊……我是說，大哥便好。」

陳毓狐疑的抬起了頭，這傢伙方才該不是想讓自己喊姊夫吧？

韓伯霖被瞧得頭上的汗都要冒出來了，再一想自己可是姊夫，怎麼也不能讓小舅子給嚇著！即便再厲害，也只是小舅子不是？

只是什麼時候小舅子能喊一聲姊夫的話，定然聽著更舒服吧？

韓伯霖當下上前牽了陳毓的手。「走吧，我們去吳先生那裡。」

因著家境不好，韓伯霖讀書之餘還會接些私活，未中舉前經常幫人抄書或寫文章，等中了舉之後，接的活難度更高，比方說給那些即將考秀才的童生傳授考試秘笈。還別說，韓伯霖總結出來的重點頗為有用，幫助了不少人。

這會兒小舅子要下場，人還就在白鹿書院，韓伯霖自然要幫著盡一份力，還是熱情空前、絕不藏私、又不收一文報酬的。

陳毓原還想著自己這姊夫是個溫和人，哪裡知道一旦嚴厲起來根本不是自己能吃得消的，竟每日勒令自己除開寫五十張大字外，還須得再寫三篇文章，最可氣的是一點兒不讓人偷懶，往常自己寫文章時連先生都放心得緊，韓伯霖倒好，就搬個小板凳在房子外面守著，時不時掂起茶杯放在唇邊抿一口，那般怡然自得的模樣，簡直讓陳毓覺得這姊夫是知道了自己當初準備打他一頓的打算，特意來報復的！

不過第二天，看到自己文章上密密麻麻的批點後，陳毓的怨氣也慢慢消失了。昨天韓伯霖可是陪自己到最後一刻，現在上面圈圈點點這麼多，必然是連夜幫自己看的，瞧他那般上心的樣子，看來是真的對自己好。

這般一想，陳毓心裡的怨氣都消散了，連帶著叫大哥的時候也誠心誠意多了，畢竟，這韓伯霖一瞧就是個重情義的，對姊姊未來嫁過去的日子也就少了些擔心。

韓伯霖自己也頗為滿意，單看小舅子一筆字就讓人舒服得緊，就憑這字，只要寫出一篇中規中矩的文章怕是就能過關，何況陳毓的文章，便是韓伯霖這個舉人瞧了也是滿意得不得了。

開始的幾篇雖是也很不錯，卻未免有些躁進，行文轉換之間文采有之、沈穩不足，到得後來，卻是越寫越好，韓伯霖自認便是自己當年縣試時，也寫不出這般錦繡文章。

若非親眼見著陳毓筆走龍蛇，洋洋灑灑寫了那麼一大篇出來，韓伯霖簡直懷疑小舅子是請了什麼高人代筆。

臨河縣。

日已西斜，正是私塾放學的時間，三三兩兩的學子走出學館，身上灑滿落日的餘暉。

「咦，那不是陳家的馬車嗎？」有人站住腳，神情嚮往道。

一輛四匹駿馬拉的馬車正往渡口而去，這般漂亮的馬車，整個臨河縣也沒有幾輛，而陳家恰好就有一輛。

說起陳家，可真真臨河縣的一個傳奇，原本陳家也不過能稱得上富足罷了，可不過這麼幾年光景，就發生了天翻地覆的變化。

首先是舉人老爺陳清和自入仕途後便官運亨通，短短幾年時間就升任了方城府五品知州，又因有個能幹的下人秦忠，陳府名下的產業也跟著翻了好幾倍，眼下可真不是一般的興旺。現在的陳家，分明就是臨河縣名副其實的第一大興旺之家。

陳家家主陳清和是個厚道人，即便發達了，也不忘回報鄉梓，這些年來在臨河縣鋪路搭橋、興建義學，諸般善舉不一而足，整個臨河縣，哪個人提到陳家不翹一下大拇指，讚一聲積善人家？

「我瞧著這輛馬車是往渡口去的，難不成是接人？」旁邊一個胖乎乎的少年道。「陳家可是低調得緊，就這輛馬車，也就陳家二爺成親的時候見他們用過，這會兒派出去，接的人怕是身分不低。」

「難不成是陳家公子回來參加縣試了？」又一個少年介面道。

「怎麼可能？」旁邊一個臉上長著幾個雀斑的少年道。

少年名叫陳柯，算是陳毓出了五服的堂兄，聞言笑道：「我那清和族叔家裡也就一個兒子罷了，就是小族弟陳毓，今年才十二歲，雖然都說虎父無犬子，可我族叔也是十七、八歲時才中的秀才，陳毓的年紀也太小了吧？」

他們這些準備參加縣試的，一水兒十六、七歲的少年，即便如此，聽先生的口氣，能過關的也不見得能有多少。聽說還有不少二、三十歲，甚至頭髮花白的也在備考呢，要是出個十二歲就下場的，不純粹是鬧著玩嗎？

聽陳柯提到陳毓這個名字，旁邊一直沈默不語的一個十六、七歲少年神情明顯有些僵硬，下意識的就想躲到一邊去，卻不防被笑嘻嘻的陳柯一下抓住胳膊，衝著旁邊明顯有些不大相信的同窗們嚷嚷道：「你們別不信，李毅的爹可是進士，他一定最知道這科考的路有多艱難。」

「我不知道。」李毅臉一沈，推開陳柯的手，徑直大踏步往前而去。

陳柯愣了一下。李毅雖有一個當官的爹，性子卻向來好得緊，從來不擺什麼官家少爺的架子，不然自己也不會和他這麼要好，怎麼今兒個突然就給自己撂臉子了？

倒是他旁邊的胖墩，捅了陳柯一下，壓低聲音道：「你怎麼忘了，李家之前和你那族叔家可是……」說著兩個手指頭往一塊兒碰了碰。「親家關係。」

意味深長的模樣，令得陳柯一下憶起，啊呀，自己怎麼忘了，兩家之前可不是姻親？

說來這件事也是整個臨河縣都知道的，當時李家勢強，陳家處於下風，可風水輪流轉，現在這會兒再說起這門親事，臨河縣哪個不說李家眼皮子太淺——不對，應該說是瞎了眼才對，竟是白白扔掉了這麼好一門親事。

陳柯不覺有些懊惱，忙叫著李毅的名字追了過去。

李毅越走越快，彷彿沒聽見後面的動靜一般。因著李、陳兩家曾經的親事，這些年他實在是受了太多奚落。

「李兄！」胳膊一下被拉住，卻是陳柯終於追了上來，正把他往路邊扯，同一時間，一陣噠噠的馬蹄聲響起。

李毅這才回神。方才想事情太投入，竟不知不覺走到了路中間，連後面來了輛馬車都沒發現。

定定神瞧了過去，卻是抿了嘴。可不正是方才引得大家議論紛紛的那輛陳家的車子？許是怕撞著人，車夫已經把馬車停了下來，一個滿面紅光的老人隨之探出臉來，瞧了神思不屬的李毅一眼，笑著道：「年輕人走路可得看著些道，真是撞上了可怎麼好？」

陳柯抬頭，忙放開李毅的手上前規規矩矩的見了個禮。「六爺爺好，孫兒陳柯給您老見禮了。」

來人正是陳家老爺子陳正德。

「哎呀，是柯小子啊！對了，柯小子今年也要參加縣試吧？」陳正德笑容更加爽朗，回頭衝著車裡道：「小毓啊，叫六哥。」

話音一落，一個著湖藍色錦袍，面如冠玉、氣質悠然的俊秀少年探出頭來對著陳柯一笑。「見過六哥。六哥這是下學了？不然我們一起回家？」

「是啊、是啊。」陳正德也笑呵呵附和道，滿是皺紋的臉上，笑意都快浸出來了，臉上神情更是自豪無比。「柯小子和我們一起吧。正好小毓今年也要參加縣試，你們哥倆好好說道說道。」

這些人也全是要參加縣試的嗎？瞧著可全是十七、八的大小夥子了，陳毓有些愣神，轉而又有些失笑，自己怎麼忘了，這裡是老家臨河縣，可不是人才輩出的白鹿書院。真是在白鹿書院那裡，這麼大還沒考中秀才的委實是異數，卻不想以科舉之路的艱難，這樣的情形才是常態。

「小毓？」陳柯愣了下，半天才回過味來，車上這個漂亮孩子竟是自己那小族弟陳毓？明明幾年前離開時還蒼白瘦弱得不像話，這才幾年不見啊，人真是整個大變樣了，竟是和話本上說的金童一般！

其他學子也明顯聽到了他們的對話，紛紛看過來，瞧見陳毓的容貌、氣度，全都止不住屏息，只覺這樣謫仙似的人物，可不要唐突了才好。

又聽陳毓也要跟他們一起下場應試，更是個個驚得瞪圓了眼睛。

知道這些人都是自己鄉黨，陳毓跳下車來，大大方方的拱手問好，絲毫沒有高高在上的傲慢，一番舉動，令得眾人越發心折，瞧在陳正德眼裡，更是老懷大慰。

陳柯也早看傻了眼，迷迷糊糊的跟著陳毓上了車，坐穩了才想起來好像忘了和李毅說一聲了，他忙探頭往外擺擺手。「李兄，咱們明兒見。」

旁邊的陳毓順著陳柯的手勢看過去，不覺有些詫異，這人長得倒是有些熟悉呢，而且方才自己打招呼時，和其他人的熱情不同，對方竟是急於避開的模樣。

他不動聲色的看向陳柯道：「那位李兄也是六哥的同窗？」

「這個，」陳柯頓時有些懊惱，怎麼把這事兒忘了，李、陳兩家素有舊怨，只是陳毓既回來參加縣試，必然會和李毅碰上，只得含糊道：「你說他呀，他叫李毅，是我學裡的同窗，功課是頂頂好的。」

學裡的先生親口說過，不出意外，今年縣試的案首應該就是李毅了，畢竟家學淵源，人又勤勉，李毅不得案首誰得？

李毅？陳毓嘴角一下翹起，就說怎麼這麼熟悉呢，這會兒終於想起來了，可不就是李運豐那個庶子嗎？上一世因阮氏終於生了嫡子的緣故，對這個之前深得夫君疼愛的庶子自然是百般看不上眼，李毅的存在感越來越低，以致他對這個人印象不深。

算算時間，這個時候，李家的嫡子應該已經出生了……

後街一處二進的院落。

兩個婦人正蹲在地上摘剛買回來的菜。

「哎呀，我今兒個才算開了眼界了，妳說怎麼有人生得這麼好？瞧那模樣、那氣度，當真是和畫裡走出來的一樣……」

「那是！聽說陳家娘子早年就是個美人兒，陳老爺也是咱們這裡有名的俊氣人，陳家小郎君相貌又怎麼會差了……妳說咱們家老爺和夫人當年怎麼想的，這麼好一門親事，怎麼說退了就退了呢？這要是能成了，咱們家二小姐可不是享不完的……太太——」

說著臉色忽然一白，卻是一個身形纖瘦的婦人正站在兩人旁邊。

婦人的相貌原本應該也是不錯的，只許是生活不如意，臉上已顯出深深的法令紋，便是嘴角也總是苦大仇深的吊著，整個人瞧著，分明就是個尖酸刻薄的怨婦形象。

「好妳們這些小婦養的，吃我們李家的、喝我們李家的，就是條狗也知道看家護院叫兩聲呢！妳們倒好，竟是學會在背後編排起主子了。這樣不守規矩的東西，要妳們做什麼……」

一番污言穢語罵下來，好險沒把兩個僕婦給罵哭了——

若非兩人的身契全在李府，早八百年就不在這兒受罪了。每天吃也吃不好、喝也喝不好，還見天的要被夫人辱罵。

夫人原來也不是這樣，這怎麼一天天的越發和得了失心瘋一樣啊？原先老爺在時，雖說總端著架子擺書香門第小姐的譜時，讓人瞧著有些牙酸，可也比現在這整天罵東罵西罵天罵地的尖酸刻薄性子強啊！

怪不得老爺赴任時，怎麼都不肯帶上夫人。也不想想，家裡唯一的少爺可不就是小婦養的，這要讓毅少爺聽見，心裡不定怎麼想呢！

李毅進家門時，正瞧見這樣雞飛狗跳的混亂場面。

阮氏也瞧見了李毅，終於收了罵，轉而換上一副笑臉，只是那笑怎麼看怎麼都有些勉強。「哎呀，毅哥兒回來了，剛好我那兒有剛買的糕點，毅哥兒先去墊墊肚子。」

又朝著旁邊低眉順眼的女子道：「妳不是知道毅哥兒一向愛吃什麼嗎？留下來搭把手，也看著她們些。」

女子應了一聲是，也蹲下身幫著摘菜，眼睛卻不時偷偷打量李毅。

李毅如何注意不到女子的眼神？垂下眼的神情中無比黯然。因為家裡錢財艱難，姨娘身邊不但連個伺候的丫鬟都沒有，還得時不時被當作丫頭一般使喚。

李毅暗自撫了撫身上棉袍細密的針腳。雖然這些東西全都是經由嫡母的手送過來的，可自己就是知道，其實全是出自姨娘之手。只是他雖然有心孝順姨娘，奈何自己這會兒的地位……罷了，也就只有拚命讀書，有朝一日，總能把姨娘接出去。

阮氏明顯注意到了李毅歉疚的眼神，神情有些不好看，心裡更是暗暗後悔。早些年一直想著自己終究會生出嫡子來，對這個庶子不是太重視，沒承想這幾年來，別說再生個一兒半女，連丈夫的面都見不著了。眼瞧著自己也三十多歲了，終究絕了再生子的念頭，這才想著籠絡庶子，現在瞧著，還是有些晚了。

阮氏眼中閃過一抹厲色，再怎麼樣，自己才是李家主母，大不了，以後想個什麼法子，讓那女人沒了就是。

她相信，等毅哥兒真走入仕途，不怕他看不出來誰才是可依靠的那一個，畢竟自己兄長的官職可是又升了……

阮氏忽然想到一點，轉頭瞧向默不作聲跟在後面的李毅。「毅哥兒回來時，可聽說陳家那個小兔崽子的事了？」阮氏聲調不覺揚高。要說這世上她最恨的就是陳毓，沒有之一。

阮氏甚至做了個小人，上面寫著之前兩家換庚帖時陳毓的八字，有空沒空就會扎幾針，哪知道對方命硬得緊，無論自己怎麼扎都還活得好好的，這會兒更好，竟又回到臨河縣自己的眼皮底下蹦躂了。

「是。」雖然知道阮氏會發飆，李毅卻也沒準備瞞她，全縣城的人都知道的事，也是瞞不住的。「說是回來參加縣試的。」

「什麼？」阮氏聲音一下拔高。「乳臭未乾的小兒罷了，參加什麼縣試？我瞧著他們陳家就是要和我們家作對吧？知道毅哥兒要下場，就也巴巴的趕回來！」

說著一把抓緊李毅的胳膊。「毅哥兒，你一定會考中對不對？對，你考個案首回來，到時候，氣死那個殺千刀的小兔崽子……那個遭瘟的陳毓一定考不上的、一定考不上的……」她手下不覺用力，渾然不知自己長長的指甲掐得李毅直抽氣。

說著丟下李毅，徑直進了房間，從床底下拿出一個小人就用力的扎了起來。「一定考不中、一定考不中，主考官眼瞎了也不會取中那個小王八蛋……」

陳家的馬車還未停穩當，陳家二爺陳清文就從裡面接了出來。跟在他身邊的還有一個嫻靜的女子，女子的手中抱著一個襁褓中的嬰兒。

陳毓瞧了一眼便知道，女子應該就是二叔的妻子沈氏了。

他忙上前見禮，身子還沒彎下來，就被陳清文把住胳膊，瞧著陳毓的眼神滿是疼愛。

「好、好，我們毓哥兒長大了，也能下場了呢。」

雖然陳清文攔著，陳毓到底是堅持著見了禮。「二叔、嬸娘。」又回身拿出準備好的禮物。「這些上好的筆墨紙硯，是爹爹特意給二叔準備的。這首飾，是娘讓給嬸娘的。還有這長命鎖是給弟弟的。」

陳清文因著身子弱，閒來無事時最喜歡的就是寫上幾筆字，一眼瞧出陳毓拿來的正是大周朝最好的澄硯，連那紙張都是一等一的上好宣紙，再加上精美的狼毫，這麼一套下來，怕不得上百兩銀子？

陳清文的妻子沈氏則更熱情。

沈家也算是臨河縣大族，當初之所以願意把嫡女嫁給沒有功名的陳家二爺，衝著的可不正是前途大好的陳清和？

沈氏這會兒看陳毓樣貌神韻，再加上出手的闊綽，更是堅定了無論如何都要和大房打好關係的想法，忙抱了懷裡的娃娃遞到陳毓面前。

「寶哥兒快見過哥哥，將來和咱們毓哥兒一般有出息了才好。」

小傢伙瞧著也就半歲大的模樣，烏溜溜的黑眼睛瞧著陳毓，胖胖的小手還放在嘴裡，嘬個不停，發出啾啾的聲音，那樣子真是要多討喜就有多討喜。

陳毓笑著抱了過來，很是稀罕道：「弟弟長得真好看。」

一句話誇得陳清文喜笑顏開，抱過兒子親了下，交給沈氏。「讓人把飯端上來，等毓兒吃過飯，我還得考校一下他的學問，既然要下場，怎麼也不能墮了大哥的名頭不是？」

一番話說得陳毓簡直要風中凌亂了——

在書院時，每日裡由先生和準姊夫考校，回來了親叔叔也要親自上陣！這苦日子，什麼時候是個頭啊？

陳清文的訓姪大計還是沒來得及立即實施，兩人剛用過飯，就有下人回稟，說是義學裡的先生到了。

因陳毓一直身在方城，此番下場，須得和其他學裡一起。臨河縣城裡，除了兩、三所社學外，也就是陳家興辦的義學罷了。本來陳清文想著，社學裡的先生經驗應該更老道些，欲讓陳毓從社學那裡投考，不料那些私塾先生都不是太感興趣。畢竟，聽說對方也就是個十二歲的娃娃，所有人第一感覺就是，來鬧著玩的吧？心裡先就有些不喜。

再說了，他們也都有自己的小九九，反正都是不可能考中的，要是這位陳公子能考個一般也就罷了，要是糟糕得緊，帶累自己名聲，說不好會影響到社學的招生……

陳清文也是個聰明人，看他們的樣子也能看出來，又不想落個以勢壓人的大帽子，便索性同自家興辦的義學裡準備下場的學生一塊兒報了名。

義學裡的老夫子姓楊，倒沒想到也是個急性子，竟是這麼快就巴巴的趕了來。

陳清文忙命人撤去杯盞，親自帶了陳毓出迎。

楊老先生是個乾瘦的老頭，留著幾綹山羊鬍，走起路來，鬍子一翹一翹的，瞧著很是喜慶，老先生瞧見陳毓，先就眼前一亮。「唉呀，這般鐘靈毓秀的娃子，老夫可是撿著寶了！」嘴裡這麼說，卻也有些尷尬。別人不知道，老先生卻是最明白自己之所以來得這麼急的原因。義學雖是好事，可願意來的都是窮苦上不起學人家的子弟，甚而很多人來的時候，家中父母就說得很明確，能認幾個字，會寫自己名字即可，並不指望他們能有什麼大出息。

俗話說不想當元帥的士兵不是好士兵，這不想教出高材生的先生也不是好先生不是？可面對著這麼一群志不在學的學生，便是孔夫子，怕也只會面壁痛哭吧？

老夫子只急得將本就不大多的山羊鬍子都捋細了不少，可皇帝不急太監急，光是先生著急上火也沒用啊！

興辦義學三年來，今年是學中第一次勉強湊出五個學生可以下場，而其中一個，還是年方十二歲的富家公子陳毓。

和其他私學裡的先生怕陳毓的加入會拉低升學率不同，楊老先生卻是抱著一線希望的。畢竟再怎麼說，陳毓也是舉人之子？萬一考得好了，也能幫義學打一下名頭，讓一些有才華的寒門子弟願意投身進來。

因為把所有的希望都寄託在陳毓身上，因而一聽說陳家少爺回來了，老先生就坐不住了，好容易挨到自覺對方酒飯已畢，就忙不迭上門了。既是以自己學裡的名義去考，自己好歹也要盡一份心。若真能考出個好成績，那自己以後也能覓兩個才高的調教調教過過癮。

當然，首要的事就是先得考考學生。一回頭，正好瞧見陳清文方才來不及收起的那套筆墨紙硯，當下毫不客氣的拿過來，徑直鋪在書案上，親自幫著磨好了墨，然後遞給陳毓。「來，陳公子寫個字讓老夫瞧瞧。」

這字可是基本功，若然能把字寫好，先就得了個好眼緣，於考試結果可是有莫大裨益，畢竟，那可是實打實的門面。

「小子豈敢。先生直呼小子名字便罷，公子之說，愧不敢當。」陳毓愣了半天才明白，合著這位老夫子這麼急著上門，也是和二叔一樣，要來考驗自己一番啊？不會離開了白鹿書院，還得接著被眼前這兩位來個聯合雙打吧？

這邊花白鬍子的先生親自給自己磨墨，那邊自家二叔又是搬凳子又是抹桌子，陳毓實不好再推託。無奈何，只得接過筆來，凝神提氣，在宣紙上寫了「德馨」兩字，可不正是陳家興辦義學的統一名稱？

待寫完放下筆，旁邊卻久久沒有半點兒聲音。陳毓詫異抬頭，就見楊老先生也好、二叔也罷，全都保持著目瞪口呆的姿勢，眼睛發直的盯著自己的這兩個字。

「先生？二叔？」

那邊兩人終於有了動靜，卻是同時伸手拽住宣紙，意識到什麼又同時鬆開手，瞧向陳毓的眼睛都是發光的。

楊老先生興奮得不停拽著山羊鬍子，直欲有把下巴完全拽禿的趨勢。原以為是出身於綺羅叢中的富家公子，哪裡知道竟是這般驚才絕豔，老天開眼，自己撿著寶了！

「吾家麒麟兒、吾家麒麟兒啊！」陳清文則除了顛來倒去念叨這一句，再沒有其他的話了。

第十七章 吾家麒麟兒

轉眼間，童生試的日子就到了。

後街社學的崔世武老先生今兒一大早就起來了。不怪他心急，實在是今年參加縣試的人中，他們學裡下場的最多，足足十九個。說到這種情形，老先生未免有些愧疚，今年下場的人數這麼多，委實和陳家有關——

因著陳家的織坊並一系列善舉，無疑令得臨河縣百姓日子好過多了，才使得這幾年來，能供得起孩子讀書的人家越來越多。

相較於學生參差不齊的義學，社學的學習環境更好，但凡家裡能過得去的，出於不想耽誤孩子的心理，一般會把孩子送到社學私塾中來。這一點來說，自己所任教的後街社學便沾光最多。

而自己卻拒絕了陳家想要陳公子和自己學生一同投考的提議，最根本的原因，則是為了得意弟子李毅。

這麼些年了，但凡臨河縣的老人，哪個不知道李、陳兩家的恩怨情仇？要是這兩人湊到一堆，老先生真怕會鬧出什麼事來。

起身後稍加洗漱，又用了粥飯，崔世武便提了盞燈籠深一腳淺一腳的往縣衙而去。

本以為自己來得已經夠早了，哪知道到了縣衙外才發現，已經有人在那裡站著了。

看對方縮手縮頭還不住跺腳的模樣，老先生心知這人八成早就來了。不由暗暗納罕，心想這是誰家學生，怎麼來得這般早？

待走近了才發現，哎喲嘿，還是老熟人，這不是德馨義學的楊秋林嗎？

這老傢伙抽什麼瘋？自己也就罷了，下場的學生都很有幾分本事，尤其還有個有望拿案首的李毅，這麼激動也在情理之中。而德馨學裡也就那麼幾個學生來應考，甚至有一個還是陳家送去湊數的，也值當得這麼激動？

而且崔世武可聽說，自打陳毓回來，這老傢伙就見天的往陳家跑，都是一大早去了，天黑時才離開。虧自己平日裡還以為，兩人雖是有些不對盤，可這老楊倒也算安貧樂道的君子，這會兒瞧著卻根本不是那麼回事，畢竟，要不是為了抱陳家的大腿、得些好處，這老傢伙會對一個來充數的富家子那般殷勤？

「崔兄早。」楊秋林笑咪咪的道。這般和氣的樣子，弄得對面的崔世武一陣心驚肉跳。所謂事出反常必有妖，這老傢伙不應該鼻孔朝天的冷哼一聲嗎？這麼突然改變真的很嚇人好不好？

俗話說同行是冤家，楊秋林哪裡瞧不出崔世武眉眼中的得意和嘲笑？卻是難得的一點兒沒動氣。這會兒較勁有什麼意思啊，等考試結果出來了，那才好看呢，讓這老傢伙狗眼看人低！自己就說嘛，堂堂舉人老爺家的公子，怎麼會大老遠跑回來，只為了練練手罷了？

這幾日裡楊秋林幾乎整天蹲在陳家，可算是真正開了眼界，見識了什麼叫天才。那樣的字、那樣的文章……如果說一開始還是抱著指教的心思，到得最後，自己和陳家二爺兩個秀才就純粹是為了欣賞了。

這幾日已和陳毓說好了，待他考完，就把這些天練習寫出來的時文並一些字留在義學，到時候光是這一點，就不怕沒有貧寒人家天資聰穎的學生被吸引過來……

「楊兄果然勤勉。」定了定神，崔世武哂道。「想來令高足此次必定能夠得償所願、榜上有名了。」

「託你吉言。」楊秋林好像完全沒聽出崔世武話中的揶揄，依舊好脾氣的一拱手。

陳家這會兒也正忙活著。陳毓要下場，可是事關闔府的大事。

最先爬起來的是陳正德，然後就是陳清文。

兩人一遍遍的檢查著陳毓要帶的東西，唯恐有什麼疏漏。沈氏也早早的把準備好的幾套夾衣並鞋子送過來，這些鞋襪衣服全是沈氏不假人手，自己一針一線納出來的，針腳夠密實，也夠保暖。

覺得時間差不多了，陳清文這才起身，準備去叫陳毓起床，哪知推開門，就遇見了著一身勁裝從外面進來的陳毓，瞧這模樣，應該是練拳回來了。

他忙接出去，蹙眉道：「今天就要下場了，怎麼不多睡會兒，也好養足精神。」

「讓二叔和二嬸擔心了，不過我精神好著呢。」陳毓接過沈氏遞來的毛巾，邊擦汗邊道。因剛練過功的緣故，陳毓小臉紅撲撲的，越發顯得整個人精氣神十足。

「就是。」瞧見自家孫兒英俊不凡的模樣，陳正德極為滿意，真是哪兒瞧著都順眼。「就我孫子這樣的，縣太爺糊塗了才會不取中！」

一句話說得陳毓眉眼彎彎，陳清文也繃不住笑了出來——也是，就自己姪兒的才華，別說考秀才，就是考舉人說不好都能成。

他笑著搖了搖頭。「好了，都這個時辰了，毓哥兒快去換衣服。」又轉身對沈氏道：「趕緊的，把準備好的飯食端上來。」

陳毓進去，隨手從眾多衣物中拿了一件繡著翠竹的天青色袍子換上。因著常年習武，陳毓這一世身體可是好得緊，別說這樣的初春天氣，就是數九寒冬，一件棉袍也就足矣。

二嬸給準備了這麼多衣服，委實用不上，但他明白這是長輩的愛護，心底也是泛起一陣暖意。

待吃完飯後，好不容易說服祖父和叔叔留在家中，陳毓便和喜子一塊兒往縣衙去了。

候在縣衙外的楊老先生早急得什麼似的——眼瞧著要下場的學生都到齊了，怎麼陳毓還不來呢？莫不是睡過頭了？還是吃壞了肚子起不來了？可也不能啊，陳家可是出過兩個秀才了，怎麼也不應該犯這樣的錯誤啊！竟是急得不住原地轉圈。

旁邊的崔世武看著好笑。「楊兄的高足還沒到嗎？這富家子嘛，就是嬌貴了些。」話未說完，不由一頓，神情更是隨之一凝。

正對著縣衙的街道那頭，第一縷曙光正如利劍一般劃破黑夜的陰霾，同一時間，一個勁拔如翠竹的少年出現在長街之上。

少年皮膚白皙，眉若墨裁，斜飛入鬢，深邃的眸子中似是融入點點沁涼的光華，輪轉間，又似是萬千星光聚攏其中，這般風華儀表，令得所有人一瞬間都不由得屏住了呼吸……

「哎喲喂，陳毓，你可算來了。」最先回過神來的是楊秋林，看到陳毓出現的那一刻，老先生差點兒喜極而泣，忙忙的就迎了過去。

站在不遠處的崔世武明顯就怔住了，心裡暗暗訝異——這少年竟然就是陳家那位少爺嗎？倒是生了一副好皮囊，這般相貌，怕是放眼整個大周朝也是頂尖的。

正自感慨，偏頭間就瞧見李毅，正神情複雜的瞧著越走越近的陳毓，唯恐李毅會被陳毓的到來影響了發揮，崔世武抬手在李毅的肩上輕輕拍了下。「馬上就要入場了，這可是你人生路上最重要的第一步，切記心思要穩，除了下場，其他一切都是浮雲。」

李毅收回視線，不覺攥緊了拳頭，雖然瞧著對面少年彆扭不已，卻也不得不承認，自己怕是這一生都不見得還能見到這般璀璨的人物。如果說陳毓是一顆珍珠，包括自己在內的眾人竟是一瞬間就成了死魚眼睛。

這樣的念頭讓李毅挫敗之餘，更有些不甘。

陳毓的爹雖然是舉人，自己老爹卻是更加出色的進士。不管是因為世仇，還是少年人的好勝心理，李毅都更加堅定了奪得案首的決心，不但是為了證明自己，也是另一種形式的昭告李家的存在。讓臨河縣人明白，陳家也不過是那麼一回事，而李家也並非就沒有了出頭之日……

「哐噹」一聲響，徹底打破了外面的岑寂，臨河縣衙朱紅色的大門轟然洞開，一排皂衣衙差旋即走了出來，在到了門外時一分為二，一個個沈肅著臉審視眾位考生。

進場的時間到了。

在場諸人的注意力完全被吸引過去，人們再顧不得瞧陳毓，一起往縣衙門口湧去。又在衙役的指揮下排成長長的兩排，由專人引導，分別從南北兩個入口處魚貫而入。

打亂髮髻，除掉鞋襪，又確認了衣服並食籃裡並沒有夾帶小抄之類嚴禁出現的物事，在場諸生終於得以依次入場。陳毓的座位正在右邊略靠後的位置，想要抬頭看一下周圍的環境，卻正巧對上兩束明顯有些怪異的視線，可不正是李毅，竟然就坐在陳毓左前方。

兩人視線相撞的一瞬間，陳毓嘴角浮起一絲意味不明的笑意，李毅卻明顯有些倉皇。無論如何也想不明白，不過一個比自己還小著幾歲的少年罷了，怎麼那眼神有如此之威懾力？

好在試卷很快發了下來，想到下場時先生的囑咐，李毅的心終於逐漸平靜下來，開始一道道看題，粗略看完，頓時心裡大定。雖有個別懵懂之處，絕大部分是自己之前背熟了的，心情放鬆之下，從容提筆作答，一直到最後的時文，竟是連頭都不曾抬一下。待得文章寫完，李毅越發輕鬆——許是被陳毓出色的外表刺激到，自覺時文寫得竟是遠超平時；除了卷中一句話出得實在太過冷僻，竟是無論如何想不起來具體出處外，整張卷子簡直堪稱完美。

不願做那等胡編濫造之舉，李毅便也作罷。

又檢查了一遍試卷，瞧著再無疏漏的地方，李毅這才放下筆，耳聽著周圍沙沙若蠶食桑葉的寫字聲，臉上第一次出現了笑容。

尤其注意了下右後方，臉上喜意明顯更甚——方才全神貫注答題並沒有察覺，這會兒仔細傾聽才發現，陳毓的位置竟是意外的安靜。這是，早就停筆了？

李毅心情大好之餘更是有些懊惱，自己果然心性不穩，不然，方才怎麼會被個乳臭未乾的小子給驚得大失常態？

又仔細檢查了一遍，以為試卷已是再無可更改之處，李毅終於起身，朝主考案前而去。

隨著李毅的起身，前後左右又有七、八個人跟著站起。李毅分神看去，除那陳毓自己不熟悉外，餘者倒是都有來往。說句不客氣的話，這些人沒一個比得上自己。

眾考生依次交上試卷，因試場規矩，交卷的考生每超過十個才可以放出一批，眼下只有九個人，幾人只得依舊回到自己座位處。

除了十來個成年人並三、四個頭髮花白的老翁神情不屑外，其餘考生臉上紛紛露出些豔羨之色。而主考官那邊，方才出去小解的縣令肖正一回來，便瞧見擺在書案上的數張試卷，眼睛不由一亮。今年倒是更勝往年，不過這個時辰就有這麼多學生交了卷子。要是自己治下能出一大才，科考時也是一大亮點不是？

他拿起試卷一張張翻看了起來，瞧了幾張，嘴裡不由有些發苦。還以為是奇才呢，弄了半天卻是草包，瞧這滿紙塗鴉，寫得當真是一場糊塗。

隨著肖正的臉色沉了下來，李毅的心也一下提起，卻見肖正手忽然頓了一下，接著發出一聲驚咦，臉上神情詫異莫名，待俯身仔細看了整張卷子，臉上笑容便一點點漾開，神情更是讚賞不已。

要知道縣令大人可是進士出身，能得他這般欣賞的卷子必是作得花團錦簇一般。

這張卷子，肖大人足足看了盞茶時間才意猶未盡的放下，臉上神情竟是有些莫名遺憾。實在是就這麼大點兒工夫，自己竟錯過了如此出類拔萃的一個天才。書法之玄妙、時文之老道，讓肖縣令認定對方許是數旬老翁，所謂十年磨一劍，只有經過多年辛苦，才會有今日之一鳴驚人。

這樣的人才竟在自己第一次主持縣試時出現，可不是一個大大的吉兆？

又接著翻了其他幾篇，雖是也有不乏寫得不錯的卷子，可是有了之前那張做比，其餘卷子落在肖正眼中就全是乏善可陳了。待全翻完卷子，肖正心裡已有了底，不但臨河縣案首已定，便是之後府試、院試的案首也應該非此名考生莫屬！

隨著肖縣令神情的變幻莫名，李毅心情也跟著起伏不定，終於在確定縣令臉上那全然無法抑制的喜悅時，心中完全被興奮的情緒佔據。雖說沒有十成把握，李毅依舊確定，那張令縣尊大人喜笑顏開的卷子九成九是自己的。

心神不寧間，又有人起身交卷，人數湊夠了十人，官差示意可以開柵放人。

李毅勉強抑制激動的心情站起身，和方才一塊兒交卷的數名少年往外而去。路過主考案前時，果見肖正抬起頭來，凝神往這邊瞧來。

李毅深吸了口氣，抬頭挺胸，努力做出沈穩的模樣，肖正的眼神果然頓了一下，神情間很是滿意。

後面跟著的正是陳毓，肖正眼睛頓時一亮。

昔日裡在京城也就罷了，臨河縣這般偏遠之地，也能瞧見這般芝蘭玉樹的少年人，委實讓人覺得養眼得緊。

只肖正心裡卻並不以為少年就會是之前瞧見的那張絕佳卷子的主人，畢竟年齡在那兒放著呢，怎麼也不可能啊！哪想到得最後一名少年起身，都沒有自己認定的白髮老翁。

肖正終於無比驚悚的意識到一件事，那張卷子的主人就在方才經過的數名少年之間。

原來自己真又看走了眼！方才那張讓自己驚豔不已的卷子主人分明就是方才少年中的一個，倒不知臨河縣竟是如此藏龍臥虎之地……

「什麼？」侍立的師爺愣了一下，忙看向上官。

肖正這才意識到自己太過震驚之下，竟是把心裡的話說了出來，瞧見師爺還眼巴巴的瞧著自己，兀自開懷的點了下頭，低聲道：「咱們臨河縣鐘靈毓秀，怕是小三元的天才神童就要出在咱們臨河縣了！」

正好經過書案的少年聽到了縣太爺這一考語，激動之下，猛一踉蹌，好險沒摔倒。

看到陳毓是第一批出來的人，陳清文提著的心果然放了下來，剛要上前問候，便聽見社學那邊傳來一陣歡呼聲，卻是最後一個出來的少年，正向崔世武轉述方才聽來的縣太爺的話，令得在場所有人頓時激動不已。

「好、好啊！」崔世武拍著李毅的肩，一副老懷大慰的模樣。「我就說此子絕非凡人，今日看來，還真是被老夫料著了。」

這般說著，瞧向楊秋林的眼神不免更加得意。「楊兄，今日可有空閒，咱們待會兒喝一杯？」

楊秋林這會兒也聽明白了對方高興什麼，立時開心得合不攏嘴。「好啊，崔老夫子你說個時間，咱們今日不醉不歸！」縣太爺口中的小三元除了陳毓還能有誰？

崔世武也傻了，這老傢伙莫非是被刺激得過頭了？

而隨著社學裡人的宣揚，李毅會得案首的消息也很快傳回府中。

阮氏開心得眼淚都掉下來了。轉而回房拿起已是被扎得千瘡百孔的小人兒，繼續賣力的扎了起來。

難說毅哥兒考得這般好成績，陳家那個小兔崽子卻一無是處，不正是自己日夜不停扎小人兒的功勞嗎！

深夜時分，整個臨河縣城都陷入了沈睡之中，唯有縣衙那裡仍舊燈火通明。

「大人，這會兒天色已晚……」臨河縣教諭邱世林，一張胖乎乎的圓臉蛋都快皺成包子了，兩隻本就不大的眼睛更是熬成了蚊香眼。

自家大人也太趕了吧，下午才堪堪散場，竟是要自己連夜評出試卷來，即便自己還算年富力強，可也耐不住這麼熬啊！

便是自詡忠心耿耿的師爺也已撐不住了，只是自家大人不開口，卻也並不敢告退，而且本著為主子分憂的心思，還不得不上前請命道：「東翁且歇息片刻，用些茶水。」

一杯茶甫遞過去，忽聽「啪」的一聲脆響傳來，師爺驚嚇之餘，好險沒把茶碗給摔了，凝神瞧去，卻是邱世林正用力拍打著大腿，不覺很是奇怪。

現在可是二月天，並沒有蚊子啊，教諭這是怎麼了？這麼一下一下的拍大腿，再有幾個蚊子也被他拍成肉醬了。

本就前後徘徊的肖正一下湊了上去，探頭看過，喜笑顏開之下，抬手也用力的在邱世林腿上拍了一下。「世林，如何？」

「這般絕妙書法，怎麼會、怎麼會……」都說寶劍送英雄、脂粉贈美女，這世上哪有文人不愛書法的？

眼前不過是短時間之內倉促而成的一張卷子，卻是銀鈎鐵畫一般，字字入木三分，邱世林只瞧得讚嘆連連，那膜拜的模樣，令得師爺也是大為心癢。

倒不知是怎樣一份精彩絕倫的試卷，才能讓教諭並縣令大人如此失態？

這般想著，巴巴的把頭湊了過去，下一刻一下張大了嘴巴，再不能說出一個字。

「師爺？師爺！」

邱世林連喊了兩聲，劉師爺才回過神來，無比激動的回身衝肖正一拱手。「恭喜大人！果然是小三元的神童！」

二月二十四日，正是臨河縣縣試放榜的日子。

喜子不用囑咐，一早就跑到縣衙對面的茶樓裡訂好了雅座。

以老太爺和二爺的脾氣，八成在家裡坐不住的，可放榜還得些時辰，外面還有些冷，這茶樓裡可不剛剛好？

忙忙的跑回去，陳正德和陳清文爺倆已經上了馬車，連帶著晨練完的陳毓，三人正準備出發呢！

剛出門又碰見急急趕來的楊秋林，便也不往府裡面讓了，幾個人一起趕往縣衙。

幾人一面說著閒話，一面不時偷偷打量陳毓的神情，藉以揣測可能的結果。雖是互相打著哈哈，卻明顯言不由衷。

饒是陳毓已是考過一回秀才的人了，也被幾人情緒感染得有些緊張，唯恐成績不能盡如人意，讓親長失望。

許是陳毓太過沈默的緣故，楊秋林的心先就提了起來。這不怕一萬就怕萬一，之前雖然認定了陳毓才是縣太爺口中的小三元神童，可陳毓從來沒有明白表示過很有信心的樣子，每次問起來，都是雲淡風輕的來一句。「尚可。」

倒是那李毅，回回出場都是志得意滿、躊躇滿志，到得最後，連篤信陳毓必得案首的楊秋林心裡都開始打鼓。

陳清文也想到了這一層，唯恐陳毓壓力過大，思量了下，溫聲寬慰陳毓道：「我跟毓哥兒這麼大年紀的時候，還在學堂裡三天打魚兩天曬網，沒個正經模樣呢！毓哥兒卻是已然下場了，就這一點來看，可比我這個做叔叔的強多了。」

所有人裡倒是陳正德心情最好——不知從什麼時候起，老爺子就對自己孫子樂觀得緊，一心以為，自家孫子若排第二，就沒有人配當第一。

他甚至拿出一只幾兩重的金麒麟無比得意的跟陳毓顯擺。

「我們家毓哥兒將來可是要金榜題名的，這縣試又算得了什麼？乖孫啊，爺爺已經把禮物給你準備好了。」

陳毓心裡感動，細思這幾場考試，委實已是盡了全力，並沒有什麼疏漏，也不願幾位長輩再繼續擔心，便笑著接過金麒麟道：「那毓兒就先把這麒麟收下了。」

收下？那不就意味著陳毓暗示自己考得很好，不然怎麼好意思要禮物？以陳毓含蓄的性格，這麼說明顯就是給自己等人吃定心丸呢。

車裡的氣氛頓時高漲起來，楊秋林臉上的鬱色也跟著一掃而空，陳清文更是開心得呵呵直樂。

很快到了縣衙前，下了車才發現，崔世武和李毅以及李家的一個下人也都已經來了。

那下人倒也算熟人，可不是陳毓退婚前曾經痛毆過的李府管家李福？

李福也瞧見了陳毓，臉色先就不怎麼好。只是心裡惱怒又如何？陳家早已今非昔比，別說是陳毓這個少爺，就是陳家的下人，李福也是不敢招惹的。好在自家少爺和這陳毓同年下場，聽崔老夫子的意思還定能得個案首壓陳毓一頭，好歹也算是替自己出了一回氣。這麼想著，頭也旋即昂了起來。

崔世武也瞧見了楊秋林等人，臉上的笑容怎麼也遮不住，太過開心的他實在忍不住想要找人分享，話到嘴邊，好歹想起陳家也有同樣下場的，既這麼早就巴巴的趕來，可見家人也是滿懷期許，別被自己刺激了才是，好容易勉強把笑意壓下去了些，上前和陳正德見禮。

「哎呀，老爺子也來了？」

「可不。」陳正德心情明顯好得緊。「崔先生來得倒早。」又特特把陳毓推到前面。

「這是我孫子毓哥兒，崔夫子還沒見過吧？不瞞老夫子你說，我家毓哥兒今年也下場了呢，而且我這孫子學得好著呢……」

若非被陳清文不著痕跡的拉了一下，說不好老爺子連孫子一定會拿案首的話都會順嘴說出來。

崔世武只聽得不停咧嘴。老先生這麼大勁頭，待會兒要是瞧見最看重的金孫竟是個墊底的命，可不要哭出來才好。抽空還狠狠的剜了楊秋林一眼——自己還真是看走眼了！讀書人節操最重，再怎麼要巴著陳家，也不能拍馬屁到這分上啊！若不是這老東西打了包票，陳家老先生會這麼信心百倍？等待會兒成績出來，看怎麼和人交差！

楊秋林如何不明白崔世武想些什麼？卻也不說破，只一逕順著陳正德的話道：「那可不？今兒個放榜，可是天大的喜事，說不得待會兒老朽無論如何得叨擾老爺子一頓了。」

說著又轉頭對崔世武道：「崔兄今兒可得閒？咱們一起去陳家湊個熱鬧可好？」竟是一副已經準備大肆慶祝的模樣，直把個崔世武氣得哭笑不得。

果然是不見棺材不掉淚，等待會兒榜單出來了，看他還怎麼有臉站在這裡！

楊秋林心裡何嘗不這樣想？他自顧自和陳家人一塊兒進了之前定好的雅間。桌子上已擺滿了豐盛的早餐，除了陳毓還每樣都嚐了些外，其餘幾人也就沒滋沒味的喝了幾口茶罷了，陳正德更是老小孩似的不時扒著窗戶往外面瞧。

不知多少次失望之後，老爺子忽然就從座位上站了起來，此刻衙門外人潮湧動，被人群簇擁著的，可不正是手中拿了榜單的衙差？

老爺子撒丫子就往外跑。「放榜了，咱們快去。」

驚得陳毓忙一把扶住。「祖父慢些，仔細著腳下。」

走下樓梯，正好遇見從另一間雅間裡出來的李毅幾人，彼此匆匆點了個頭，便一起往外而去。

就這麼會兒工夫，榜單前已擠了個水洩不通，虧得喜子機靈，早早的就站在那處等著，即便如此，依舊被人群擠得東倒西歪，差點兒連站都站不住。

榜單剛張貼好，喜子便迫不及待的仰頭看去。以自家少爺的水平，喜子深信必然名列前茅，因此根本就沒往下面看，眼睛徑直朝最上方中間瞧去，不過一眼，就牢牢的捕捉到一個名字——陳毓！

自家少爺果然得了案首！

雖是早就認定了少爺的才華，心想少爺要得這案首還不是探囊取物一般？可真到看見陳毓的名字，喜子還是差點兒喜極而泣，邊拚命的往外擠邊道：「讓我過去，嗚，少爺——」

也有在裡面擠得心煩意亂的，瞧見喜子如此，很是不耐煩。「好了，哭什麼哭！便是哭得再慘，你們少爺該不取中還是不會取中！」

「呸呸呸！胡說什麼呀！」一句話說得喜子頓時晦氣莫名，梗著脖子道：「誰說我們少爺沒取中啊，我家少爺可是此次縣試案首。」

這句話一出，前面的人頓時怔了一下，許是有些被案首驚嚇到了，竟是不自覺讓出一條通道來。

喜子一下衝了出來，正好瞧見因擠不進去而在外邊急得熱鍋上螞蟻似的陳正德幾人。

「老太爺、二爺……」過於激動的喜子連聲音都有些發飄，高聲道：「案首、案首！」

正在陳家人左近的李毅幾個無疑也聽到了喜子這一嗓子，紛紛驚喜的看過來。

崔世武也伸直了脖子道：「案首，你方才說誰是案首？」

喜子已經三步併作兩步跑過來。「少爺，我家少爺中了案首了！」

崔世武和李毅幾人的笑容一下僵在了臉上，眼瞧著李毅的臉一點點沒了血色，崔世武一跺腳。「走，咱們到榜單下瞧瞧。」

卻是剛走幾步就遇見又一個從裡面擠出來的少年，正好是崔世武的學生。瞧見兩人忙一拱手。「見過夫子。恭喜李兄——」

崔世武和李毅眼睛同時一亮，只聽那少年接著道：「我方才瞧了，李兄名字排在第二呢！」

「第二？不可能。」崔世武無論如何不敢相信。「第一名是誰？」

「我也正想問夫子呢。」那少年也是一副迷茫的模樣。「第一名是個叫陳毓的，我怎麼沒聽說過？」

「陳毓？」崔世武腳下踉蹌了下。「是他？不對，這裡面一定有問題！」就是換個人自己都信，可要說案首被個十二歲的少年給得了，卻是無論如何不可能的。

「有什麼不可能？」站在旁邊的喜子最先不樂意了，心想這老夫子怎麼回事？竟是這般對少爺百般看不上。

剛想上前分說，後面又一陣騷動聲傳來，卻是一身官服的肖正親自到了。

瞧見陳毓，肖正神情也有些激動。自己治下出此神童，便是身為父母官的自己也與有榮焉。

看肖正瞧過來，陳毓不卑不亢的上前見禮。「學生陳毓見過大人。」肖正急忙攔住。

「你就是陳毓？好好好，果然虎父無犬子！院試過後，可願留在縣學中讀書？」

「是啊！」緊跟在後邊的邱世林用著瞧金子一般的眼光瞧著陳毓，若然能把這孩子留在縣學中，他日想不出好成績都難！

「承蒙兩位大人厚愛，毓愧不敢當。」看兩人神情誠懇，明顯是誠心相邀，陳毓歉然道：「只是我家先生年高，毓要隨時侍奉左右，不便遠離，還望兩位大人見諒。」

肖正也就罷了，邱世林卻依舊不肯放棄，抱著最後一絲希望道：「你家先生姓甚名誰，又在哪裡高就？不然，一併邀請到咱們縣學任職也可。」

「這個……」陳毓遲疑了片刻只得道：「我家先生姓柳名和鳴，眼下在白鹿書院……」

「白鹿書院？」邱世林倒抽了一口冷氣。「陳公子眼下正在白鹿書院就讀？」一聽到這個名字，頓時知道自己這縣學絕對沒戲了，那可是白鹿書院，讀書人嚮往的聖地！

肖正的關注點卻是在柳和鳴這個名字上——大儒柳和鳴的名字，讀書人有幾個不知道？剛才陳毓竟然說他是柳和鳴的弟子？他忽然憶起前些時日可不是風聞柳老先生收了個書法天才做關門弟子……當下神情激動道：「難不成，近段時間傳聞的那個被大儒柳和鳴先生收做關門弟子的書法天才，就是你？」

「正是小子，書法天才之說，不過是旁人謬讚罷了。」陳毓依舊彬彬有禮，雖得如此盛讚，臉上並沒有半分得意之色。

旁邊的人群再次炸開了鍋——

如果說之前還有疑慮，這會兒也全然被柳和鳴三個字給震住了，堂堂大儒的關門弟子，參加縣試還不是牛刀小試？

如果說之前還抱著一絲希望，在聽說陳毓竟是柳和鳴的高足後，崔世武和李毅已徹底明白，案首果然是陳毓，而不是自己聽錯了。

緊接著，肖正大手一揮，衙差上前，把陳毓的卷子張貼在和榜單並列的地方，崔世武只瞧了一眼，便被那筆字完全吸引了全部心神，待把陳毓的文章看完，竟是半晌無言，瞧著李毅的眼神又是抱歉又是心疼。

耳聽得「咚咚」的鑼鼓聲一路從縣衙的方向迤邐而來，阮氏終於放下手中被扎得千瘡百孔的小人兒，對著銅鏡抿了抿頭髮。

鑼鼓的聲音越來越近，明顯報喜的衙差就要到了。不枉自己這麼賣力的早也扎晚也扎，陳家那個小王八蛋終是得了報應。

就阮氏而言，李毅得了案首的喜悅遠不及陳毓的倒楣更讓阮氏痛快。

一想到放榜之後，外人得知庶子此次下場竟是壓了陳毓不止一頭，阮氏就恨不得不顧形象的扠腰仰頭大笑三聲。

「夫人，報喜的官差已到了街口……頂多盞茶光景，就會到咱們府裡來了。」在外面觀望的下人一趟趟跑回來稟報差人的行程。

傾聽著越來越近的喧鬧聲，阮氏終於坐不住了，盛裝打扮之後，扶著丫鬟的手匆匆往府門外而去。「打賞的銀錢可是準備好了？再有，廚下也要準備好，即便老爺不在家，咱們不待外客，可毅哥兒考了案首這樣的大喜事，我娘家那邊也定會來賀的，還有些支近的親戚，總不要讓人看輕了才好……」

等阮氏來到門前，報喜的差人恰好跟著到了。

「哎呀，這報喜的鑼鼓聲吵得我的頭都有些暈呢。」明明內心狂喜至極，阮氏卻還盡力裝出不在意的矜持模樣。

丫鬟如何不知道她的心思？忙湊趣道：「少爺得了案首這樣的大喜事，可不是要怎麼熱鬧怎麼來？縣太爺心裡也定然對少爺看重得緊，不然，怎麼出動這麼多差人？都是夫人在家教得好，老爺聽說了這回事，不定會怎樣感激夫人呢。」

「就妳嘴甜！」

阮氏被丫鬟奉承得臉上早笑成了一朵花，又想到近年來老爺對自己越發冷淡，說不好聽說了這件喜事，就會想起自己的好來……

耳聽得鑼鼓喧天的聲音正正到了府門外，阮氏忙命下人去開門，又讓管事的把賞錢準備好，自己卻在堂中坐下，等著賀喜的人進來。

哪料想左等不見人、右等不見人，甚而連歡天喜地的鑼鼓聲都漸漸有些遠了。阮氏終於坐不住了，忙不迭起身往外走，迎面正碰見拿了個空空的托盤，一臉茫然狀態回返的管事，不由大為詫異。「怎麼了這是？」

那管事的也是一臉的想不通——自己方才拿了賞錢出去，這錢也發出去了，同喜的話也說了一籮筐，怎麼那些差人接了賞錢並沒有進府，反而敲鑼打鼓的又離開了？

「走了？」阮氏再沒想到管事做事竟是這麼不靠譜！突然想到一點，自己之前可是一直在李家祖宅的，別不是報喜的人弄錯了，要跑去那裡吧？

越想越覺得對，畢竟這前後兩條街下場的也不過毅哥兒和陳家那個小兔崽子罷了。既然無論如何不可能是陳家的人，那就只能是毅哥兒了。

她忙不迭對管事道：「糊塗！定是那些差人弄錯了咱們的住處，還不快去把人給追回來。」

阮氏口中說著，自己已經扶了丫鬟的手匆匆往外邊而去，只見報喜的隊伍已經快要走出街口，也顧不得什麼了，忙道：「兀那差官，快回來！」

只可惜鑼鼓的聲音太響了，人家根本沒有聽見，她頓時急得不得了，忙對那依舊有些不在狀態的管事斥道：「還愣著幹什麼？不快去把報喜的人請過來！」

管事的總覺得有些不對，可夫人有命也不敢不聽，忙不迭一撩衣服下襬，一溜小跑的就追了過去。

阮氏眼瞧著那些差人果然就站住了腳，甚而詫異的往自家這邊看了幾眼，阮氏臉上笑意更濃，施施然退回院子裡等著。再抬眼往外瞧時，管事的果然已經掉頭回來了。

只是管事的速度也太快了吧？明明四、五十歲的年紀了，怎麼還能跑得跟個兔子似的？這還不算，臉紅得跟能滴下血來又是怎麼一回事？還有那群報喜的差人，也太不會辦事了吧？弄錯了還不趕緊拐回來，一直站在那裡笑得前仰後合又是怎麼回事？

還未想清楚個所以然，那管事的已經跑了回來，反手就把大開的院門給緊緊關住。

「哎？關門做什麼？」阮氏簡直一頭霧水，正要讓別人瞻仰一番李府的威儀呢。而且，怎麼也不好把報喜的人關在外邊不是？

「夫人……」由於太過羞愧，管事的恨不得把頭低到地底下，老臉簡直都要丟盡了。「報喜的差人說，此次得了案首的人不是咱們家公子，而是陳毓。」

說到最後，好險沒哭出來。這會兒，前岳母攔著非要打賞給前姑爺報喜的差人的事，怕是要傳遍整個臨河縣城了吧？虧自己還巴巴的跑過去，拽著人家衣襬不讓離開！唉呀呀，以後真是沒臉見人了。

「陳毓？」阮氏臉上顯出些迷茫，下一刻似是忽然想起了什麼，臉上一下血色全失，尖銳的聲音幾乎能把人的耳朵都給震聾了。「你是說，陳家那個小王八……」

可不對啊，之前毅哥兒的夫子不是打了包票，說案首非毅哥兒莫屬嗎？還說那可是縣太爺的原話！怎麼到頭來，案首另有其人不說，還是她最恨的那個小兔崽子？而她竟還巴巴的湊上前，替那個小王八蛋發了賞錢？

阮氏只覺一陣天旋地轉，終於再也支撐不住，身子一軟，一頭栽倒在地。

「鯍哥兒練習的大字並之前備考的時文，已是全送給了德馨義學，大家想看的話，盡可去德馨義學……」

「不好意思，鯍哥兒的字不賣……」

「同喜同喜——」

「多謝多謝……」

打發走報喜的差人，又送走一撥又一撥來賀喜的客人，陳正德並陳清文簡直都要給累倒了。

眾人中至今依舊意氣昂揚、精神抖擻的也就數楊秋林老先生了。

這麼會兒時間內，已經有不下十個學生家長上來攀談，並進一步表達了想要給孩子轉學的意思，等到陳鯍捐的墨寶並文章到位，前來報讀的怕還會更多。甚而有家境富裕的表示，把孩子轉過去的同時，連帶的還會效仿陳家捐資助學……

而在接下來的幾個月裡，好消息一件接一件的傳來。

府試案首、院試案首。

臨河縣學子陳鯍，竟是以十二歲之齡成為懷安府有史以來年齡最小的小三元得主！

消息傳出去，阮氏再次臥床不起……

「少爺，您慢著些。不然，我揹著您……」喜子小心翼翼的跟在陳毓身後，瞧向自家少爺的眼神簡直能用膜拜來形容。

可不是誰都能像自家少爺這般，甫一下場就考個小三元回來。

現在整個臨河縣，提起陳家少爺來，哪個不豎一下大拇指，讚一聲天上文曲星下凡？

「哪有那麼嬌貴？」陳毓真是哭笑不得。

自考了個小三元回來，一家人瞧自己的眼神都不一樣了，真真把自己瞧得和易碎的瓷器一般。就說眼下，別說就是條稍微有些泥濘的胡同罷了，就是懸崖峭壁，自己也是來去自如，何至於就金貴到連丁點兒泥土都不能沾了？

知道拗不過少爺，喜子也只得作罷，指著前面道：「出了這個胡同，就是劉嫂子的住處了。」

兩個月後就是姊姊陳秀的婚期了，作為唯一的兄弟，還是小小年紀就有功名在身的兄弟，陳毓得趕緊趕回方城府給姊姊送嫁。

而在離開前，陳毓自然得見劉娥一面。

「陽仔，快回來，外面冷，可不要凍著！」一個女人焦灼的聲音忽然響起，緊接著一個五、六歲的小男孩從另一邊的胡同口衝了出來，邊跑還邊調皮的回頭看，跑得太快了，連路中間一個積水坑都沒有注意，虧得陳毓探手一把抓住，不然整個人怕不就得掉水裡去？

這麼一拉才發現，小男孩手冰冰涼的，再看他身上的衣服，陳毓不由蹙了下眉頭，實在是孩子身上的衣服太不合身，棉襖長得都快到小腿肚了，下面的棉褲卻短得緊，露出凍得通紅的腳踝。

一個鬢髮有些散亂的女人隨即追了出來，瞧見這一幕，明顯吃了一嚇，氣得大踏步上前撈起男孩就要打。「看你再跑！就這麼一身棉衣，真是掉進水坑裡，明兒個你就光屁股吧，凍不死你！」

「孩子怎麼穿得這麼單薄？瞧妳的模樣，也是替陳家織坊幹活的吧，莫不是織坊剋扣得厲害，才使得給孩子買衣服的銀錢都沒有？」陳毓緩緩道。

記得不錯的話，這莊子上的人可都是接了陳家織坊的活，或者直接到織坊裡做工，有那實在出不去的，看在劉娥的面子上，陳家也都給提供了紡紗機，讓她們在家做。

可瞧女人眼下的模樣，家境無疑很是窮困。

「哎呀，你這是什麼話？」那女人本來瞧著陳毓生得俊，又文文氣氣的模樣，還頗有好感，哪想到這人一見面竟然就說起陳家的壞話，頓時氣不打一處來。「你和那個壞胚子是一路的吧？昨兒個來糾纏劉娥姊，今兒個又開始說陳大善人家的壞話？」劉娥姊可是說了，再見著這幫人，不用廢話，直接掂掃帚往外抽便是。

女人左右瞧了下，正好看見根棍子，隨手掂起來，竟是二話不說朝著陳毓主僕二人劈頭蓋臉的就要往下抽。「沒有陳大善人，這地方的人早餓死不知多少了。就你們這些昧良心的，紅口白牙說瞎話！」

虧得陳毓身手好，待險險躲開，那女人竟依舊不依不饒，連帶的那剛被自己親娘揍過的小孩，也從地上撿起土坷垃就向兩人砸。「壞人，打死你們！」

「喂，你這是做什麼？」喜子忙上前。「不可對我家少爺無禮……哎喲！」話音未落，肩上就挨了一下。

陳毓知道這女人定然有什麼誤會，只是看她的模樣，八成自己和喜子說什麼都是不會聽的，雖說自己拳腳功夫夠好，卻也不能對個女人使不是？

陳毓無法，只得趕緊拽著喜子，兩人飛一般的往劉娥的住處而去。

女人瞧著臉色都變了，扯著嗓子就喊了起來。

「快來人啊，那些壞胚子又來找劉娥姊了！」

這麼一嗓子喊出來，各家的門嘩啦啦全打開了，衝出了一大群拿著各式武器的女人和孩子。

喜子本來還想和這些人好好說道說道，見此情形也不敢逞強，跟著陳毓沒命的往前跑，眼瞧著前面就是劉娥住的小院了，兩人來不及敲門，一下就把門給撞開，耳聽得「咚」的一聲響，卻是門後邊恰巧有一架紡紗機，一下被撞翻，虧得坐著紡紗的少女避得快，才沒被砸著。

看陳毓和喜子用力關上門，少女一雙杏眼一下睜得溜圓，悄悄摸出一根擀麵杖，朝著陳毓後腦勺就砸了過去。

陳毓反手拽住擀麵杖的另一頭，急急道：「二丫，我是陳毓！」

「陳毓？」二丫動作滯了一下，只覺得這個名字怎麼那麼耳熟呢。正自思量，身後的房門吱呀一聲拉開，一個頭上裹著白布的女子走了出來。

女子也明顯聽到了陳毓的話，瞧向陳毓時視線卻是有些猶豫。「少爺？」

「大嫂子，是我。」陳毓鬆了手，又瞧著二丫道：「這麼些年沒見，二丫都長得這麼大了，我都不認得了呢。」

數年間，二丫的變化當真是大得緊，梳著一條烏油油的辮子，臉色也不似原來的蠟黃，而是健康的紅潤，一雙好看的杏眼，骨碌碌的好像會說話一般。

明明是年紀才多大的人，說話時卻偏偏是這麼老成的模樣，即便陳毓相貌變了太多，劉娥也終於認了出來，眼前這少年果然就是當年救了自己的少爺陳毓。

「少爺，真的是您嗎？」劉娥眼睛頓時有些發熱，又忙忙的衝依舊舉著擀麵杖傻傻站在原處的二丫道：「丫頭，還不快把擀麵杖放下，給少爺倒水來。」

二丫這才回神，手裡的擀麵杖「咚」的一聲掉到地上，直羞得滿面緋紅，一扭身急急的往房間裡而去。

剛要開口詢問，外面就響起了急促的拍門聲。

陳毓這才意識到後面還有追兵呢！只得苦笑著朝劉娥道：「還得大嫂子幫我解釋一下。」說著把方才的事說了一遍。

外面的門已是嘩啦一聲再次被人撞開，領頭的可不正是之前那女子？看到劉娥沒事，女子明顯鬆了口氣，一轉眼正好瞧見陳毓主僕兩人，當下拿著鐵鍬就要往前衝。「劉娥姊妳沒事吧？就是這兩個壞胚子……」

劉娥嚇得忙上前攔住。「楊嫂子快住手，他不是壞人，是陳家的少爺呢……」

好容易解釋清楚，送走了聞訊來看陳大善人公子的鄉親，陳毓這才轉頭瞧向劉娥。「劉嫂子，是不是出什麼事了？」

不然之前那大嫂子怎麼會一口一個壞胚子？還有劉娥頭上裹著的白布下還隱隱滲出的血跡，以及二丫如臨大敵的模樣……

劉娥的臉色有些蒼白，搖頭道：「讓少爺掛心了，我就是走路沒注意，摔著了頭，也快好了……」

話音未落，二丫卻紅著眼睛打斷。「娘，那個人這般狠心，您還替他瞞些什麼？他連您的命都不顧，我們幹麼要……」

「住嘴！」劉娥聲音一下拔高，許是覺得自己有些失態，忙又住了嘴，對著陳毓勉強笑道：「真沒什麼，也就是些小事，少爺放心，我能處理好。」

「娘！」二丫撲通一聲跪下，眼淚撲簌簌的就掉了下來。「我知道娘是怕我名聲不好……可，又不是咱們做錯了事……就是咱們事事順著他又怎麼樣？他就會放過咱們嗎？而且說不好這幾日他又會過來，要是真帶了女兒離開，不定會把女兒賣到什麼見不得人的地方，真那樣的話，女兒寧可死在娘的面前……」

「到底怎麼回事？這麼多年來，咱們本就是和一家人相仿，還是劉嫂子妳根本就信不過我？」

陳毓越聽越心驚，竟是有人要對劉娥出手嗎？而且對方還真是奸詐，劉娥的性子自來是寧為玉碎不為瓦全，若說她有什麼軟肋的話，也就是二丫了。若真有人對二丫動手，說不好真能把劉娥拿捏到手裡。

再如何堅強，也畢竟就是個女人罷了，到了這般時候，劉娥終於止不住掉下淚來，一把摟過哭得撕心裂肺的二丫。「二丫，妳的命怎麼就那麼苦呢……」

從兩人斷斷續續的敘述中，陳毓才明白，竟是二丫的爹，李成突然回來了。

一開始李成還裝模作樣，表示要痛改前非，守著劉娥母女好好過日子，但劉娥烈性得緊，更兼從母女二人俱被發賣後，早就對這個男人死了心。而且自己現在日子過得好好的，何必還要和這個負心郎狠心賊綁在一起過活？

哪想到李成會那般卑劣，見勸不動劉娥，竟然不聲不響的帶了人就綁了二丫走，甚而撂下話來，要是劉娥不跟他一塊兒離開，這輩子都別想再見到二丫。

當時就逼得劉娥差點兒發了瘋，她拚了命的去搶二丫，卻被李成一腳踹倒，磕得頭破血流，虧得莊裡的人趕來，才救下了劉娥母女。

李成雖被攆走，卻揚言二丫是他李家的女兒，生是李家的人、死是李家的鬼，便是告到京城，也無論如何都要把二丫帶走。

饒是劉娥再堅強，聽李成這般說也嚇得六神無主，又不願二丫和李成對上——正如李成所說，再如何，他們都是親父女，真是傳出二丫忤逆父親的名聲，還怎麼找婆家？

李成要帶走二丫？陳毓眼中閃過一絲厲芒。要知道李成的眼裡，根本一點兒也不把二丫當回事。不然，當初也不會連二丫的救命錢都拿去賭輸掉，甚而把妻女一起賣了了事。而就是這樣一個絕情又狠毒的男人，這會兒竟嚷嚷著要接回妻女？騙鬼還差不多！

陳毓怎麼想怎麼覺得，對方的意圖怕不是在二丫身上，而是為了劉娥。

要知道陳家織坊能有今天，劉娥是最大的功臣，更對織坊的情況瞭若指掌。真要帶走了劉娥這個人，對陳家而言，絕對是非常沈重的打擊。

敢算計陳家，這個人陳毓一定不會放過。

不過眼下立馬要解決的是李成此人。

「劉嫂子想要和二丫的爹一家團聚嗎？」陳毓看著劉娥，一字一句問道。

若然劉娥對李成尚且有情，那自己便成全他們也未嘗不可。雖說李成此人好賭，甚而背後還有其他人撐腰，自己卻依然有法子令得他對劉嫂子俯首貼耳、死心塌地。可若是劉娥根本對他沒有一點兒情義……

「不。」劉娥無比堅定的搖頭。如果說當初嫁到李家時，自己對李成未嘗沒有真情，可這麼多年了，那本就有些淡漠的感情，早在李成一日日的打罵中沒了一點兒痕跡，更在之後大丫夭亡、二丫也險些不保時，全都變成了恨。更不要說後來若非少爺相救，自己和二丫這會兒說不定早已經被賣到那見不得人的魔窟了……

二丫更是決絕得緊，梗著脖子道：「我爹早就死了，我沒有爹。」

對別人而言爹是頭頂的天，對自己來說，爹爹這個詞卻只是一場惡夢罷了，她就是死，也不會跟著爹爹離開。

「妳！」劉娥慌得忙去摀二丫的嘴，這樣大逆不道的話，讓外人聽見可如何得了？

「劉嫂子幫我和喜子安排個住處，明兒個一早我回去，就安排秦伯處置這件事。」陳毓思忖片刻道。

「多謝少爺。」劉娥抹了把淚，卻又擔心陳毓留下來會遭遇什麼不測，畢竟李成隨時都可能來。「不過少爺和喜子今兒個還是回去吧。」李成今兒夜裡要真帶人摸過來，少爺這般細皮嫩肉的，還就是個孩子罷了，又能頂什麼用？真是傷著了，她可不得把腸子悔斷？

「妳只管照我的話去做。」陳毓絲毫不為所動。

李成那樣典型的賭徒，會做出什麼喪心病狂的事還真不好說。農莊裡人並不是太多，就是有些漢子，真碰到對方帶些會功夫的來，怕也無濟於事。

早見識過陳毓的固執，劉娥無奈，只得答應。她去廚房裡拎了把菜刀放到枕頭旁邊，暗暗下定決心，李成真是來了，拚著坐牢，也不能讓他傷了女兒或者少爺。

好在院子夠大，劉娥就把陳毓主僕安排到西廂房住了。

眼瞧著天色漸晚，幾人草草用了些飯，也沒心情閒聊，便各自回屋歇了。

三更天時，房間裡正在熟睡的陳毓一下睜開了眼睛，翻身下床，來到窗戶前站定——

漆黑的院子裡，這會兒人影卻是晃動不停。

隔著窗戶，能瞧見對方大約有五、六個人，明顯都是有功夫傍身的，行動還算矯健。眼下一人靠近窗戶，正用手指蘸了唾沫，待濕透窗戶紙後，便拿了根蘆管送了進去。

至於其他幾人則是徑直撲向廚房，很快抱了些柴禾出來，沿著正房周圍擺放了起來。

這是要下藥還要縱火？陳毓心頭一凜，虧得自己留了下來，不然劉娥母女必然在劫難逃。

畢竟劉娥再如何潑辣，也不可能是這些會功夫的漢子的對手，更不要說對方用的還是這麼下三濫的卑鄙手段。

陳毓推開窗戶，無聲無息的翻了出去，很快欺身而上，鬼魅似的貼近窗戶外的男子身後，湊近男子耳朵低聲道：「這迷藥味道可還好？」

「迷藥的味道有什麼好不好的。」男子咕噥了句，待一句話說出口，忽然意識到不對，一定是見鬼了吧，不然怎麼身後突然就多了個人呢？

只是還沒來得及驚叫，一雙手已閃電般探出，正好箝住男子的喉嚨，手一用力，男子哼都沒哼一聲就軟倒在地。

陳毓隨手把蘆管抽了出來，一個漢子咚咚的腳步聲響起，待來至陳毓身後，明顯有些驚奇——怎麼這會兒工夫，老四就忽然變矮了這麼多？

正自懵懂，對方忽然轉身，探手往前一送，一根管子正好插入口中。

隨著陳毓湊近蘆管用力一吹，漢子碩大的身子朝著前方就開始栽倒，被陳毓探手一托，然後極敏捷的往牆邊一甩，好巧不巧，正好和之前那個負責吹蘆管的漢子壓到一處。

等陳毓極快的把腳下堆積的一大片柴禾踢開，又有兩個男子正好扛著柴禾走過來，被陳毓亂丟了一地的柴禾險些絆倒，頓時就有些不悅。

「老三你怎麼幹活的？柴禾放這麼遠作——」後面的話全梗在了喉嚨口裡，兩人身體同時一麻，下一刻兩具碩大的身子同時飛起，也無比整齊的和之前兩個人疊在一起。

眼瞧著其他兩人還在廚房裡沒出來，陳毓拍了拍手，逕自往廚房那邊而去，探頭往廚房裡看了一眼，就看見兩個依舊埋頭往外倒騰柴禾的黑衣人。

「哎喲兄弟，辛苦了啊！」

「什麼兄弟？」蹲在地上的人頭也不抬道：「你個龜孫的腦殼壞掉了吧？爺爺我才是老大！」下一刻終於意識到不對，實在是對方的聲音根本不是自己兄弟中任一個！

同一時間，身後傳來一聲悶響，旁邊的同伴竟已經撲通一聲栽倒地上。

「你是誰？」黑衣人猛地抽出腰刀，說話的聲音都直了。

「要你命的人。」陳毓冷聲道，不閃不避的就衝了過去，明明是極黑的夜間，速度卻絲毫沒有減緩，瞬間躲過黑衣人的殺招，探手捏住黑衣人拿刀的右手猛一用力，耳聽得喀嚓一聲脆響，男子「啊」的發出一聲慘叫，胳膊登時軟軟的垂了下來，明顯右胳膊已是廢了！

第十八章　幕後人物

「少爺？」外面這麼大的動靜，喜子怎麼可能聽不到？待穿好衣服推開門，整個人目瞪口呆。

正房外面堆了那麼多柴禾是怎麼回事？甚至柴禾上還有刺鼻的火藥味。更匪夷所思的是靠牆跟煎餅似疊在一起的幾個人又是做什麼的？

他好半晌才明白過來，眼前這些全是陳毓的手筆，忙不迭上前。「少爺，您沒事吧？」

「我沒事。」陳毓搖頭。「點燈。」

他看向地上幾人的眼神殺氣騰騰——如果說現在還不明白這些人是要幹什麼，陳毓算是白活兩世了！

對方明擺著是鐵了心思要帶走劉娥母女。要說對方還真夠奸詐的，若之前劉娥真的信了李成的話，跟陳毓說想要離開，以陳毓的心性，不但不會為難這母女二人，還會拱手送上大筆銀兩，可惜對方算錯了劉娥的性子，竟是無論如何不能如願。

也虧得劉娥沒跟他們走，不然，還真不好說會有什麼下場。瞧這情形，分明是要造成母女二人盡皆葬身火場的假像，將人帶走後，絕不會再給重見天日的機會。

莫說這母女二人的身契全在陳毓手中，且陳毓同劉娥母女本就交好，就是這般膽敢對陳家織坊出手的行為，就絕不能容忍。

何況這兒是農莊裡的小院，前後毗連，這場大火真是燒起來，定然會殃及到左鄰右舍，為一己私欲而置這麼多人命於不顧，當真其心可誅。

喜子很快提了盞燈過來，陳毓接過，俯身察看被打昏過去的幾個人，眼神倏地定在最下面那個往屋裡吹迷藥的人臉上。

長臉、倒八字的眉毛，可不正是那個李成？

「拿著。」陳毓把燈扔給喜子，冷笑一聲，從懷裡摸出幾個藥包來。

旁邊的喜子瞧得一哆嗦，有些不自然的挪開眼來。

實在是自己之前早已因為這樣的藥包吃夠了苦頭——要說小七也是生得神仙似的，為什麼心腸偏偏曲裡拐彎的，怎麼也摸不透呢？

虧得程大夫還沒口子的讚許，說什麼小七真真難得一見的醫學天才，將來成就或可在乃師之上。照他瞧來，醫術比不比得過他們師父不一定，這用毒的本事怕是極有可能天下第一。

可喜子就不懂了，說要使毒就使毒唄，為什麼每一樣都要讓他嚐嚐啊？雖說只是淺嚐輒止，但他這小身板可怎麼受得了？

幸好少爺從旁講情——說講情好像也不對。少爺就是握住小七的手，告訴小七這些藥的味道他都記住了，不用再勉強喜子，小七這才臉紅紅的作罷。

那時喜子才明白，怪道小七要讓自己把那些帶毒的藥嚐個遍，原來是怕有人暗算少爺啊！若非小七是個男人，他怕真會以為少爺是小七的意中人呢！

這邊正胡思亂想，那邊陳毓已經挑出了一包藥，捏開李成的嘴巴，直接就倒了進去。

李成發出劇烈的嗆咳聲，等睜開眼來，正好瞧見蹲在面前的陳毓。見眼前的是個小孩，也顧不得計較方才吃下什麼了，探手就想去掐陳毓的脖子。

自己方才定是著了道了，才會被人給制住，這少年瞧著年齡不大，正好可以擒了作人質。

哪裡想到胳膊送到一半就被陳毓輕輕巧巧的一擋，耳聽得「哢嚓」一聲脆響，一條胳膊就麵條似的軟了下來。

李成這樣的人，自來喜歡作踐別人，何曾被人傷得這麼慘過？

慘嚎聲幾乎聲震原野。

登時驚得四鄰的狗紛紛狂叫不停，然後一陣嘈雜的聲音隨之響起，明顯是周圍農戶被驚動後紛紛起來。

待看見劉娥的小院裡漏出來的燈光，又判斷出來慘叫聲正正就是從這裡傳出來的，一個個拿著傢伙立刻就衝了過來，然而在看清小院裡的情景後，紛紛倒吸一口冷氣——

這深更半夜的，火要著起來，可真真潑天禍事！

當下一把抓住喜子的胳膊。「這位小哥，我給你磕頭了，要不是你和少爺正好留宿，又把這起子黑心腸的給拿住，我們這些人，怕是明日就無家可歸了……」

一番話說得眾人頓時心有戚戚焉，紛紛向喜子鞠躬磕頭，無疑把喜子當成救命恩人。

也不怪他們這麼以為，陳毓瞧著細皮嫩肉的，年齡又不大，怎麼看都不像是能打倒這麼多壯漢的，倒是喜子還更讓人信服些。

「哎，不是……」喜子頓時就有些發懵，忙要否認，卻被陳毓拉了一把。知道少爺不願太過張揚，只得把到了嘴邊的話又嚥了下去，把救人的美名給認了。

「楊二嫂，妳快去屋裡瞧瞧，看劉嫂子和二丫怎麼樣了？」

李成身上的迷煙果然霸道，就這麼點子，劉娥母女竟是到了這般時候還沒醒，陳毓確信兩人無恙，卻也不好隨隨便便進屋，不然事情傳出去，怕是於二丫的名聲有礙。

「哎呀，我去瞧瞧！」楊二嫂回神，忙不迭往房間裡去，很快又要了盆水，折騰了好半晌才算把劉娥和二丫弄醒。

兩人跌跌撞撞走出房門，待看清眼前景象，好險沒嚇癱過去，劉娥呆了呆，下一刻瘋了般朝著地上恨不得把自己縮到地底下的李成就撲了過去。「你個殺千刀的！都說虎毒不食子，這世上還有你這麼喪盡天良的人嗎?!」越說越恨，她張嘴朝著李成的脖子就咬了下去。

豈料李成忽然從地上躍起，沒有受傷的手臂一下鎖住劉娥的喉嚨。「劉娥，妳個賤人！不但偷人，竟然還要謀殺親夫……讓他們都退開，不然我這會兒就殺了妳，再扔到大街上讓千人踩萬人踏！」

沒想到會有此變故，眾人一愣，唯恐李成真會殺了劉娥，只得呼啦啦退開。

「混帳王八蛋！」喜子還是第一次見到這麼恬不知恥、顛倒黑白的人，擼起袖子就要往前衝。

陳毓拉住他，瞧著李成的眼睛一字一字道：「李成，你這般誣賴劉嫂子，就不怕遭報應嗎？」

剛才生生被陳毓捏斷了胳膊，這會兒被他盯上，李成不由一哆嗦，待注目被自己挾持著的劉娥，卻又恢復了自信，朝著陳毓怨毒的一笑。「報應？爺從來不怕什麼報應！爺就是把這賤人給活剮了，老天爺又能拿我怎麼樣？倒是你這小王八蛋的報應怕是馬上就要到了！」以為他不知道嗎，劉娥這賤人現在可是陳家的寶貝，等他把人帶走，保管陳家的生意馬上歇業。這還不算，阮爺可是說了，只要把劉娥交給他，不但再賞他一個年輕貌美的女人當婆娘，還會給五百兩銀子！

「是嗎？」陳毓臉上閃過一抹有些詭異的神情。「果然是天作孽猶可為，自作孽不可活啊，所謂天理昭彰報應不爽，古人誠不我欺也。」

隨著陳毓話音一落，李成陡覺一陣寒意從心底升起，甚而身上的汗毛都豎了起來，更讓人不舒服的是，那些農夫農婦瞧著自己的都是什麼眼神？

李成還沒明白過來怎麼回事，懷裡一空，卻是本來被死死箝制著的劉娥竟不知怎麼的忽然掙脫，更可怖的是他的手，忽然以肉眼可見的速度開始合攏到一起，連帶的兩隻腳也跟著縮成一團，李成再也站不住，撲通一聲栽倒在地。「你、你們……使了什麼……」

下面的話越發艱難，連帶的面部也是一陣痙攣，五官全都移了位……

「啊……」李成痛苦的嚎叫著，整個身子蜷成了球狀，在地上不停翻滾。

小七的藥果然神勇！喜子木呆呆的瞧著，暗暗下定決心，便是惹少爺也絕不能惹小七不痛快，不然，怕是怎麼死的都不知道。

「饒、饒命啊……」其餘幾人也先後醒來，待看清李成的慘狀，一個個嚇得魂都飛了，「各位英雄饒命啊！我們本來不想來的，是李成說只要我們幫著他把媳婦、閨女帶走，就送我們每人十兩銀子，都是李成讓我們做的，英雄饒命啊！」

「是嗎？」陳毓涼涼一笑。「我就信你們一次。」

喜子把幾個人用一條繩子拴了，又和劉娥一起送走了其他農戶。

待把院門關上，劉娥早帶了二丫離開，院子裡就剩下李成幾人罷了。

「把他們的嘴堵上。」陳毓依舊坐在那裡，臉上神情無害得緊。

李成神情更加恐懼，其餘幾人卻是心情一鬆，甚而還互相使了個眼色。雖然弄不清那襲擊了幾人的高人是哪位，但無論如何不可能是眼前這兩個半大小子，待會兒說不好可以伺機制伏這少年離開。

正自打著算盤，眼前一暗，本來施施然坐在院中的少年，不知怎麼就突兀出現在眼前。

「你……」那老大先就嚇得一哆嗦。好像不對啊，怎麼和之前被抓時的感覺一模一樣？

還未回過神來，碩大的身體就被一下拽了起來，陳毓抓住那老大臂膀用力一拉一拽，一陣令人牙磣的哢嚓聲響起，那老大神情頓時扭曲得緊，偏是嘴又被塞住了，竟是除了在地上打滾外，再發不出一點兒聲音。

陳毓也不理他，抬腿一腳踩在那人腿上，又是一陣哢嚓響，明顯腿也折了……如是幾番，到最後，除了地上無聲哀嚎著的四個，也就剩幾人中年紀最小的老六和李成了。只是兩人神情恐懼，瞧著陳毓的眼神和看魔鬼也差不了多少。甚而在陳毓提起老六時，一股腥臊的氣味傳來，竟是嚇得尿褲了。

陳毓冷笑一聲，狠狠的把人摜在地上，探手扯掉篩糠一般哆嗦個不停的老六嘴裡的布。

「不想跟他們一樣就告訴我，誰讓你們來的？」

「是李成……真是李成啊！」那人嚷出這麼一句，終於再也支撐不了，兩眼一翻就昏了過去。

那邊李成早已面色煞白，在陳毓眼神轉過來的第一時間就涕淚交流的道：「是阮笙……」

阮笙？竟然是阮笙嗎？

「他在哪裡？」

「悅、悅……來……」李成喃喃著，一想到今後就將落在這樣一個心狠手辣的少年手上，悔得腸子都青了。本來活得好好的，即便窮點兒，可也算自在，幹麼要聽信阮笙的話，想要那潑天的富貴，以致落到這樣人不人鬼不鬼的境地？

聽說陳毓在農莊遇險，秦忠很快趕了來。

「我沒事。」陳毓搖頭，瞧著窗外一眾工匠的眼神卻很是冰冷。「幫劉嫂子母女換個住的地方，還有查一下這些工匠，看有沒有哪家投府之前和阮家有關係，或者這些日子突然有了餘財的……」

因著劉娥的特殊性，陳毓也好、裘三也罷，都特意不讓劉娥的名聲傳揚於外，不然，不但母女兩人再別想有好日子過，說不好還會招來潑天禍事。便是農莊裡的這些農戶，也頂多知道劉娥手巧善織布罷了，知道劉娥底細的，也就外面這些工匠罷了。

秦忠何嘗不知道這一點？臉色早已鐵青。

果然人心難測啊。

以匠人地位之低，想要養家餬口根本就是再艱難不過，也只有主子家這樣的積善人家，才會願意把匠人全家都給安置了。不但活少，報酬還豐厚得緊。如今倒好，不知道感恩，還竟敢幹出吃裡扒外的事了！

「把他們全帶去西廂房。」陳毓擺了擺手。本來昨天讓人通知秦伯帶工匠來，是為了依照劉娥所說改造紡紗機，倒是正好把人給聚齊了。

西廂房那幾個斷胳膊斷腿的正在那裡，要是這些也嚇不住他們，自己不介意改用其他手段。

他透過窗戶往外邊瞧了一眼，卻是一頓。幾個匠人中，那個精瘦的鍾姓匠人明顯神情間有些畏縮。「把他帶進來。」

秦忠也瞧見了此人鬼鬼祟祟明顯心懷鬼胎的模樣，登時氣不打一處來，推開門，一腳踹了過去。「鍾四，你好大的膽子！」

鍾四猝不及防之下，「哎喲」一聲癱倒在地，卻不敢呼痛，只膽戰心驚的不住哀求，被秦忠拎著衣領就給丟到房間裡。

待看清西廂房裡眾人缺胳膊斷腿的模樣，尤其是李成，更是整個人都成了個扭曲的怪物，頓時嚇得魂都飛了，不待陳毓開口，便跪在地上不住磕頭。「少爺饒命啊……」

「到底怎麼回事？」秦忠厲聲道。

「是阮笙！是阮笙那個畜生啊……」鍾四嘶聲道。

「你和阮笙果然有關係！」原先的猜測變成了現實，秦忠氣得一把拽過鍾四，劈頭蓋臉就是一頓老拳。

「秦管事，饒命啊……」鍾四不住磕頭，到最後竟是自己搧起了自己的嘴巴。「我該死，豬油蒙了心，才會幹出這樣的糊塗事……他們給我吃神仙散……」說到這裡，鍾四的神情已經有些不對了，甚而不住打呵欠，鼻涕眼淚直流。「我也沒說多少……就說、劉娥姊是織坊、主事的……」

說到這裡竟是再也說不下去，像狗一般的朝著陳毓爬了過去。「少爺、少爺，我受不了了，求求您，給我吃，讓我吃些吧……」

「鍾四，你做什麼？」秦忠嚇了一跳，一個耳刮子過去，鍾四骨碌碌就滾了出去，竟是趴在地上不住抽筋，下一刻忽然站起身，撞開門沒命地往外跑。

虧得喜子守在門外，把人一下踹了回來。鍾四的模樣明明瞧著已是沒什麼力氣了，卻依舊劇烈的掙扎著，那模樣，竟是和個瘋子差不多。

李成和癱在地上的其餘幾人明顯被眼前情景嚇壞了，認定這番變故定是陳毓使了什麼手腳，看向陳毓的眼神更是和瞧著魔鬼一般。

「堵上嘴，拿繩子捆了。」陳毓也沒心情再理他，又命秦忠去外面尋了歷來和鍾四相熟的其他工匠。

其中一個叫毛宣的，和鍾四倒是相熟，從懷裡摸出了個紙包交給秦忠，說是鍾四之前託他保管的。「他讓我看他受不了時給他一點，說是怕一下吃完了。」

等到紙包裡的白粉到了陳毓手裡，躺在地上瞧著奄奄一息的鍾四眼睛頓時亮得嚇人，那般癲狂的模樣，令得陳毓直覺，使得鍾四突然間神志盡失變得人不人鬼不鬼的，鐵定就是手裡這東西，不由駭然。

「這就是鍾四口裡的神仙散？竟然如斯霸道。」待回了鹿泠郡，倒要讓小七瞧瞧。很快去了悅來客棧的人回報，說是並沒有找到阮笙。

這一點倒是之前陳毓料著的，並沒有說什麼，秦忠卻有些憂心。「這阮笙還真是個禍害。」

「倒也不用太過憂心。」陳毓搖搖頭，之前自己就有防備，織機需要做什麼改動，都是分成好些環節再交給這些工匠做的，除非所有人都背主，不然單是一個人的話，根本成不了什麼事。

而之前分派活計時也一直沒讓劉娥出面，而是讓秦伯轉述，許是經常來這小農莊，才讓鍾四嗅出了些什麼不對來，但也就僅止如此了。

阮笙這人並不足為慮，倒是這包神仙散，名字聽著好聽，陳毓卻總覺得潛藏極大的危險……

「劉嫂子和二丫這裡的事就交給你了，我明天一早就要回方城。」

「少爺儘管放心，這樣的事絕不會再發生。」瞧著少爺沒有責罰自己的意思，秦忠老臉上愧疚無比。

陳毓點了點頭，這才帶了喜子離開。

一個月後，陳毓終於重回方城府。

離去將近一年，走時還是個沒有任何功名的白丁，回來時卻已是秀才身分，更是名鎮懷安府的小三元，雖然陳毓並不覺得什麼，包括喜子在內的其他人卻很有種衣錦榮歸的感覺。

至於李靜文和陳秀，自打知道了陳毓下場後一舉奪魁的事，更是歡喜得什麼似的，恨不得每日把那封報喜的信讀上個百八十遍，弄得陳清和鬱悶不已——不就是個秀才嗎，自己這可還是舉人呢。

只是在見到身著秀才服飾的陳毓時，眼中的神情卻是自己也沒有察覺的欣慰和自豪。眼前這個鐘靈毓秀、丰神俊朗的少年，可是自己的兒子呢，老懷大慰的感覺，竟是讓陳清和盯著陳毓半天，都沒說出一個字來。

還有幼妹陳慧，這麼長時間沒見了，不過愣怔片刻，然後就拚命的朝陳毓伸出手。「哥哥、哥哥，我要哥哥——」

陳毓剛同母親、姊姊見過禮，聽見小慧慧的哭聲，忙不迭上前接了，一下舉了起來。方才還是滿臉淚水的小姑娘頓時破涕為笑，摟著陳毓的脖子湊到臉上吧唧就親了一口。

「好了，哥哥才回來，正累著呢，可不許鬧了他。」李靜文邊抹淚邊接過慧慧。「看看妳哥哥，都瘦成什麼樣了。毓兒這次回來，無論如何得好好補補。」

「可不是。」陳秀眼神也是心疼不已，一大一小兩個女人竟是有志一同的認為，沒有自己照顧，寶貝毓哥兒不定受了多少罪呢。

娘兒四個說說笑笑的往自家馬車而去，颯颯冷風吹來，陳清和的衣袍鼓蕩而起，心中更是有些悲涼。要不要這麼無情啊，一大家子就這麼丟下自己走了，好歹自己也是一家之主啊，什麼時候存在感這麼低了？當真是要迎風流淚了。

好容易安撫好母親和姊姊，陳毓終於有機會和陳清和單獨相處了。

「我兒是個有福的。」陳清和瞧著陳毓，眼神溫暖，所謂大難不死必有後福，自己兒子以後一定會無病無災平安到老吧？

又問了一些此次下場的感想，才把話題轉到了陳秀的嫁妝上。

雖說秦迎早亡，可在世的時候也很是記掛著給女兒攢嫁妝的。等後來李靜文嫁了進來，真真把這對姊弟疼得跟眼珠子似的，家裡的生意這幾年來又興隆得緊，當真是見著什麼好東西都會想法子給陳秀置辦下來。

再加上個少年老成的陳毓，除了給姊姊買好東西外，買起田莊商鋪來更是毫不手軟。也因此，陳秀嫁妝之豐厚當真是常人無法想像。

「我瞧著，就照六十四抬的辦吧。」陳毓想了想道。

家裡給置辦的別說六十四抬，就是一百二十抬都嫌放不下。只是親家的家境連一般都算不上，一家人又都是明事理的，真是嫁妝太多了，說不好會帶累得韓家被人說道。真要有什麼閒言碎語，最後倒是姊姊受委屈。

自然，雖說是六十四抬的嫁妝，卻並不意味著準備的嫁妝就不給了，而是裝得實落些。

也因此，當陳毓押送著六十四抬嫁妝往韓家而去，那些抬嫁妝的挑夫被壓得直咧嘴，這裡面都是裝的什麼啊，怎麼個頂個的這麼沈，怪不得主家找的挑夫全都是最壯實的漢子，這要是尋常人，根本就挑不動啊！

「哎呀，這是哪家要娶親了？瞧這些嫁妝，還不少呢。」

「可不，我數了數，怕不有五、六十抬，瞧女方家裡怕是不一般呢。」

「能和這樣的女家結為親家，男方怕也是有些來頭的。」

特別是那個騎馬跟在隊伍後面，明顯是娘家人的俊美少年，那一身大紅的袍子穿著，瞧著當真養眼得緊呢。

這樣的熱鬧自然也驚動了正在仁和醫館給人抓藥的小七，探頭往外看了一眼，葡萄似的大眼睛登時一亮，同一時間，陳毓正好瞧過來，勒住馬頭睇著眼睛微微一笑，小七眸中頓時一片波光瀲灩。

下一刻，小七把手裡的藥物一丟，對剛看完最後一個病人正捶腰的程峰道：「五師兄，你來抓藥。」

說著起身，抓了一包香氣四溢的松子，又回身拿了個小包裹，頭也不回的就往外走。

「哎，小七。」程峰捶了一半腰的手頓住，忙不迭就往外追。

松子自然不是什麼貴重物事，卻是師父讓人從京城捎回來的，聽說是大內特供的呢，那味道真是絕了。還有小七手裡的小包裹，據自己所知，也全是師父從京城捎來的各色精美零食。

要說師父也是偏心得緊，明明這兒兩個徒弟呢，倒好，每次都是指名給小七一個。

你說男孩子，怎麼就那麼嘴饞呢？

當然，京城裡送來的東西味道確實一絕，不然自己也不會這麼眼巴巴的盯著。可饒是自己說了半籮筐的好話，也就滿共分了兩小捧罷了，剩下的全歸小師弟了。本想著什麼時候巴結一下小師弟，再要些過來，怎麼就全都拿走了？

等追到外面，正好瞧見一匹馬，馬上可不是自己的忘年交小陳毓？

而這會兒，陳毓正把一個鼓囊囊的包裹遞給小七，突然看到程峰，似是想起了什麼，又拿出一個比之前遞給小七的包裹足足縮水了一大半的小包裹。「程老哥，方城的特產，你嚐一嚐。」

說著接過小七遞來的東西揣到懷裡，很是愉悅的打馬而去。

程峰久久站在那裡，幾乎無語凝噎。

什麼同門之誼？什麼忘年之交？全都是扯淡！讓他吃點兒京城來的零食是順便，給他方城特產還是順便，瞧來瞧去，他也就是個添頭罷了！

嫁妝隊伍繼續往前走，很快到了郡裡最繁華的那道大街，卻是並沒有停下來，而是繼續往東而去。

跟著看熱鬧的人明顯就有些愣神——

怎麼這嫁妝要去的地方卻是東城嗎？那裡倒是僻靜，可住得最多的卻是些個窮酸書生，那樣的人家，到底是行了什麼大運，怎麼就能找到這般家境殷實的媳婦兒？

之前明明問過這些挑夫，說要去的主家可不就是姓韓？記得不錯的話，除了特別上不得檯面的，韓家族人差不多全是在中間最繁華的地段住著呢。

也有人忽然想到什麼。「難不成是東城那個韓小舉人家？」

旁邊的挑夫擦了把汗，憨厚的笑了下。「聽說就是個舉人呢。」

送嫁隊伍正好行到一個門前立著兩個石獅子，外邊還有家丁巡視的威風府邸門前，看熱鬧的人互相對視一眼。「那就不會錯了。果然是韓伯霖韓小舉人家。」

不怪他們如此興奮，實在是眼前怕是有一場大熱鬧可瞧——

這門前趴著石獅子的府邸主人正是姓韓，且是家境貧窮的韓小舉人的叔父韓慶。

說起韓伯霖家的事來，也是真夠憋屈的——

韓伯霖的爹叫韓匡，和韓慶是同父異母的兄弟。韓氏家族算是鹿泠郡的大族，韓匡家又是嫡系，日子過得自然也算滋潤。

本來作為嫡長子，這家業怎麼說也該落到大房韓匡手上，至於弟弟韓慶，頂多依附著長兄過活罷了，誰知世事難料，最後卻是韓匡一家被趕了出去，好大一份家業全都落到了二房韓慶手上。

好在韓匡那幾個孩子倒都是爭氣的，甚而長子韓伯霖年不及弱冠便中了舉人，本想著這一脈說不得也要就此崛起，那料想前些時日卻又鬧出了些是非。

原來韓慶的夫人露了口風，說是想要給韓伯霖作媒，而且說的人家也是官家小姐，家境還殷實得緊，結果倒好，竟被寡嫂一口回絕。

聽說韓二夫人被這件事氣得不輕，回去就放出話來，韓伯霖既是不想結親，這輩子就當和尚算了。言外之意，明顯是暗示鹿泠郡那些有頭有臉的人家，若不想和韓家為敵，就不要和韓伯霖一脈沾上關係。

誰想到韓伯霖早就訂了婚，還悄沒聲的把婚禮的日子都給定了。這麼多嫁妝浩浩蕩蕩的從韓家府門前經過，怎麼瞧著怎麼像是打韓家的臉呢？

陳毓蹙了下眉，韓家的事情之前自然打聽過，甚而韓伯霖還把自家和叔父家不睦的事情跟陳毓說起過。這樣的坦蕩心胸倒是讓陳毓對韓伯霖又高看了幾分，不過自己並沒有放在心上。

可看周圍人的反應，韓慶家在鹿泠郡的影響力怕是不小啊。

轉念一想倒也能明白，畢竟他自己雖不懼鎮撫司的百戶，可禁不住別人怕啊！好在自己還會在白鹿書院學習一段時間，韓慶他們家之前如何欺負韓伯霖家自己可以不過問，可要是姊姊嫁過來之後還敢張狂欺負人，那就是不長眼、欠收拾了。

韓家二夫人張氏正在婆婆汪氏面前伺候，聽到外面的動靜不免有些納罕，命人打聽後才知道是韓伯霖岳家的嫁妝送到了，臉頓時就沈了下來。

下面陪著的還有韓慶的一雙兒女——兒子韓良和女兒韓嬌娥。

「怎麼了娘？」明顯瞧出自家娘親的不愉，韓嬌娥忙開口詢問。

便是汪氏也拿眼睛瞧過來。

屋裡都是自家人，張氏自然也不想裝了，咬牙道：「還不是老大家那個混帳小子！姑奶奶說的那個怕是徹底不成了。」

雖是把大房一家人攆了出去，可這心裡卻始終不踏實。要是他們一家都和大伯一樣膽小怕事就罷了，偏是出了韓伯霖這樣一個俊才，這才多大啊，就考中了舉人！

只是再嫉恨，也不敢真就動手貿貿然謀害一個舉人。

這才想著投書京中問一問姑奶奶韓倩雲的意思，韓倩雲的回信來得很快，內容倒也簡潔明瞭，說是幫著韓伯霖相看好了人家，讓家人過去那邊通知一聲。

雖說是女兒，可韓倩雲眼下卻算是韓氏家族最有出息的，嫁了朝中一個五品的京官，聽說不日還會高陞。而韓倩雲幫韓伯霖看好的這家人，主事的老爺也是從五品的京官，就在韓倩雲夫君手下任職，聽韓倩雲的意思，平日裡根本就是唯韓倩雲夫君馬首是瞻。

再說對方又只是個庶女罷了，韓伯霖若真和這家結親，由岳家壓著，將來還不是捏扁搓圓都成，也不用怕他報復了。

本來以為以韓倩雲並韓慶一脈眼下在韓氏家族中的威望，自己這般親自登門說親，說的還是官家女，分明給足了韓伯霖一家面子，哪裡想到卻被對方直接拒絕，甚而韓伯霖的大弟還差點兒拿掃帚出來趕人。

張氏也是太過氣憤，才放出了那樣的話來，本來想著幾年裡怕是沒有人敢上韓家作媒了，怎麼這就不聲不響的要成親了？是哪家這般膽大包天，竟是連韓氏二房都不放在眼裡？

旁邊的韓良聽了，眼睛轉了轉。「祖母、娘親，房間裡有些悶，我出去走走。」

他倒要看看對方是誰，竟敢無視韓家二房，不是自己找打嗎？

「哥哥，等等我！」韓嬌娥也跟著起身，哥哥的性子她最清楚，這出去十成十是尋釁的。自己就是不能助威，躲在門後看熱鬧也成啊。

韓嬌娥都能猜出來，張氏和汪氏如何不懂？只是一想到韓伯霖竟那麼不識抬舉，還有敢和這樣人家結親的人，狠狠給些教訓也是好的。

眼瞧著送嫁妝的紅色長龍就要完全從韓家門前經過，那兩扇緊閉的大門忽然從裡面打開，然後一匹明顯看著瘋了的健馬一下從裡面奔了出來，竟是朝著抬嫁妝的人群衝了過去。

而作為押送嫁妝的娘家人，陳毓的位置本就靠後，竟是正正和那瘋馬對上。

「哎喲，小心些！」

「小郎君休矣！」

雖說那位小公子坐在馬上的感覺也挺威風的，可真是對上這麼一匹瘋馬，怕也得非死即傷。

說時遲那時快，這麼一剎那間，那匹馬已是旋風般衝到了陳毓面前。

就在所有人都以為下一刻怕就要血濺當場的情景時，那匹馬不知為何突然停了下來，同一時間，一個瘦瘦的影子從人群中竄了出來。陳毓本來按在馬頭上的手頓時一滯，顧不得多想探手就把下面的人拉上來。「小七！」

小七哼了一聲，瞧著韓府的眼中竟是有些嗜血的憤怒，被陳毓用力攬進懷裡的同時，垂著的手無聲無息的扔了一顆藥丸到眼前大張著的馬嘴裡。

那本是凶狠無比的瘋馬眼神頓時變得渙散，而抱著小七的陳毓旋身間更是神不知鬼不覺的揪住馬脖子下的鬃毛，朝著韓家的方向用力一擰。眾人正在奇怪那瘋了的馬怎麼就莫名其妙的停下來了，那瘋馬已經轉過身來，以一往無前的氣勢朝著韓家又狂奔了回去。

「誰讓你過來的！」盯著懷裡的小七，陳毓臉色難看得緊，只覺得整個人都是僵硬的，說不出的酸楚、澀然，以及更多的恐懼，種種複雜情緒溢滿了胸腔。「不過是一匹馬罷了，又能奈我何，要你這般多事！」

以自己現在的實力，只要一掌，便能將此馬立斃。

小七臉上的笑容一下僵在了那裡——

毓哥哥怎麼這麼壞！這可是秀姊姊的嫁妝，女人成親就這麼一次，送嫁的路上殺生很吉利嗎？

她咬著嘴唇用力推了陳毓一下，陳毓猝不及防之下，身子猛一趔趄，眼睜睜的瞧著小七哧溜一下從馬背上跳下，想要追過去，卻忽然想到什麼，忙故作被嚇得發抖的樣子朝人群道：「這是、這是誰家孩子？大人看著些，方才許是被瘋馬給嚇著了。」

小七身影已沒入人群中，聞言跺了下腳。方才還一副恨不得吃了自己的模樣，這會兒假惺惺做什麼！這是怕她會惹上麻煩嗎？

從小時候他帶著她逃跑時，她就覺得毓哥哥真是心思太重了些。眼下瞧著，還變本加厲了呢。

雖然小七並不是怕麻煩的人，卻終究不忍心拂了陳毓的好意，魚兒一般鑽入人群中，很快消失不見。

因為之前陳毓和小七的動作實在太快，旁人的心思又都在瘋馬之上，竟是一點兒沒發現二人之間的互動，這會兒即便聽到陳毓刻意揚高的聲音，也只當真有小孩被瘋馬嚇著了，又因陳毓在拉起小七的第一瞬間就把人摁到懷裡，別說看清小七的長相，根本連小七是男是女都沒有注意到。

然後下一刻，所有人別說操心小七了，便是陳毓也被他們忘到了腦後。

本來那匹馬突然調轉馬頭往韓府裡跑時，所有人還以為是那馬突然清醒，所以才會掉頭回轉。

哪想到根本不是那麼回事！

那匹馬竟然瞬間更加狂化，先是前後兩蹄倏地揚起，兩名本來竊笑守在門邊等著看笑話的韓府家丁慘叫著就飛了出去。

那聲音實在太過淒厲，令得搬了椅子老神神在在、並排端坐院中的韓良兄妹頓覺晴空中打了個霹靂般——

這麼片刻時間，方才還是悠閒看客的二人竟是首當其衝，被迫直面血紅著眼睛飛奔而來的驚馬。

韓良頓時嚇得魂都飛了，連滾帶爬的就往一邊躲，卻哪裡敵得過驚馬的速度？依舊被驚馬踹中胸腹，刺耳的咔嚓聲，令得眾人汗毛都豎起來了。

瞧這馬的勁頭，韓家小公子不定折了幾根肋骨呢！

至於韓嬌娥，則根本是完全被眼前的變故給嚇懵了！等反應過來想逃時，又如何來得及？正好被馬踩在腿上，一陣椎心的疼痛傳來，登時昏了過去。

包括韓府下人並外面看熱鬧的，全都被眼前情景給驚呆了。

雖是早知道有一場熱鬧可瞧，卻無論如何想不到竟會是這樣的熱鬧啊！

眼看著那瘋馬繼續往府內而去，終於有家丁醒過神來，直著嗓子道：「快，回稟夫人，少爺和小姐出事了！再有，趕緊找人把這馬給殺了呀！」

等到張氏聽說外面的事從內院跑出來，正好瞧見自己一雙兒女躺在血泊中生死不知，身子一軟，便癱在了那裡，當下強撐著不讓自己昏過去。「快請大夫……快去衙門裡請老爺回來呀！」

等韓慶匆匆回來時，郡中最有名的仁和醫館的大夫程峰已經到了，仔細給韓良和韓嬌娥診治後不由嘆了口氣。

「少爺肋骨折了三根，萬幸沒有傷著內腑，怕是得臥床休養年許；至於小姐……」

韓嬌娥雖是瞧著傷情沒有韓良重，腿上骨頭卻是完全碎掉，根本連接都沒法接，已是注定要成為瘸子了。

聽程峰如此說，張氏終於撐不住暈了過去。

老爺雖有三兒四女，卻唯有韓良並韓嬌娥全是自己所出，今兒竟是全成了這般模樣，可真是比殺了自己都痛啊！

韓慶也是渾身發冷。到底是什麼人，敢這麼針對韓家，自己兒子雖多，嫡子可是就這麼一個啊！當下鐵青著臉來到前院，正碰上剛帶領人處置完瘋馬的管家。

「方才到底是怎麼回事？」

管家臉色本就青白交錯，這會兒聽韓慶這麼問，嚇得一哆嗦就跪在了地上。

事情的起因沒有人比自己更清楚，甚至讓馬發瘋的藥物也是經由自己交到少爺韓良手上的。可本來應該血流滿面躺在地上的，不應該是外面送嫁的那個小郎君嗎？到時候只說自家馬驚了，隨便丟給對方幾兩銀子就成了，怎麼到頭來躺在地上的卻換成了自家兩個小主子？

聽管家低聲回稟了事情緣由，韓慶好險沒氣暈過去！

一回頭，正好瞧見揹著藥箱從裡面走出來的程峰，僵著臉道：「程大夫，麻煩您來瞧瞧，外面這匹馬可是有什麼不對。」

程峰蹙了下眉頭，他是大夫，可不是獸醫，只是瞧著這韓慶也太過倒楣了些，只得勉強應下。

等一路來至馬廄旁，正瞧見被十多把刀插在身上的那匹瘋馬。

程峰上前，順著馬肚腹下被劃開的巨大傷口把手探了進去，仔細翻檢之下，眼神頓時有一瞬間的凝滯。

馬的胃袋裡除了能引起馬躁狂的綠磷丹外，還有一個芝麻粒大小未消融完的紅色小點，雖然旁人瞧不出那是什麼，可作為被迫間接參與製作的程峰，卻是一眼認出來，這正是小七前段時間搗騰出來的炙厄丹。別說吃一粒下去，便是半粒，整個內臟也會如同置於烈火中一般。

「程大夫可是發現了什麼？」注意到程峰的異常，韓慶忙道。

程峰收回手，將那點剩下的炙厄丹正好夾在指縫中帶出來，和手上的血漬混在一起，自然一點兒也不顯。「馬之前似是被人餵食了綠磷丹，這種丹藥會令得馬性子躁狂，只是這種丹藥……」

剩下的話卻是咽了回去。綠磷丹雖會令服食者躁狂，卻同時對中風者有很好的療效。因這種丹藥很是難得，尋常人怕是根本買不到，倒是韓家，聽說前段時間府裡老夫人似是有中風症狀，遠在京城的韓倩雲聽說了，特意命人送了這藥過來，彼時程峰還被請來，告知韓府老夫人這藥如何服用以及相關忌諱。

一番話說得韓慶簡直心肝胃都開始疼了。

方才管家已經說了，良兒餵給馬吃的可不正是綠磷丹？可他心裡總覺得有哪裡不對……總之，即便這馬確實是因為綠磷丹才發瘋，惹出此事來的那些人自己也不會放過，尤其是管家口中那個紅袍少年！

程峰如何看不出韓慶臉上的狠戾？不由蹙了下眉。方才來得匆忙，倒不知事情竟和小七並陳毓有關，小七雖調皮了些，卻並不是那等性情暴戾的人；至於陳毓更是少年老成，一點兒也不是惹事的性子。

雖然程峰自來溫吞，卻承襲了自家師父護短的脾氣，這會兒已然認定必然是韓家做了什麼過分的事，自家小七和陳毓才會忍無可忍的還擊！

他得趕回去，瞧一下小七可有什麼不對！

送嫁妝的隊伍照樣吹吹打打，歡天喜地往韓伯霖家而去。

剛走至胡同口，韓伯霖便從裡面接了出來，甫一瞧見陳毓，三步併作兩步的就接了出來。

陳家送嫁妝來，韓家怎麼可能不派人去接？方才行至韓慶府門外，突然有瘋馬衝出來的消息自然也有跑得快的一溜煙的回來報了。

直把韓伯霖唬得臉色都變了。

岳家的情形韓伯霖也是知道的，所謂千頃地一棵苗，岳父膝下也就陳毓一個兒子罷了，再加上小舅子又是個有大才的，岳父一家不定怎麼稀罕呢！

尤其經過白鹿書院的相處，也讓韓伯霖對小舅子欣賞得緊，又是做慣了長兄的，早把陳毓和自己幾個弟弟一般看待。哪裡想到只是送個嫁妝，竟會遇此險境，想也知道，定是二叔府上因為嫌憎自己，才故意鬧了這一齣。

「毓哥兒快下來，讓我瞧瞧可有傷到哪裡？」韓伯霖一邊小心的扶著陳毓的腰，把人帶下來，又惶急的問個不停，饒是飽讀詩書的才子，這會兒太過憤怒之下也有些語無倫次。「簡直是欺人太甚……無論如何，我都會給毓哥兒討回公道……快去找大夫來。」

「不用。」陳毓有些哭笑不得，自己根本一點兒沒受傷，甚至連當時被嚇著，也完全是裝的。倒是自己想得不錯的話，說不好韓慶府裡應該會受些驚嚇，畢竟以小七神不知鬼不覺的手段，那匹驚馬必然會在韓府好一番鬧騰。

「我沒事，真的。」說著抬抬胳膊踢踢腿。

看陳毓的動作流暢，果然沒有一點兒凝滯的模樣，韓伯霖提到喉嚨口的心這才稍稍放下了些。

又怕陳毓給嚇著，正想要好好撫慰一番，一個身著鈷藍色繡暗花袍服的四十許婦人疾步走來，瞧見陳毓無恙，明顯長出了一口氣。

婦人淡眉細眼，瞧著陳毓的神情更是慈愛無比，陳毓略一凝神，便明白眼前人定然就是韓母了，忙上前見禮。「陳毓見過親家太太。」

見陳毓不獨容貌俊朗，更小小年紀便如此懂禮，可見陳家教養得極好，韓母越看越喜愛，對即將成為長媳的陳秀不免也更加期待，上前攥了陳毓的手，眼中神情是全然的喜悅。

「你就是毓哥兒吧？果然一表人才呢。」

韓家小院並不大，一抬抬嫁妝送進來，很快就擺滿了整個院落。那麼紅彤彤的一片，當真是瞧著就覺得喜興得緊。

「啊呀，這麼多嫁妝呢，韓家還真是討了房好媳婦兒。」

「可不，我剛剛數了下，嘖嘖嘖，可是足足六十四抬嫁妝呢，可見女方家裡著實是殷實人家。」

「叫我說韓家也不差啊，韓公子才多大，這就中了舉人，來年下場的話，說不好就能中個進士回來，這麼瞧著，可不是女方占了便宜才對？」

「什麼佔便宜不佔便宜的，古話說男才女貌，叫我瞧著兩家這樣才叫般配。」

「什麼般配？我怎麼聽說女方好像是什麼商家女……」

「這話可不能亂說！」一個挑夫正好從旁邊經過，聞言頓時很是不以為然。「什麼商家女？那可是我們陳知州家的千金小姐！」

因為有了陳知州這樣的清官，自己等人的日子才越發好過了，整個方城府的人無不由衷的感激陳家，這會兒聽人這麼胡亂揣測，自然很是不樂意。

又一指陳毓，很是驕傲的挺著胸脯道：「看見沒？那是我們陳知州家的公子，今年才十二歲就已中了秀才，聽說還是頭名呢！」

一番話說得眾人驚詫不已，紛紛羨慕韓家真是交了好運，竟能娶個官家嫡女為妻。更多的人則是把眼光投到了陳毓身上，畢竟那少年實在是生得太過耀眼了，而且這才多大點兒啊，就能考中秀才，這樣瞧著，對方怕不但是官宦人家，更是書香門第。

就比方說這嫁妝，六十四抬倒是不多不少，少的話顯得娘家不夠重視，有失知州身分；再多些的話，韓家怕是會落個貪慕富貴的名頭。對方考慮這般周全，可見那女兒在家是極受寵的，不然也不會替婆家考慮這麼多。

以韓伯霖的舉人身分能找到這樣的岳家，倒也是個有福的。

外面左鄰右舍議論紛紛，房間裡的韓母也已是風中凌亂。

早聽那遠房的小姑子信中說陳知州家境殷實，自己聽了並沒往心裡去，想著既是做到了五品的官位，怎麼可能沒有些家底。

等陳秀的六十四抬嫁妝送到，倒也是在韓母的預料之中。及至看到陳毓呈上讓自己過目的嫁妝單子，她簡直不敢相信自己的眼睛——這真是嫁女，而不是炫富的？

但凡陪嫁的家具，全是上好的黃花梨木製成，即便小到一把椅子，都是出自大周朝最有名的宣城府商家。

黃花梨木已是彌足珍貴，能請得動商家人出手，更不知要花費銀兩凡幾，須知道便是皇家與人結親，家具也是交由商家人協助織造局打理。也因此，在外人眼中，宣城府商家簡直就等同於皇家的御用匠人一般。

而想要請商家人出手，一則要準備大把的銀兩；二則必須是有大臉面的人。既能請動商家人，明擺著告訴所有人，這家定然不是尋常人家。

餘者還有數不勝數的金銀飾物，其中光名家打造的上好頭面就足有十六套，更有千畝良田，以及足足十八家商鋪，其中光位於京城的就有四家。甚而在京都還給置辦了套不小的院子——這是……連兒子進京趕考甚而及第後京中為官的住處都準備好了？

早聽小姑子說，陳家對這個長女疼愛得緊，可疼愛到這種怕是傾家蕩產準備嫁妝境地的，也是世所難尋啊。

嫁妝中每一樣拿出來，可不都會讓人瞧了目瞪口呆？還六十四抬嫁妝呢！她怎麼覺得，就是拆成一百二十抬嫁妝都綽綽有餘啊？

韓母這會兒心情真是複雜得緊，既開心陳家對未來兒媳的重視，畢竟這麼多嫁妝，將來可全是留給霖兒子孫的。卻又不由得擔心自己兒子會受委屈，現在瞧著，親家那邊可絕不是和小姑子說的那般，在朝中沒有多少根基——

這麼大手筆的嫁妝，能是沒有什麼根基的人家準備出來的？

韓伯霖最會察言觀色，這會兒看娘親模樣，忙輕聲道：「岳父既是準備了六十四抬嫁妝，可見內裡一片真心。」

既是對將要出嫁女兒的疼愛，又何嘗沒有對自家的維護？

當然，韓伯霖也能覺出岳家的另一層意思。這可是我們家的寶貝女兒，現在交給你韓伯霖，可莫要讓我女兒受半分委屈。

早在小舅子親自跑到白鹿書院來考察自己時，他就已經意識到陳家對自己未過門妻子的看重，這會兒再看到這些嫁妝，這種感受自然是越發深刻了。

韓母也不是不明事理的人，陳家如此，何嘗不是用心良苦？當下點了點頭。「人家千嬌百寵的閨女送過來，咱們無論如何不能慢待了才是。」

待出得門去再見著陳毓，韓伯霖神情喜悅之外更多了份鄭重；至於韓母，更是一再跟陳毓表示，韓家沒有女兒，待陳秀過了門，雖名義上是個媳婦兒，自己心裡卻定會真真當親生女兒一般……

兩家人之間的言笑晏晏自是落在了圍著看熱鬧的鄰里眼中，中間更有一名婦人在細細打聽了一番後，便悄沒聲的擠出人群，逕自往韓慶府中而去。

「方城府知州家的女兒？」雖已有了心理準備，韓慶卻依舊有些詫異，良久重重的哼了聲。「陳清和！陳毓！」

憑他是誰，敢和自家作對，就注定了別想好過！當然，他得好好計劃一番，怎麼才能既收拾了陳毓給兒女報仇，又能恰到好處的攪和了韓伯霖那個臭小子的婚禮……

第十九章　鬼蜮伎倆

陳毓並不知道自己已被人惦記上了。

這麼長時間不見，他實在對小七想念得緊，方才馬上的驚魂一刻，更是擔足了心，越想越坐不住，於是不顧韓伯霖的苦苦挽留，從韓家告辭後，便急匆匆往仁和醫館而去。

一路打馬揚鞭，及至轉過一個彎，竟是險險和幾個步行而來的人撞上。

走在最前面的漢子被驚了一下，立馬站住腳，他身後明顯是隨從的人，按著腰刀就擋在陳毓馬前，盯著陳毓的眼神無比冰冷，渾身氣勢冷硬，明顯手裡是出過人命的。

陳毓頓時有一種被群狼環伺的感覺。

「無妨。」前面的漢子瞥了陳毓一眼，旋即收回視線，以自己的眼光瞧來，對方也就是個無害的富家小公子罷了，明顯不是自己要找的人。

說罷轉身就要走，卻不防那少年忽然從馬上一躍而下，那幾個隨從還沒反應過來，就見少年已飛身擋在了漢子的面前，臉上全是溫潤的笑意。「徐大哥，別來無恙？」

徐恆愣了一下，這少年是誰？怎麼瞧著竟是和自己如此熟稔的模樣？他絞盡腦汁也想不出，在這鹿泠郡自己還有什麼熟悉的人。

至於那幾個屬下，眼中神情完全就是驚詫了。

雖然頭兒說了沒事，可自己幾人始終處於戒備狀態，這少年到底是怎麼在自己等人眼皮底下就跑到老大跟前的呢？

這時候他們哪裡還不明白少年必是個身上有功夫的，而且身手還不錯。雖然大街之上不好出手，可眾人瞬間便佔據了有利地形，只要自家頭兒一聲令下，就立馬會把陳毓拿下。

幾個人氣勢實在太強，令得經過的行人紛紛往一旁避開，瞧向幾人的眼神明顯帶了抹畏懼。

看對方如臨大敵的模樣，陳毓不由苦笑。「徐大哥，是我呀！臨河縣陳毓。」

「陳毓？」如今已是鎮撫司千戶的徐恆上下打量眼前少年一番，眼中全是不可置信。「小毓兒，真的是你？」

不怪徐恆如此，實在是記憶中的陳毓，就是個蒼白瘦弱的可憐娃娃罷了，而眼前少年卻手神俊秀，怎麼看都是翩翩佳公子，根本和記憶中的陳毓沒有一點兒相同。

陳毓也知道自己這幾年變化太大，笑著從懷裡摸出那枚百戶權杖。「徐大哥，你瞧。」

看到自己當年贈送的腰牌，徐恆哪裡還有不信的道理？身上的冷漠全然褪去，朝著陳毓肩上用力拍了兩下。「好小子，幾年不見倒是出息了，瞧你這一身衣服，這是都考中秀才了？」又連連讚嘆了兩聲「好小子」，把著陳毓的肩道：「走、走，咱們兄弟找個地方坐坐。」

陳毓和徐恆數年未見，當下滿口答應，一行人呼啦啦往鹿泠郡最大的酒樓而去。

畢竟身分不同，徐恆幾人雖是盡力收斂，內在的彪悍氣勢卻是瞞不了人的，令得其他路人紛紛側目，下意識的遠遠就避開……

幾人邊吃邊談，正自說笑，大街上忽然傳來一陣喧譁聲，陳毓正好坐在窗前，漫不經心的往外瞟了一眼，卻是一愣。

不過片刻工夫，大街上竟到處都是官軍，那騎馬跑在最前面的可不就是大哥顧雲飛？瞧官府如此戒備的模樣，明顯是出了什麼大事。

他不覺拿眼瞟了下徐恆，怪不得徐大哥會突然現身鹿泠郡。

「不錯。」徐恆如何看不出來陳毓想些什麼？這孩子幾年前就能坑得自己一愣一愣的，猜不出來才怪！他也沒有準備瞞。「告訴你也無妨，是鐵翼族的王子鐵赤突然在京都現身，還劫持了如今鎮守邊關的大將軍朱恩榮的兒子朱慶涵為人質，正一路繞道江南，要往邊關而去。」

沒想到頭兒竟這麼大大咧咧的說了出來，幾個屬下目瞪口呆之餘忙起身去房間外幫著望風，心裡不住打鼓——皇上交付給鎮撫司做的可是機密大事，怎麼好這麼容易就說給旁人聽？而且對方還是一個少年！

「鐵赤？」陳毓的神情也嚴肅起來，心裡咯噔一下。「他還活著？」

不怪陳毓吃驚，畢竟之前不是早聽說鐵赤已經死於成大帥之手了嗎？

「是啊，誰能想到，鐵赤那廝不獨沒死，這些年來，還一直潛藏在京城……本來以為鐵赤出了京城，應該就會一路快馬加鞭往西北方向而去，因此沿路早發去照會，還想著一隻蒼蠅都飛不出來了呢，誰知道鐵赤竟跑到了江南！要不是朱公子病了，鐵赤帶著他就醫，我們怕還發現不了他們繞到了這裡。不瞞小毓你說，朱慶涵可是皇上的外甥、大將軍府的獨子，真是有個三長兩短沒救回來，那可真是……」

「大哥莫要憂心。」陳毓放下筷子，凝眉道：「鐵赤既是想要靠他叩開關門，自然會力保他的安全，不然，若真帶了具屍體去，別說叩關了，大將軍不活剝了他們就不錯了！另外，大哥有沒有想過，鐵赤這會兒玩了命的要趕回族中，莫不是……鐵翼族出了什麼事？」

陳毓這句話，倒不是胡亂揣測。

鐵赤既然能老鼠一般躲在京城五年之久，必然所謀者大，即便想要回草原，經營了這麼幾年，必當有自己的人脈才是，徐徐圖之豈不更好？鬧出這麼大陣仗，甚至不怕暴露行跡地擄掠重臣之子，若非草原出了什麼刻不容緩的大事，那就是鐵赤腦袋讓驢給踢了。

「鐵翼族出了事？」徐恆放下手中的筷子，眼睛一亮，登時坐不住了。「我怎麼沒想到這一點？」

滿朝文武驚聞鐵赤死而復生之後盡皆譁然，紛紛指責鎮撫司無能。聖上震怒不已，旨意連番頒下，各地衙門都頂著巨大的壓力，而作為皇上手裡最鋒利的一把刀，鎮撫司更是首當其衝。

要是這件事真解決不好，不獨自己等人頭上的烏紗帽堪危，整個鎮撫司更是顏面無存。

本來徐恆一路窮追猛打，抱著無論如何也要把對方屍骨留在大周朝的想法，這會兒卻忽然意識到，鐵赤復活並拚死拚活往關外跑這件事，說不好真的另有玄機。

一則鐵赤事情發生之後，朝中群議洶洶，甚而連英國公府都備受指摘，此番輿論浩大，根本不敢有人提出其他看法，怕被按上和鐵赤暗中勾結的罪名；二則，這時候徐恆才意識到，好像鐵赤事件爆出來之前，鎮撫司就已經有一段時間沒收到有關鐵翼族那邊的信報了。

「可恨！」徐恆臉越來越沈，只覺已然模模糊糊觸及到什麼——

有人想借鐵赤事件把水攪渾，而他們想要對付的人，說不好就是英國公府成家。畢竟，當初鐵赤就是從成大帥手裡逃脫，這會兒又突然出現在京城——

之前京都就有成大帥戀棧兵權的傳聞；而鐵赤之事一出，馬上有新的流言說成大帥故意縱虎歸山，為的就是重啟邊釁，好進一步收攏兵權。

「好兄弟，老哥我承你的情了。」想明白了這些問題，徐恆如何還能坐得下去？再一次重重拍了陳毓的肩。「我還有事要辦，小毓你自己慢用。」

徐恆不覺攥緊拳頭——虧得遇見小毓，若這件事辦妥了，自己或可能會迎來仕途上又一次重大轉折。

大踏步走出雅間，那幾個留在外面望風的屬下看徐恆出來，忙上前道：「頭兒，咱們是不是去韓慶那裡？」

「不去。」徐恆一口回絕。既是已經意識到鎮撫司的線人中可能出了內賊，這會兒除了眼前這幾個兄弟，徐恆可是一個也信不過。

「先找個僻靜點兒的客棧歇息，沒有我的命令任何人不准去接觸韓慶。」徐恆一字一字道，朱慶涵要救，鐵赤到底為什麼拚命往關外跑也要查清楚。

陳毓也跟著離開酒樓，飛身上馬，照舊往仁和醫館而去。

醫館裡這會兒恰好沒人，陳毓拴好馬，一抬頭，正好瞧見往外探頭探腦的程峰，打了個招呼剛要進去尋小七，一個有些彆扭的男子聲音忽然在身後響起。「大夫，我們有病人想請您出診，只要大夫願意和我們去，診金好商量。」

陳毓蹙了下眉頭，這人的口音好生彆扭，而且怎麼覺得好像在哪裡聽過呢？

眼瞧著前面就是小七的房間，陳毓上前敲了敲門，待要推門而入，卻忽然想到什麼。

「不好！」

忙不迭跑至外面，四處找了一番，哪還有程峰的影子？

「怎麼了？」小七也跟了出來。

「程大哥怕是會有危險。」陳毓不及細說，回身就去拉馬。「你快回去，我得趕緊找人救他。」

陳毓雖是身手尚可，可真要對付鐵赤那般久經沙場的梟雄，絕難保程峰萬全。

「五師兄被人抓了？你怎麼知道？」小七愣了一下，看陳毓上馬要走，忙不迭上前攔住。「你等等我，咱們一起。」跑了一半又回頭揚聲道：「我能找到他。」

「你？」陳毓愣了一下，想到小七私下裡就愛搗鼓些稀奇古怪的東西，便也就在原地等著了。

想了想又趕緊寫了張短箋，招手叫來路邊的乞丐，遞給他一角銀子，讓他馬上把這封短信送給守備府的顧雲飛大人。

那邊小七也已經從裡面跑了出來，懷裡卻是抱著一隻肥肥的大白兔子。

陳毓簡直哭笑不得，就說小七還是個孩子吧，這都什麼時候了，眼下是要去救人，可不是郊遊，小七抱著這麼一隻肥兔子算怎麼回事?!

許是瞧出陳毓的不以為然，小七抬起烏溜溜的眼睛瞪了陳毓一眼。「你不認識牠了？還是你離開鹿泠郡時送給我的。」

我送的？陳毓怔住，恍惚想起好像是有這麼回事。當時吃了麻辣兔子，覺得挺好吃的，恰好得了這麼隻小兔子，就隨手給了小七，想著等長肥後也殺了來吃，卻不想這兔子已是長得這麼大了。

許是陳毓眼神中貪婪的意味太濃，那隻大肥兔子嚇得拚命往小七懷裡縮。

小七白了一眼陳毓。「收起你齷齪的心思。要想找到五師兄，非得我們家大白出馬不可。」

這麼說著，卻是有些心虛。之前因為五師兄不喜歡大白，老說大白偷吃他種的菜和藥苗，一再想把大白給偷偷扔了，自己如何肯？一怒之下，就在五師兄身上下了藥，那種藥對別的動物無效，偏是最吸引兔子。

結果五師兄不但在家裡夜夜都會無比驚悚的看到不請自來幫著暖被窩的大白，便是隨便走在野外的小路上，也有各式各樣的兔子投懷送抱。

小七本來還說這幾天就給他解藥呢，卻沒料到會出這檔子事。

「駕。」明白早一點找到程峰，就能讓他少一分危險，陳毓的速度越來越快。以鐵赤等人的心狠手辣，為了防止暴露行蹤，待程峰看完病人，必然不會留下活口。好在追了一段，終於瞧見了正要往客棧去的徐恆幾人，忙大聲道：「徐大哥，慢走！」

徐恆幾人站住腳，見是陳毓去而復返，都不禁有些奇怪。

陳毓並未下馬，衝著徐恆壓低聲音道：「我這兒有關於鐵赤的線索了。」

「鐵赤？」徐恆還好些，他那幾個屬下則明顯根本不相信，畢竟，鐵赤那麼狡猾陰險的人，連鎮撫司都能讓他擺上一道，怎麼也不可能剛在鹿泠郡露面就被個小少年發現吧？

陳毓顧不得細說，往懷裡一指。「他叫小七，是我最好的兄弟，是仁和醫館的人。剛才醫館的程大夫被人請去出診，那個來請人的，十之八九就是鐵赤的人……」

「上馬。」不待陳毓說完，徐恆已飛身上馬。「小毓你有幾分把握？」

「至少六分。」陳毓邊縱馬往醫館方向疾馳邊道。「你知道的，我在方城府待了不短時間，閒暇時也曾去過靠近邊境的地方，對那些邊民的口音還算熟悉……」才會在那人同程峰對話時發現蹊蹺。

只希望小七的兔子靠譜，自己等人能及時趕到，安全把程大哥營救出來。

程峰何嘗不是這般想？不是沒有出過診，但像這樣被人架到馬上用刀抵著出診還是第一次。

眼瞧著越走越偏僻，但後面的人連遮上自己眼睛的動作都不做，程峰心裡不由越來越涼。連他們藏身哪裡都不懼自己知道，明擺著沒打算讓自己活著回去啊！

正胡思亂想間，衣領忽然被人提起，下一刻程峰終於站到地上，還沒反應過來，先就看見一把寒光凜凜的大刀正對著自己胸口。

程峰腳一軟，好險沒嚇暈過去，被接來的那人探手抓住，老鷹抓小雞似的提溜起來就送進了一間應該是獵人打獵偶爾歇腳的寮棚。

這寮棚瞧著也是很久沒住人了，不獨四面漏風，裡面還黑不溜秋的。

大漢進到裡面直接把程峰往地上一丟。「看病。」

程峰腳下一軟，忙不迭往旁邊跳了一下，待看清自己方才踩著的軟綿綿的物事，不覺一頭冷汗。

還以為腳下是這幫亡命之徒的行李呢，哪裡想到竟是一個人！

只是方才程峰那麼大一個人踩上去，這人卻沒有絲毫反應，怕是傷得不輕。

漸漸適應了寮棚裡的黑暗，程峰也看清了寮棚裡的情景，除了躺在自己腳邊生死不知的年輕人外，棚子裡還有七個大漢。而最中間的是一個正無比倨傲地箕坐著的中年男子。

男子本是靜靜坐著，卻在程峰視線掃過去的一瞬間猛地抬起頭來，那殺氣騰騰的眼神，令得程峰頓時一哆嗦，出了一腦門子的冷汗，再不敢多看，只一逕低著頭盯著自己衣角。

「愣著幹什麼？」男人略略偏頭，鷹隼似的眼神鎖定程峰。

「啊？哦。」程峰嚇得一激靈，提在手裡藥箱摔在地上躺著的那人身上，裡面的各種藥物頓時撒了那人一身。

「蠢貨！」漢子似是有些被程峰的恐慌給取悅了，嗤笑了一聲，不知想到什麼，臉又沈了下來。

程峰再不敢東張西望，只得半跪著把地上的男子扳過來，待解開男子胸前的繃帶，卻是倒抽了口涼氣。

地上人有個深可見骨且穿過左肋的傷口，傷口附近的肉已多有腐爛，甚而還有蛆蟲爬出來。

後邊幾人也看清楚了男子的情況，頓時面面相覷。

尤其是緊挨著中間大漢的那個明顯眇了一目的漢子，看向中間大漢的神情頓時歉疚不已。「王子，都是屬下魯莽——」

本來計劃得很好，誰知道會撞上朱恩榮的兒子？當初自己之所以會瞎了一隻眼睛，不正是戰場上拜朱恩榮所賜？本想著擄了朱恩榮的兒子，既報了當年眇了一目的大仇，還能借著朱慶涵威脅那些追兵和邊關的朱恩榮，哪料想自己的自作主張卻把所有人拖到了危險的局面中。

「罷了。」最中間的漢子開口，眉宇間有著深深的疲憊。「兀格，你不用自責，或者，是上天不願給我機會。」

五年前從大周朝的軍隊中逃出來之時，自己已身受重傷，為了給自己保命，幾個兄弟才想盡法子帶著自己來到京都，只是命雖保住了，自己卻因受傷太重，足足在床上躺了三年之久。

鐵翼族自來強者為尊，自己當時廢人的模樣即便能混出關外，也必然不會有什麼好下場。正是基於這個想法，自己才又在京都留了兩年。

哪裡想到就是這一耽擱，草原那兒就出了事。

就在十日前，兀格忽然趕來，告訴了自己一個怎麼也想不到的消息——

草原發生內亂，自己的異母兄弟鐵郎竟然勾結摩凌族首領羌揚，害死了暫替自己掌管草原的義弟罕忽，甚而向整個鐵翼族發布詔令，他要帶領全族人投到摩凌族旗下。

若然真任由鐵郎這麼做，自己以後將再無立足的根本，畢竟，便是自己也不得不承認，羌揚是草原上一匹真正凶殘的狼。

所以鐵赤必須趕回去，既為兄弟報仇，更要確立自己的地位。敵人是鐵郎，自己倒是一點兒也不放在心上；若是羌揚，自己的處境必將危險至極。眼下來說，怎麼樣以最快速度趕回草原才是第一要務。

本來兀格是負責斷後的，為了不驚動周朝官兵，自己才想著從南邊繞路，再從水路搭乘快船，說不好比直接往北速度還要快，無論如何沒想到兀格竟是劫持了朱慶涵過來。

王子？程峰邊替傷者處理傷口邊注意著那群人的動靜，越聽越心驚。聽這些人的語氣，明顯不是大周人。

這夥人不但是敵國人，還是一夥視人命如草芥的亡命之徒。

「不然，就在這兒把他們——」又有一人介面，順手做了個砍頭的手勢。

程峰被嚇得猛一哆嗦，老淚嘩啦嘩啦的就落了下來，連帶著手中正在剔除腐肉的刀也「噹啷」一聲掉在地上。

他這輩子也沒做過什麼傷天害理的事啊，怎麼就要落到這樣橫死的結局？

那邊鐵赤一干人已旋即轉身，齊齊瞪著程峰，個個目露凶光。

「我、我……」程峰支吾了半天，抬起衣袖用力的抹了把眼淚，這才邊抽泣著邊忙不迭彎腰去撿刀子，哪知低頭的一瞬間，眼角的餘光卻一下瞥見一個肥肥白白的物事，程峰眼睛倏地瞪大，捏著刀子的手都是哆嗦的。

他一定是作夢了吧？不然怎麼會看見大白？

沒想到自己等人不過幾句話，就能把那個大夫嚇成這種德行，幾個人充滿惡意的哈哈大笑起來。「周朝的男人，全是懦夫、膽小鬼！」

「有人來了！」鐵赤身形一弓，如豹子般無聲無息的躍起，隨著他的手勢，其餘幾人也在最短時間內佔據了寮棚內最有利的地形。

聲音有些遠，程峰聽得隱隱約約，心裡暗暗叫苦，大白既然跑過來了，後面跟著的人肯定是小七啊！

儘管善使毒藥，可面對這麼一群窮凶惡極的人，又哪裡是小七能對付得了的？

更要命的是，大白平日裡可最愛往自己身上蹦啊！這要突然撲過來投懷送抱，定然會引起屋裡這些人的懷疑，說不好自己師兄弟兩個今兒就要一起見閻王了，連帶著這麼肥美的大白，也會被人做成麻辣兔嚼吧嚼吧給吃了吧？

程峰正想著該如何示警，背心處卻是一涼，明顯後心已被一柄利器制住。

這邊正淚流滿面，那邊鐵赤等人也全都把視線集中在一點——

山路的盡頭目所能及的地方，正有一個錦衣少年東張西望著疾步而來。

這般沈重的腳步聲，明顯是沒有功夫傍身的。只是身處險境，幾人還是不願意冒一丁點兒風險，死死盯著少年人，眼睛中全是森然殺機。

這會兒正是深秋天氣，遠山近水都帶些蕭瑟的意味，少年眉似墨染，無邊的俊秀風流中又有著說不出的愜意悠然，同周圍的山水糅合成一副無比寫意的明麗山水畫。

鐵赤幾人雖依舊盯著少年瞧，卻明顯鬆懈了下來。還以為是大周鷹犬呢，原來是個養尊處優的公子哥兒。

只是他口中隱約呼喚著的「大白」是誰？

還未想通個所以然，一個雪白的影子在門口一閃，幾人掃了一眼，竟是一隻無比肥美的大白兔，眼中俱是一亮。

這麼肥的兔子還真是少見，也不知是吃什麼長大的，那麼大的個頭，怕不有一、二十斤！若非怕引起外面少年注意，這會兒逮著了便可扒皮開膛，只要稍作處理必然就好吃得緊……

許是被幾人的眼神嚇到，正準備往寮棚裡跳的大白一下僵在了那裡，然後猛地往後一躍，被遠遠正東張西望的少年一眼瞧見。

「大白，你怎麼跑到這裡了？快跟我回去，不然，讓大狼吃了你。」

竟然不是小七？離得這般近了，程峰一下聽出來，來人分明是陳毓，眼睛驀地睜大——陳毓既然來了，還是和大白一起來的，明顯是覺察了自己處境不妙。

只是程峰無論如何也高興不起來。

果然是孩子啊！發現自己身處險境，怎麼不去找人幫忙？反倒是兩個小傢伙一起跑來了。

陳毓這麼衝過來不是上趕著送死嗎？畢竟，陳毓這樣的小秀才，充其量也就是個手無縛雞之力的書生罷了，又能頂什麼用？本來折了自己一個也就罷了，倒好，眼下看著，說不定要三個全讓人家給捆了。

卻不知鐵赤幾個比他更鬱悶，原還想著既是富貴人家的小孩，應該不會到這麼破敗的地方來，然而聽到陳毓方才的話後明白，對方口裡的大白，竟然就是剛才他們還打過主意的那隻蠢兔子！

一個沒什麼功夫傍身的富家少年自然好處置，可既是出身大家，又是這般打扮，怎麼可能連個跟班的都沒有？真是弄出個什麼動靜，說不好馬上就能招來官軍。

更奇怪的是跟著少年腳邊跑的那一個個灰撲撲的東西是什麼？

等到少年越跑越近，鐵赤幾人嚴肅的表情也漸漸碎成片片隨風而逝——

老天，誰能告訴他們，這少年真是個人嗎？或者根本就是個兔子精？不然怎麼會有那麼多兔子跟著他跑？

一隻大灰兔子一下蹦到少年面前人立而起，張開三瓣嘴就想去親少年的臉！

那隻大白兔子也明顯瞧見了這般情形，終於不再猶豫的一下蹦到寮棚前面的一方青條石上，衝著灰兔子做出各種憤怒的神情，明顯是一副被爭走了寵愛氣不過的模樣。

這些兔子實在太過古怪，鐵赤幾人想不通個所以然，明顯都有些拿不定主意，最後終於決定，秉著多一事不如少一事的原則，只要少年不靠近寮棚，就暫且不對他痛下殺手。

少年果然在青條石前停住腳步。「大白，過來——」

大白腦袋往一邊擺了擺，明顯想要靠近，又不知為何對少年有些抗拒，隨著少年一步步接近，終於一下躍起，朝著少年懷裡砸了過去。

這麼直騰騰的衝過去，少年怎麼受得了？竟是撲通一聲仰面摔倒，這一倒下不要緊，本來就圍在他周圍的兔子一個個全撲了過來，少年一時淹沒在兔子的海洋中。

這少年真就是兔子精吧？鐵赤幾人徹底看呆了，便是拿刀指著程峰的漢子也驚得眼睛都直了，連自己手中大刀漸漸偏離程峰的要害都不知道。

機會來了！

陳毓眼中寒光一閃，下一刻已經魚躍而起，耳聽得「咚」的一聲響，這麼電光石火的一瞬間，那個拿刀站在程峰身後的漢子已經被一腳踹出去，陳毓一俯身，分別抓住地上男子和程峰的背心，用力朝寮棚外擲了出去。

鐵赤幾人頓時臉色大變。「殺！」

瞬間兵刃齊下，朝著陳毓當頭砍下。

陳毓身子往後一縮，手中寶劍一抖，朝著身旁兩根柱子平平削出，又是嘩啦一聲巨響之後，寮棚已是塌了一半。

「想逃？沒那麼容易！」鐵赤幾人如何肯放陳毓幾人離開？兵器連揮，格開從天而降的梁木氈片的同時，敏捷的從寮棚中一躍而出，然而下一刻全都僵立在那裡。

少年並沒有逃，依舊施施然站在院外，而他的身後，這會兒卻是站著六、七個手持利器的漢子。

這還不算，再往後，還有幾十名弓箭手彎弓搭箭，竟是把這座破爛的寮棚圍了個水洩不通，更可怖的是他們手中的箭，全都閃著藍幽幽的螢光，明顯全是浸了毒的。

「鐵赤王子，別來無恙。」護佑在少年右方的一個手持長槍的英武男子冷冷道。緊跟在鐵赤身後的兀格臉色一變。「鐵槍顧雲飛！」

鐵赤眼神頓了一下，又在一路追蹤著自己的徐恆身上停頓片刻，半晌黯然道：「果然是老天也不願成全我嗎！」

既有鎮撫司的人馬，又有那麼多官兵，便是手裡的人質也被那個古怪的少年給救走，自己手裡已是什麼籌碼都沒有了。

既不能重新翱翔在草原之上，自己寧願死也絕不會再過階下囚的生活，鐵赤抬起長刀橫於頸上，朝著徐恆幾人厲聲道：「你們不就是想要鐵赤項上人頭嗎？只要你們願意放過我的兄弟，在下立刻成全你們！」

「王子！」兀格一聽就急了，登時大聲道：「咱們草原的兒女，從來都是只有站著死，絕不會跪著生，王子若然不在，兀格絕不願一人苟活！」

「是！」其他人也都紅了眼。「我等願同王子一起死戰，還請王子成全！」

說著舉起大刀，就要朝陳毓等人衝殺過來。

「果然是英雄。」徐恆忽然陰陰的開口。「不過你鐵赤王子還是好的，即便死在這裡，好歹還有個埋骨之所，就不知那些昔日追隨你的兄弟和你的族人，是不是也有這個榮幸？還是……死無葬身之地？」

鐵赤頓時臉色大變。難不成草原上的變故周人已是知曉？若然真趁這個機會和羌揚聯合，那鐵翼族可不將有滅族之禍？

一想到這個可怕後果，別說其餘幾人，便是鐵赤也失去了原先視死如歸的淡定。「羌揚給了你們什麼好處，讓你們願意幫他？」

羌揚？徐恆和顧雲飛對視一眼，俱是心神大震——竟是讓陳毓給猜著了！

他們一個是執掌天下情報來源的鎮撫司得力幹將、一個是之前經年鎮守邊關的常勝將領，別人不知道羌揚這個名字，兩人卻全都熟悉得緊。

如果說鐵赤是傲視草原的雄鷹、那羌揚就是地上奔跑的狐狼，其狡詐陰險程度尚在鐵赤之上。只是摩凌族的勢力自來比不上鐵翼族，所以不得不俯首甘做下屬。眼下聽鐵赤的意思，羌揚竟是把手伸到了鐵翼族嗎？而鐵赤這麼亡命潛逃，豈不昭示著鐵翼族怕是已然處於極度危險之中？

按理說鐵翼族的死活和大周絲毫不相干，只是就連徐恆和顧雲飛這個等級的官員也明白，草原上兵強馬壯，之所以這麼多次和大周的較量都處於下風，除了成家軍英勇無敵之外，還有一個重要原因，那就是草原上各方勢力一盤散沙樣的現狀。

摩凌族實力本就僅次於鐵翼族罷了，要是真把鐵翼族給吞併了，豈不是意味著將會一統整個草原？真到了那時候，周朝邊境怕是再不得安寧！

「我餓了。」陳毓突然打了個呵欠道。

「餓了？」徐恆刀似的眼神一下從鐵赤身上收過來，說話的語氣也變得無比殷勤。「我兄弟就是貼心，我好像也餓了。」

「那咱們去酒樓吃點兒飯，養足精神了再接著打？」顧雲飛也是個知情識趣的，聞言笑著道。「我今兒個心情好，你們說要上哪兒吃，我請客。」

「就之前我和毓兒吃飯的酒樓就成。」徐恆咂吧了下嘴，伸手就去牽馬。「那酒樓生意挺好的，晚了說不好就沒座了。」

「對了，過幾日好像是毓哥兒姊姊的婚禮吧，嗯，那麼喜慶的日子，可也不好見血不是？」徐恆已經上了馬，又忽然想到什麼，回頭對鐵赤道：「我們先去吃喜酒，那這樣，咱們改明兒個再幹架。」

至於具體什麼時候打，朝廷那邊恐怕很快就會有決斷。

說著施施然上了馬，留下僵立原地的鐵赤幾人揚長而去。

還是第一次碰到這麼不靠譜的對手，鐵赤好險沒給氣瘋——大周皇帝到底是昏庸到了什麼程度，才會選出這樣壞了腦子一般的官員？只所謂一鼓作氣，再而衰，三而竭，這麼一耽擱，想要自殺的念頭無疑淡了許多，卻而代之的是對草原那裡的憂心如焚。

鐵赤這邊氣得要死要活，待眾人回到醫館，也是好一番熱鬧。

朱慶涵醒過來後，哭得那叫一個淒慘至極，更要命的是死死摟住陳毓不放不說，還一口一個兔大神。「兔大神，救命之恩沒齒不忘。敢問這裡可是大神的寶洞？」

之前因著程峰幫著療傷時的心不在焉，朱慶涵很是吃了些苦頭，昏昏沈沈中有過片刻的清醒，恰好看見陳毓領著兔子大軍衝進來的那一刻，因此認定正是這位兔大神把自己從劫匪手裡撈出來的。

甚而迷迷糊糊之下，連徐恆幾個也當成了兔子精——倒不知道這能化形的兔子精還不是一個、兩個，竟是這麼多！只是平日裡看那麼多精怪小說，成精的不是以狐媚女子居多嗎，怎麼這裡全是些大男人？看來看去還就是第一個衝出來救了自己的兔子精最好看！

程峰捋著鬍子，笑得簡直連腰都直不起來了。

陳毓氣得嘴角直抽抽——這混帳，枉自己救了他！

有兔兒爺專美於前，怎麼聽怎麼就覺得這兔大神味道不對呢？

「我去看小七了。」陳毓當下毫不留情的一根根扳開朱慶涵的手指，徑直往外而去。一點兒不管後面備受打擊，撕心裂肺伸出雙手留人的朱慶涵……

行至外面，四處梭巡了一圈，卻不見小七的影子。

他轉身往小七慣常遛達的地方而去，待來至後院，眼前白影一閃，卻是一隻雪白的鴿子和大白正同時躍起，鴿子很快飛入雲霄，不見了蹤影，大白卻是不要命的巴住了陳毓。

「小七，救命！快給我解藥……」陳毓終於受不了的喊了起來。小七這藥也太神了吧？再不幫自己解了藥性，怕是不獨朱慶涵，附近的住戶都得來參拜自己這個兔大神了。

小七笑得直打跌，隔著窗戶捏了個藥丸子遞過去。「張嘴。虧我們大白這麼黏你，你倒好，成天想把人家做成麻辣兔……」

陳毓苦著臉把解藥嚥了下去，下一刻嘴裡又是一甜，卻是小七又塞了一顆蜜餞過來。

「唔，小七真體貼，妳要是女孩子，唔，就好了……」話說到一半，又頓住，神情也有些不自然。怎麼忽然有這樣鬼使神差的念頭？可方才對著那般笑得可愛至極還無比體貼的小七時，心跳猛地就急促起來。雖然及時止住，依舊有種醺醺然的感覺……

說不清這種感覺到底是因為什麼，陳毓倒也不再執著，只順從心意柔聲道：「餓不餓？走，我帶你去吃好吃的。」

說著上前牽了小七的手，大踏步往外而去。小七被動的跟著，緋紅的臉頰上笑意更濃。

要不是毓哥哥，面對那麼多攻訐的爹爹他們，不定要如何焦頭爛額呢。論起打仗，爹爹和哥哥自然是手到擒來，卻哪裡是那些慣會胡攪蠻纏打文字官司的文人的對手？這是第一次，自己能幫著家人，更可以光明正大的在信中跟父兄提起陳毓這個名字……

當然，陳毓不知道的是，不獨成家人很快會記住自己的名字，便是徐恆和顧雲飛的奏摺上，他的名字也是赫然在列……

十月初六，宜嫁娶。

韓家一大早就開始鼓樂齊鳴，到得吉時，新娘的花轎終於到了。

陳毓騎在馬上，親眼瞧著姊姊的花轎進入韓家大門，兩隻眼睛有些濕潤。

「嘖嘖嘖，咱們小毓也有這麼兒女情長的時候。」同樣騎著馬的徐恆瞧得不住感慨，照著陳毓的肩用力拍了一下。「事關你姊姊的終身幸福，你小子可不要犯渾。」

陳毓一激靈，也明白即便再如何捨不得，姊姊終究要嫁人的。

思及此，他抬頭狠狠瞪了一眼正回頭笑呵呵瞧著自己的韓伯霖。即便你是我姊夫又如何？敢欺負我姊姊，照樣揍得你滿地找牙。

徐恆是個唯恐天下不亂的，拍著陳毓的背哈哈大笑道：「放心，到時候真有什麼人惹到你，打架記得算我一份。」

和韓伯霖家這裡張燈結綵不同，二房韓慶家這會兒卻是愁雲慘霧。

「老爺，你可要為咱們兒子和女兒作主啊……」

瞧著癱在床上的寶貝兒子，再想想知道自己腿廢了後日夜嘶聲哭喊、痛不欲生的女兒，一直活得高高在上、有滋有味的張氏真是覺得天都塌了，心裡更是越發的對大房恨之入骨，若非韓伯霖一家太不識時務，自己一雙兒女如何會落得這般下場？

瞧著張氏聲嘶力竭、狀似瘋狂的模樣，韓慶心情晦暗之餘也越發厭煩，冷斥道：「閉嘴！妳還有臉哭？若不是因為妳，良兒兩個怎麼會落到這般境地？簡直愚蠢之極！」

若非陳毓也是官家公子，韓慶第一時間就會把人捉了，然後嚴刑拷問，便是打也要打出個適合自己心意的結果來。可眼下拿驚馬做藉口明顯是行不通的，畢竟當時眾目睽睽之下，所有人都親眼看見那匹瘋馬是從自家衝出去的。

只是要這麼便宜了陳家並大房一家，他無論如何也不甘心，再怎麼說，自己兒女傷成這樣也和陳家送嫁隊伍有關，可到現在為止，大房也好、陳家也罷，連個上門探望的人都沒有。舊恨之外更添新仇，既然不識時務，那就別怪自己不客氣！

這幾日韓慶時時派人注意大房並陳毓的行蹤，果然皇天不負有心人，管家回來稟報，說陳毓和幾個明顯不是本地人的慓悍漢子在酒樓用飯。

韓慶立時意識到機會來了！

就在前日，他剛接到鎮撫司密函，說是異族王子鐵赤忽然死而復生，而且挾持朝廷重臣之子一路逃亡到鹿泠郡方向，不日鎮撫司就會派遣得力人手來至郡中。

依據管家的描述，那幾個漢子必然不是什麼善茬，說不得就是鐵赤的屬下，抑或者，是特意從漠北趕來接應鐵赤的賊人！

而陳家可不正駐守在北方方城府？陳毓自然就具備了和漠北異族人勾結的機會。

這個計劃簡直堪稱完美，畢竟，鎮撫司的手段可不是一般人能挺得住的，只要韓慶有心，甭管他們之前是什麼身分，落到他手裡，就注定只能是叛賊內應。而若然和逆賊掛上鉤，陳家想要不倒都不行；至於韓伯霖那個小兔崽子，最不濟功名也會被革除，操作得好了，老大那邊將再無出頭之日，自己既出了胸間一口惡氣，更可以永絕後患。

可惜管家那次回來得匆忙，等自己再派人去瞧時，那陳毓並幾個漢子都沒了蹤影……

正自蹙眉，外面忽然傳來管家的聲音。「老爺，之前酒樓裡的那幾個漢子，有三個出現在韓伯霖的婚禮上。」

「是嗎？」韓慶眼中閃過一抹戾色——這就叫心想事成嗎？

本來設想的就是在韓伯霖的婚禮上出手，自己這邊日夜垂淚，老大那裡怎麼還能再笑下去？還想著娶妻？等著哭喪還差不多！

既已經有了決斷，韓慶再不停留，大踏步往外而去。「去衛所點起一百兵丁，咱們去給我那好姪子送上一份大禮。」

第二十章 居心險惡

從韓伯霖中了舉人，韓家的日子無疑就好過多了。

今兒個又是韓伯霖成親的大好日子，左右鄰里紛紛前來祝賀，此外到場的還有幾家親戚，只是來客全是韓伯霖外家那邊的，韓姓本家除了少數幾戶偷偷送了禮，其餘人即便收到請柬也依舊裝作不知。

這般情形，令得鄰里不由嘆息。韓家二房委實做得有些過了，要知道同宗同族本就要守望相助，更不要說韓伯霖可是個實打實的舉人啊！韓伯霖成親這樣的大事，韓家宗族長輩卻是無一人露面，明顯是礙於二房的威壓。

想想也是，韓慶可是隸屬於小兒止啼的鎮撫司，何況聽說韓家出嫁到京城的那位小姐可是和鎮撫司第一把手、指揮使李景浩大人的夫人情同姊妹，有這樣堅實的靠山，放眼整個鹿泠郡，又有誰敢不長眼的惹了韓家二房？就是韓伯霖，即便日後中了進士，若是二房使壞，這官能不能當得長久還在兩可之間。

韓母梅氏如何看不出周圍人同情的眼神，神情雖沒有絲毫變化，心裡卻著實悽苦，更有對即將過門的新婦的歉疚。

罷了，等新婦到了，自己唯有更疼她，才算對得住陳家的厚道。

這般想著，臉上的笑容也更加真摯了。耳聽得外面鞭炮齊鳴，梅氏便有些坐不住，慌得娘家大嫂孫氏忙一把拉住。「妹妹可是婆婆，就是再歡喜，也得穩住了才是。」

「就是。」娘家二嫂鄭氏是個性情有些涼薄的，先前看著小姑子嫁到韓家，還算能過得去，兩人關係倒是處得不錯。自從這孤兒寡母的被趕出韓府遷居到這裡，也漸漸有些對小姑子一家看不上眼了。

若非韓伯霖中了舉人，鄭氏本打算託辭身子骨不爽不登門，這會兒看小姑子喜歡的模樣，撇了撇嘴道：「先前聽說霖哥兒娶的不是個知州家的女兒嗎？就才陪嫁了六十四抬的嫁妝？怎麼說也該一百二十抬才是。要我說呀，妹妹妳當初真是糊塗了，要是答應二房說的那家京城貴女，嘖嘖嘖，咱們霖哥兒的前程不定怎麼遠大呢！」

不怪鄭氏埋怨，實在是鄭氏的夫婿梅家二郎正在鹿泠郡官府中做小吏，滿心想著能巴上韓家二房，給夫婿謀個好前程呢。

鄭氏覺得，以二房的聲勢，根本不是小姑子一個寡居在家的婦人能鬥得過的。這好容易二房那邊願意打破僵局主動交好，真有眼色的話，怎麼也應該趕緊接下不是？小姑子倒好，竟昏了頭的把人給趕了出去，這還不算，轉頭就定了個什麼邊遠之地的知州家的女兒，聽說還是個沒有親娘的。

她還要再說，卻被梅氏一下打斷。「二嫂妳這是什麼話！霖哥兒媳婦可是我千挑萬選的好媳婦兒，二嫂當我是妹子的話，以後不要再說這般話。」

她已是氣得渾身哆嗦，連帶著同為妯娌的孫氏也覺得鄭氏有些太過了，畢竟這可是霖哥兒的大好日子。忙一旁勸解道：「妹妹莫惱，這大喜的日子，要和和氣氣的才是。」又忙向鄭氏遞眼色，示意她少說幾句。

鄭氏自覺被小姑子下了面子，又打心底裡不想因為沒有未來的小姑子惹上韓家二房，怒氣沖沖道：「虧得我一片好心，竟是被妹妹當成了驢肝肺。罷罷罷，你們家的事，我從今後再不管便是，只是妹妹以後莫要後悔了再求到妳二哥頭上，我就燒高香了。」

「妳！」梅氏怒極，當真是把這個二嫂攆出去的心思都有。

旁邊一陣腳步聲忽然響起，卻是小兒子韓伯明正「咚咚咚」的跑進來。「娘，快來，有客人來了！」

聽說有客人要來，梅氏只得嚥下滿腔的怒火，跟著往外走去，孫氏瞪了鄭氏一眼，低聲道：「咱們今兒個來就是為了幫襯妹子，妳也收著點兒。既然有客人來了，咱們也一起去吧。」

鄭氏剛才被梅氏怒斥，這會兒正不得勁，聞言冷冷道：「小姑子的底細咱們還不知道嗎？能有什麼上得檯面的親戚值當我親自去接？要去妳便去，我才懶得動。」

孫氏無法，只得扔下鄭氏忙忙的追著小姑子出去。

看孫氏這個模樣，鄭氏頗有些恨鐵不成鋼。「也就老大家這樣的木頭性子，哼！」瞧小姑子的模樣，明顯是個不聽勸的，以後說不得還跟二房有得鬧，待會兒家去後，好歹得想個法子，勸勸自家男人，怎麼也得和小姑子遠些才好，不然，怎麼招禍都不知道！

正自思量該如何規勸丈夫，外面小姑子誠惶誠恐的聲音忽然響起。「夫人快裡面請。」

夫人？鄭氏聽得不由一愣，什麼樣的人駕臨，竟是使得自己小姑子那般激動？

還未想清楚個所以然，一個好聽的女子聲音已然傳來。「韓夫人客氣了。秀姊兒於我而言就跟自己的親妹妹一般無二，這些東西，就當是我給秀妹妹添妝，夫人可莫要嫌棄才是。」

「啊呀，這怎麼使得？」梅氏明顯有些吃驚，便是拒絕的話語都有些結巴。

「當然使得。」女子接著道：「還有這千兩白銀，是我家毓哥兒的朋友送上，還請夫人一併笑納。」

外面頓時陷入了寂靜。

千兩白銀？鄭氏只覺腦袋嗡的一下，這人開玩笑吧？什麼人出手這麼闊綽？那可是千兩銀子啊！

終是憋不住，悄悄掀開一角簾子往外瞧，卻是一下屏住了呼吸——

一個丫鬟正奉上一個托盤，掀開來，裡面是一整套赤金帶翠的首飾，那般美麗奪目的式樣，令得鄭氏一下看直了眼。

更讓鄭氏無論如何也沒有想到的是，站在丫鬟旁邊和小姑子言笑晏晏的，竟是一個身著五品宜人服飾的明麗女子。

這女子自己還遠遠的見過，可不正是手握重兵的守備府顧大人的夫人?!

鄭氏再也坐不住，心裡更是悔得腸子都青了。

整個鹿泠郡誰不知道，同是官員夫人，可顧夫人的身分又與別個不同，雖然沒有位高權重的娘家人，可因為她祖父的關係，朝中又有多少身居高位的人，自發的把自己放到了她娘家人的位置？

沒看顧守備這麼個外鄉人初來乍到便能在鹿泠郡官場如魚得水，聽說除了顧大人能幹之外，這位顧夫人也出力不少。這要是能和顧夫人攀上關係，對自家男人的前途可真是大有裨益，說不得，比巴結上韓家二房都好。

這下鄭氏心裡更是對梅氏多有怨言，虧得家裡平日對她多幫襯，守備夫人今日親臨祝賀這樣的大事都不說一聲。早知道對方的身分，自己怎麼會窩在這裡？若方才便和小姑子她們一起出去待客，那是多好的攀談機會啊？現在這麼突然出去……鄭氏咬了咬牙，罷了，就是再尷尬也得出去，怎麼也得攀上顧家的關係才是。

她忙不迭起身，掀開門簾就走了出去，朝著柳雲姝滿臉笑容道：「哎呀呀，這不是顧夫人嗎？多日不見，夫人更美了呢！」

口中說著，又瞥了一眼旁邊站著的梅氏，埋怨道：「顧夫人這樣的貴人，怎麼能坐在這裡？快快快，夫人趕緊上座。」

今兒個是韓伯霖的大喜日子，作為女主人並新郎韓伯霖唯一的長輩，眼下房間裡最上首的位子自然是梅氏的，鄭氏笑嘻嘻的上前就想攙著柳雲姝的手往那邊送。

柳雲姝本來瞧著對方是從裡間出來的，明顯是韓家近親，又是認識自己的樣子，秉著伸手不打笑臉人的原則，自然臉上也帶了笑意，可這會兒瞧鄭氏這般做派，已是極為不喜——要知道自己可是以秀姊兒娘家人的身分前來道賀的，真這麼大剌剌的坐了首位，落在別人眼裡，秀姊兒的娘家不定是怎樣跋扈的性子呢。何況若是因為這樣的小事而惹得秀姊兒婆婆不樂，那秀姊兒過門後可不得受拿捏？

不管有心還是無意，柳雲姝對這婦人都極是不滿，當下看鄭氏的眼神就有些發冷，起身錯開鄭氏的攙扶，徑直挽住梅氏的胳膊，送到主位上道：「今兒個可是夫人大喜的日子，眼瞧著一雙佳兒佳媳，夫人以後有好日子過呢。」

一句話說得梅氏眉開眼笑，想到這些年受的苦又有些酸澀，強忍著眼淚道：「夫人說得極是，夫人放心，秀姊兒入了我家門，我們一家都是極開心的，我沒有女兒，等秀姊兒來了，就和我親閨女沒什麼兩樣。您是不知道啊，這幾天想到我兒子能娶上這麼好一房媳婦兒，我就整夜整夜睡不著覺。昨兒個我和霖哥兒也說了半宿的話，告誡他要是敢惹了我那好媳婦傷心，旁人不說，我就先第一個不放過他；我們霖哥兒也說了，不管將來如何，他這一輩子就秀姊兒一個媳婦兒了！」

後一句話本是娘倆說的私房話，本來梅氏心裡還微微有些抵觸。並不是說她一心要給兒子納妾，而是未來的事情誰也不好說，要是秀姊兒進門無所出，說不好也得有其他準備。

只是兒子態度堅定得緊，而梅氏今兒個見識了宗族那邊的做派——成親的大喜日子尚且敢給自家沒臉，等正式嫁入韓家，作為長嫂的秀姊兒還不知道要吃多少苦呢。

梅氏一咬牙，就把娘兩個的私房話過了明路，既是表示對陳家的感激，也是為了向鄭氏一般的人表明，秀姊兒這個媳婦自己和兒子都認定了，而且不管霖哥兒將來貧窮還是富貴，都只會有秀姊兒這麼一個妻子。

被柳雲姝給無視了的鄭氏本就臊得紅了臉，這會兒聽了梅氏的話，更是又羞又惱，恨不得找個地縫鑽進去。她方才才說過京城貴女如何好，小姑子馬上就告訴所有人，他們還就認定那個邊遠知州的女兒了，這不是明晃晃的打自己的臉嗎？

只是梅氏面前她敢斥責，柳雲姝面前，鄭氏卻是規矩得不能再規矩，畢竟方才柳雲姝可是說了，人家就是娘家人的身分。要是小姑子早告訴即將嫁進來的新婦還有這樣的靠山，她又如何能說出那樣的話來？

兩人說著話，下人已經把徐恆千兩銀票的賀禮奉上，梅氏瞧了，有些為難，躊躇了片刻道：「倒不是我要駁夫人的臉面，委實是這禮金的數目太大，即便是親家少爺的朋友，是不是也……」

也不知對方是什麼來頭，所謂禮尚往來，兩家之前根本沒有一點兒交集，即便再打著親家少爺朋友的名頭，可這禮也是送到了自家不是？更不要說親家少爺才多大年紀，怎麼會交好出手這麼闊綽的朋友？

自打日前見了陳毓，梅氏是打心眼裡喜歡，唯恐那麼好個孩子會牽扯到什麼壞事。

柳雲姝也是個聰明的，怎麼會看不出梅氏的心思？不覺又是感慨又是讚嘆，毓哥兒果然是個聰慧的，瞧瞧給秀姊兒挑的這個婆婆，說是萬裡挑一也差不多了。還沒過門就得婆婆這般疼愛不說，更是當眾保證兒子這一世都不會納妾，這份心意可真是比多少聘禮都來得難能可貴，也更讓人感動。這會兒瞧著，老太太竟是連毓哥兒也一起護著呢。

柳雲姝當下搖頭笑道：「我們秀姊兒前世定是積了福的，才能修來老太太這樣好的婆婆。」

又接過托盤，放在桌上。「這賀儀妳儘管受著，徐大人不獨和我們毓哥兒是好兄弟，便是和陳家叔叔也是舊交呢。」

要說那位徐恆也是個有趣的，聽小毓的意思，那人本來是準備奉上五千兩白銀的，是小毓堅持，才勉為其難的只奉上一千兩做賀禮。

徐大人？鄭氏敏感的注意到柳雲姝的稱呼，不覺一怔。沒聽說鹿泠郡中有什麼上得了名號的姓徐的大人啊？不知道這位徐大人又是什麼來頭？

轉而又想到自己男人可也在外面待客呢，既來了這麼多頭面人物，少不得也是一場好機緣。這般想著，竟是很快把剛才受到的冷遇拋在了腦後，笑嘻嘻的又湊了上來。

梅氏和孫氏倒是沒注意到這一點，兩人都對柳雲姝的話有些鬧不懂。親家少爺才多大啊？怎麼顧夫人的意思竟是那徐大人和親家少爺關係好得緊呢？咋想著也該是和陳大人是故交，然後順便認識親家少爺才對啊，還是說顧夫人說反了？

只是柳雲姝既說無事，雖覺得禮太重，倒也不好再往外推讓。

當然，很快，梅氏也顧不得再考慮這個問題了，喜慶的喇叭聲已經來至院外，新娘子到了。

等梅氏被人扶著走出來時，韓伯霖已牽著一條紅綢進了大堂，紅綢的另一端，正牽在一身大紅新娘喜服的陳秀手上。

雖有紅蓋頭遮著，完全瞧不見新娘的臉，卻能看出新娘纖穠合度的窈窕身段，舉手投足間自然散發的婉約氣度，尤其是那一身宛若雲彩般的美麗喜服，襯得整個人都無比華美大氣……

「但瞧這周身的氣派，果然不愧是大家閨秀呢。」

「韓家公子果然是個有福的呢……」

人們開始評頭論足，終於有人道：「新娘漂亮不漂亮眼下還不得而知，可這身喜服，卻委實是精美之極。」

大家的視線本就集中在陳秀身上，聽了這番話，自然更下力氣的上下打量，其中正好有個家境還算差不多的，已是驚呼出聲。「哎呀，我怎麼瞧著這喜服可是完全用裘家的雲靄錦裁製而成，還有這麼精彩絕倫的繡工，莫不是金針馬大娘的手筆？」

「是啊。」人群中正好有人家裡也是做綢緞生意的，聞言忙上前些，待仔細分辨後兩眼都開始發光。「是不是馬大娘的手筆不好說，只這喜服確是雲靄錦無疑。」

一句話說得眾人都瞪大了眼睛——這陳家也太有錢了吧？誰不知道雲靄錦可是貢品，說是寸錦寸金也不為過，這麼大一件花樣繁複的喜服，可得用多少雲靄錦啊？

鄭氏也瞧得眼都直了，正好旁邊的孫氏衝擊太大之下，不覺瞥了一眼梅氏，小聲道：「外甥媳婦兒身上真是雲靄錦？還有那刺繡手藝可是真真好得緊呢。」

當然，即便如此，孫氏也完全不信那真就是馬大娘的手藝。

「正是雲靄錦。」梅氏倒也沒準備瞞她，頓了頓又悄悄道：「我這媳婦兒手很巧的，知道霖哥兒外家也就兩個舅舅罷了，給兩位哥哥和嫂子也都每人做了一身新衣服呢，兩位嫂子的也是這雲靄錦，到時候嫂子可莫要嫌棄比不得她身上這件喜服好看才是，畢竟馬大娘的手藝可不是一般人能趕得上的。」

一句話說得鄭氏倒抽了口冷氣。外甥媳婦兒要送自己和大嫂每人一身雲靄錦裁的新衣服？哎呀，那哪是衣服啊，分明是好大一筆銀子才是。一想到逢年過節時，自己也能穿上雲靄錦的衣服回娘家串親戚了，鄭氏簡直樂得眉眼都要瞇縫到一起了。

狂喜之餘，又覺得自己好像漏了什麼，細細回想一遍，不覺短促的「呀」了一聲。方才小姑子的意思是，不獨陳家小姐身上的喜服確然是雲靄錦，便是那精美的刺繡也完全是出自馬大娘之手？

再瞧瞧陳秀，鄭氏簡直覺得自己之前真是昏了頭了，眼前哪裡是外甥媳婦兒，分明是一座移動的金山啊！

眾人正在交口稱讚，院子外面卻響起了一陣急促的腳步聲，然後一個滿臉煞氣的中年男子忽然闖了進來，眼睛直直的攫住了陳毓和他身邊的徐恆三人，不陰不陽道：「哎喲，今兒個倒是熱鬧得緊。」

喜慶的喇叭聲暫態戛然而止，連帶的整個小院裡的人神情都微微一變——

韓家二老爺韓慶怎麼來了？若是賀喜，這個時候怎麼也有點兒太晚了，而且，帶那麼多人是想做什麼？

在這片刻間，韓慶身後的一百名兵丁已衝了上來，竟是把陳毓和他周圍的人全圍了起來，甚而連一臉喜興的新郎官韓伯霖也在被包圍的行列之中。

這韓慶，明顯來意不善啊！

被請來主持婚禮的耆老雖不是韓氏家族的人，也算是這一帶聲望頗高的，見此情形忙上前一步，陪著笑道：「哎呀，這不是百戶大人嗎？還真是貴客！也是，畢竟一筆寫不出兩個韓字，再怎麼說，百戶大人也是霖哥兒的叔父不是？還請看在老朽的面子上，帶了這些兄弟去後堂喝一杯喜酒……」

這話裡明顯就存了替韓伯霖一家求情的意思，便是周圍人瞧向韓慶的眼神也都有些譴責。再怎麼說也頂著叔父的名頭呢，即便當初撕破了臉，也明顯是老大這邊吃虧更多，哪有這麼得理不饒人，一再追著欺負人的？

成親可是一輩子的大事，韓慶作為叔父，即便不願出面幫襯，也不該選擇霖哥兒大喜的日子帶了這麼多人過來鬧場，怎麼瞧著都有失長輩風範，欺人太甚了些。

韓慶哪裡聽不出來耆老的意思，卻根本沒準備賣耆老的面子，冷哼一聲道——

「老人家您說得有道理，只是自古忠孝不能兩全，我雖是霖哥兒的叔父，可更是鎮撫司的百戶，今兒個免不得讓您老人家為難了，待事情了了，我再親自登門賠罪便是。」

梅氏本來被鄭氏和孫氏拉著，不讓她上前，這會兒卻再也忍不住，用力掙開兩人，待來至外面，瞧著韓慶的眼神裡好險沒嘔出血來——

因是繼婆母的幼子，韓慶在家裡自幼便受寵得緊，即便自己生了霖哥兒，家裡但凡有什麼好吃食依然都得先緊著韓慶的嘴，便是霖哥兒這個長孫都得靠後。

猶記得因婆母剋扣分例，為了讓孩子能有口好吃的，自己不得不偷偷做些繡活託人拿出去賣，待得了工錢後，悄悄給霖哥兒買了幾塊點心回來，沒承想卻讓韓慶撞見，不獨跟婆母告狀，說自己吃獨食，更唆使相公打了自己一頓，即便如此，一旁眼巴巴瞧著的霖哥兒都沒有吃嘴裡那一口糕點……

虧自己那沒出息的夫君，以為這麼忍讓幼弟、孝敬繼母，就能在韓家繼續待下去，到了還是讓人攆了出來。

從那時起梅氏就明白，這世上很多事，不是你願意忍，別人就願意放過你的。

自己苦苦掙扎了這麼多年，終於熬到把兒子供成了舉人，韓慶竟然再次登門，還是在長子大喜的日子。

早年來一直積鬱在胸中的悶氣一下爆發了出來，梅氏一下擋在陳毓幾人身前，衝著韓慶怒聲道：「今兒個是我兒的大喜日子，誰若敢攪鬧了我兒的婚禮，我便是拚了這條老命也要替我兒討回來。」

許是梅氏的眼神太過駭人，韓慶神情變了變，下一刻他臉色一沈，陰陰道：「妳的老命有誰稀罕嗎？竟敢包庇逃亡逆賊，別說妳這條老命，就是妳家上下老小都不夠砍的！」

逆賊？還要砍頭？旁邊來賀喜的眾人頓時懵了，瞧對方的氣勢，莫非真有人犯了事？畢竟韓慶可是鎮撫司的百戶，聽說鎮撫司可是專門管潑天大案的啊！

要真是那樣，別說韓伯霖一個小小的舉人，即便再大的官怕是都保不住！

因為太過畏懼，本是義憤填膺圍在周圍的人群慢慢往旁邊散開。

梅氏氣得渾身哆嗦，一咬牙就要撲過去跟韓慶拚命，卻被趕來的韓伯霖和陳毓一起攙住。

即便方才韓慶的模樣明顯是衝著陳毓幾人來的，陳毓依舊平靜得緊，朝著韓伯霖溫聲道：「姊夫你扶老太太去堂上坐，今兒個是姊夫和姊姊的大喜日子，眼看吉時就要到了，可不要錯過才好。」

「小毓！」韓伯霖哪裡肯，還要再說，卻被走過來的另一人打斷。

「伯霖你聽我兄弟的，只管照樣拜堂便是。」

說著轉向韓慶，冷聲道：「韓百戶好大的威風，只是這裡可不是你韓家，想要放肆也得看看自己有沒有那麼大的臉面。」

韓慶沒想到竟有人明知道自己身分，還敢這麼強硬的跟自己叫板，待定睛細看，瞧清楚說話的人是誰，臉不禁白了一下，失聲道：「顧大人？」

他心裡翻起了驚濤駭浪——宗族那邊自己一早就放出話來，膽敢有前來和大房交好的，就是要和自己為敵；至於梅氏娘家那邊，根本沒有什麼能上得了檯面的親戚。雖然知道女方倒是出身不俗，乃父陳清和是方城府知州，可所謂強龍不壓地頭蛇，這裡可是鹿泠郡，陳清和的手焉能伸得這麼遠？等他反應過來，勾結逆賊想要叛國的罪名已是被自己打成鐵案。

韓慶本來特意準備好了要在韓伯霖新婚之日演一齣好戲，卻無論如何也想不到，自己這才剛一出場，就被打了一悶棍。

顧雲飛可是堂堂五品守備，之前也沒聽說過他和老大這裡有什麼交集啊？怎麼會突然出現在這裡？

韓慶忽然想到一點，哎呀，聽說顧雲飛也是方城府人，難道說是因為這一點，所以受了陳清和的託請，來幫著撐撐門面？畢竟，陳清和老家也是江南一帶，怎麼也不可能和世代居住方城的顧家人有多深的交集才是。

他越想越覺得對，當下忙賠了笑臉道：「倒不知道顧大人也在，下官失敬。」

下一刻卻是上前一步，放緩了聲音道：「顧大人乃是正人君子，可不要被那小人給利用了才好。這會兒不便和大人細說，但委實是下官接到密令，今日到場的人中有叛國逆賊……」

再有故人之託，只要聽到和叛國有關，加上歷來震懾人心的鎮撫司名頭，就不信顧雲飛還敢蹚這個渾水。畢竟頭上官帽來之不易，更不要說顧雲飛這五品守備的烏紗可是拿性命拚來的。

這般想著，韓慶嘴角現出一絲得意。等顧雲飛離開，大房一家也好、陳家也罷，都只能落得個鋃鐺入獄的下場。

「你的意思是，你是奉了鎮撫司的密令前來抓人的？」本來聽了韓慶那番義正詞嚴的話，顧雲飛還真以為韓家犯了什麼大事呢，待聽說韓慶竟是奉了鎮撫司的令，嘴角不禁直抽，有些揶揄的瞧了徐恆一眼。「哎喲呵，竟是和鎮撫司有關嗎？」

要知道不久前徐恆才拍著胸脯跟陳毓保證過，有鎮撫司撐腰，以後陳毓想要橫著走都行，倒好，這麼快就有人跑來拆臺了？

這可是陳毓最重視的姊姊的婚禮，卻被徐恆的手下給攪鬧了，這臉可要往哪兒擱？

徐恆何嘗意識不到這一點，只氣得臉都綠了，忙安撫性的拍著陳毓的背，苦著臉道：「兄弟，都是老哥辦事不力，沒料到鎮撫司竟有這般蠢貨，你放心，今兒個這事，老哥一定給你個交代。」

一句話說完，大踏步上前，照著韓慶就是「啪啪」兩耳光，臨了又踹了一個窩心腳。

「混帳東西，這裡也是你撒野的地方嗎？還不快滾！」

徐恆的官職和顧雲飛一樣，也是一步步拚殺來的，再加上鎮撫司的鐵血，這些年來不知手刃過多少人，身上的殺氣一旦不加遮掩，怎麼是韓慶受得了的？

韓慶一下狼狽無比的跌坐在地上，臉上的笑意頓時凝結，連帶著心中升起一股巨大的恐懼——不會歪打正著，這些人還真是異族凶人吧？不然怎麼會有這麼濃的殺氣？

雖然之前想要憑著這個名頭給大房和陳家定罪，卻無論如何不想真碰到鐵赤那些人，不然真要把小命搭上去那可就虧大了啊！

太過恐慌之下，竟是連刀都拔不出來，直衝著顧雲飛並身後兵丁道：「顧大人，快調人來，這些人是逆賊鐵赤黨羽！愣著幹什麼？還不快把這些逆賊拿下！」

那些兵丁也被眼前情形嚇傻了。對方不但真敢對百戶大人出手，下手還這麼狠！等回過神來，忙紛紛亮出武器，卻礙於徐恆的殺氣，愣是不敢上前。饒是如此，依舊刀尖朝裡，徑直指向陳毓並徐恆等人。

聽說這些人是異族賊人，那些親戚嚇得忙往後退，不想一陣笑聲忽然響起，眾人抬頭看去，全是一愣。守備大人顧雲飛是不是嚇得傻了，不然，怎麼笑成這般德行？

那邊徐恆的臉更黑了，便是他那兩個手下，也互相對視一眼。之前已然查知鎮撫司出了內賊，莫不是和這韓慶有關？怪不得千戶大人之前不許自己等人宣召韓慶。

徐恆見韓慶轉身想往後跑，強上前一步，一把揪住他後衣領子，狠狠的摜倒在地後，一腳踩在韓慶臉頰上，邊腳上用力邊冷笑道：「韓慶，你好大的狗膽！你方才說我是誰？」

韓慶只覺腦袋都快被人踩碎了，從小到大自己向來順風順水，哪受過這般苦楚？竟是鼻涕眼淚流了一臉，邊慘叫著邊胡亂叫人救命。「逆賊！竟是連鎮撫司的人也敢打。真是吃了熊心豹膽，快放了我，不然把你們碎屍萬段！顧大人救我！你們快上啊……」

無奈顧雲飛始終抱著雙肩，一副百無聊賴等著看笑話的模樣。

那些兵丁好歹還有些忠心，你推我搡的慢慢上前，冰冷的刀尖距離徐恆越來越近。

還敢威脅自己了這是？徐恆俯身單手提起韓慶，照著雙頰又是來來回回數十個耳光。

「瞎了眼的蠢貨，你說爺爺是逆賊？爺爺瞧著，你才是黑了心肝的奸人！」

口中說著，從懷裡摸出千戶腰牌，衝著已是做好了衝鋒準備的那些兵丁厲聲道——

「鎮撫司辦案，不想死的把兵器全都扔了！」

一句話出口，除了陳毓幾個外，全場人都懵了。韓慶不就是鎮撫司的百戶嗎？怎麼這裡的賀客中也有鎮撫司的，而且瞧模樣，竟是比韓慶還要凶殘！

韓慶雖是被揍得頭暈眼花，依舊聽清了徐恆的話，卻還不要命一般一臉血的朝著顧雲飛嚎了起來。「什麼鎮撫司？這些人全是鐵赤逆賊，竟敢冒充我鎮撫司的名號，顧大人……」

話音頓時被徐恆的手下打斷。「韓慶，你他奶奶的還真是能作，徐千戶大人的權杖你沒瞧見嗎？還敢在這裡胡咧咧？」

「千戶大人？權杖？」被揍得鼻青臉腫的韓慶終於意識到不對，待勉強睜開腫脹成一條縫的眼睛，入目正好瞧見徐恆手裡的腰牌，身子一下就僵在了當場。

竟然真的是千戶大人？徐千戶……那不就是徐恆？之前早聽聞過這位的鐵血，乃鎮撫司裡最是殺人不眨眼的一位。

他想不明白，徐千戶既然到了，為什麼不著人至衛所宣見自己，還放著鐵赤等人的賊蹤不理，反倒跑到了霖哥兒的婚禮上當起了賀客？

只是千戶的腰牌做不得假，韓慶只瞧了一眼就明白自己今兒個算是栽了——

眼前這黑臉大漢應該就是徐恆本人。

他氣勢洶洶的跑來拿逆賊，卻是抓了鎮撫司的上官，別說頭上的烏紗，說不好連脖子上的腦袋都有些晃悠了。韓慶這般想著再也支撐不住，一下軟癱在地，死死抱住徐恆的腳踝，一身的肉都哆嗦個不停。「千戶大人……都是誤會，還請大人饒了屬下這一回……」

卻被徐恆又一腳踹出去，正啪嗒一聲落在陳毓腳下。

徐恆隨之過來，覥著笑臉對陳毓道：「小毓，都是老哥我的不是，令得這些蠢材在這麼喜慶的時候鬧出這樣的事來，小毓瞧著怎麼解恨，跟我說一聲，不然我現在就把這混蛋的腦袋擰巴下來餵狗。」

一句話說得韓慶好險沒嚇暈過去，更無法接受的是，眼前到底是怎麼回事？要知道以徐恆的名號，就是自己日常見了也止不住腿肚子有些轉筋，怎麼會用這麼小心的語氣跟之前自己根本瞧不進眼裡的小白臉陳毓說話？

那陳毓撐破天去也就一個破秀才罷了，還是這般乳臭未乾的年紀，又如何能令得徐千戶這般低聲下氣？難道陳家背後還有什麼自己不知道的背景？畢竟韓慶能分辨出來，徐恆方才所為並不是作戲給自己看，而是真的唯恐陳毓怪罪的意思。

「你們鎮撫司的事我怎麼好插手？」陳毓表情有些發冷。「千戶大人自己處置便是，我姊姊的吉時就要到了，我還要去觀禮。」

說著，竟是丟下徐恆，頭也不回的往喜堂而去。

徐恆面上一紅，自己也覺得不地道，陳毓前兒個可是幫了鎮撫司的大忙，自己和顧雲飛必將因這事加官進爵不說，還能使得之前那些人潑在鎮撫司身上的污水一掃而空，不管於自己還是於鎮撫司，陳毓都是頭一號功臣。倒好，還沒想好怎麼感謝呢，那邊就有手下把人家姊姊的婚禮給攪鬧了。

眼瞧著陳毓走得遠了，徐恆忙不迭要跟上去，忽然意識到什麼，回頭恨恨的吩咐兩名屬下。「先押到大門外那裡跪著磕頭謝罪。」

說著，已是跟顧雲飛一前一後的追趕陳毓去了。

見兩人走來，圍觀的眾人忙散開，讓出一條通道來，瞧著兩人的神情又敬又畏，隱隱的還有莫名的興奮。今兒個來韓家這邊賀喜，心裡本是有些打鼓的，畢竟誰也不願被二房那裡納入黑名單。方才瞧見韓慶氣勢洶洶的模樣，更是都後悔得不得了。

哪裡想到一時半刻間，就出現了翻轉！

韓慶一個百戶算什麼？人家這裡直接和守備大人並鎮撫司的千戶關係鐵得緊。而自家來給霖哥兒賀喜，怎麼也算是這邊的不是？韓伯霖一家既有這等厲害的關係，以後自然前途遠大！

想清楚了其中的利害關係，所有人臉上都露出了笑容，不停的恭維著梅氏，好聽的話不要錢似的一籮筐一籮筐的說著，整個小院裡頓時又滿是歡聲笑語，再加上大門外咚咚響的磕頭聲音伴奏，那真是要多喜興有多喜興。

就在這樣熱鬧的氣氛中，吉時到了。

「一拜天地！」

「二拜高堂！」

「夫妻對拜，送入洞房！」

而門外的韓慶在磕了不知多少個頭後，終於體力不支，身子一歪就倒在了地上。

韓家二房仗著鎮撫司百戶的身分大鬧姪子韓伯霖的婚禮，結果反被鎮撫司一個千戶大人給抓走的消息，很快傳遍了整個鹿泠郡，等二房那邊的老太太聞訊派人趕了過來，哪裡還有韓慶的影子……

「怎麼會這樣？」聽管家說根本找不到兒子的人了，汪氏好險沒厥過去。

要論老太太這些年來最大的成就，就是成功擠走了韓匡，讓韓慶繼承了所有家業，再加上閨女、兒子都有出息，汪氏當真是過了太久的好日子，乍然遭逢大變，頓時六神無主。

好在管家倒是冷靜下來，忙小聲提醒汪氏。「既是得罪鎮撫司的上官，怕是老爺沒那麼快被放出來，老太太還是趕緊給小姐和姑爺寫信，求他們幫著搭救才好。就是大房那邊，老夫人好歹也是婆婆的身分不是？尋個由頭把梅氏和她那兒媳全叫過來，想要怎麼著，她們身為晚輩也得受著……」

汪氏聽得忙忙點頭，自己怎麼把這一點給忘了？旁人不知道，自己還不曉得嗎？女兒可是和鎮撫司指揮使大人家關係親厚得緊。那姓徐的再是慶兒的上司，可也得歸指揮使大人管不是？

有這樣想法的又何止是汪氏一人，韓慶醒來時第一時間就鬧著要見徐恆，哪裡想到卻是久久不見人來，甚至連看著自己的也全是些生面孔，他心裡越來越惶恐，終於撐不住大聲嚷嚷了出來。「我這個百戶可是指揮使李景浩大人親自安排的，你們快把我放了，不然將來非讓李大人把你們一個個全都拉到菜市口砍了腦袋！」

徐恆正好陪著陳毓從外面經過，聞言冷笑一聲。「竟然連指揮使大人也敢攀誣，那就先把他的舌頭給拔了！」

「大人，這個韓慶或者真有些門道……」丁華也是鎮撫司的老人了，年齡比徐恆還要大些，之前並沒有參加韓伯霖的婚禮，回來後才聽說鹿泠郡百戶韓慶竟然想要捉拿徐恆幾人這檔子事，忙跑過來悄悄瞧了一眼，便匆匆跑去尋徐恆了。

「怎麼說？」徐恆蹙眉。

「不瞞大人說，」丁華附耳小聲道：「這韓慶確然和指揮使李大人關係非同一般……」

差不多有十年了吧，那次丁華正好跟著李景浩到鹿泠郡辦事，不想路遇驚馬，差點兒踩到一名少女，虧得李景浩一身功夫了得，不但當場斃了驚馬，還把那少女救了下來。

到現在丁華還記得李景浩救下少女時失態的模樣，甚而明明有公務在身，還是再三確定少女無恙後才離開。

若非彼時李景浩已然娶妻，且夫妻兩人感情甚篤，丁華真要以為李景浩是看上了那少女。

「你的意思是，那被救的少女跟韓慶有關？」徐恆一下抓住了丁華話裡的要點，也不由心裡一沈。滿朝文武哪個不知李景浩大人最是冷血鐵面，從來他忠誠的人只有一個，那就是皇上。

於徐恆而言，也算是跟在李景浩身邊的老人了，可每回看見這位鎮撫司的一把手，還依舊會沒來由的小腿肚子想要轉筋，倒沒想到這世上還能有讓李大人見了一面就為之動容的。

丁華也不瞞他，當下點了點頭道：「不錯，大人知道京城忠英伯府柳家庶子柳玉函嗎？他的妻子就是韓慶的妹妹韓倩雲，也是當年李大人從馬蹄下救下的那個少女。」

「忠英伯府柳玉函的夫人？」徐恆臉色也有些不好看了。

雖然是伯府，可柳家早已沒落，相較於黯淡無光的嫡支，倒是庶子更顯眼一些，尤其是那柳玉函，雖是同進士出身，這幾年來卻是官運亨通，之前也隱隱約約聽人提過，說是柳夫人和李景浩大人的妻子情若姊妹，朝中就有人自覺的把柳玉函當成李景浩的人看。

看徐恆沈吟，丁華低聲道：「大人瞧這韓慶……」

「無妨。」徐恆不過沈吟了片刻就做出了決斷。「照我方才的話處置，你放心，指揮使大人那兒，我會親自寫信解釋。」

徐恆自覺還是很明白自家老大的為人，之所以能讓滿朝文武聽到這個名字夜裡都睡不好覺，除了他的冷漠鐵血之外，最重要的一點就是絕不徇私情。

「是。」聽徐恆有了決斷，丁華倒也沒有多說，躬身退下。

京城，英國公府。

自從鐵赤「死而復生」，京城中就掀起了滔天巨浪，多少人因此落馬，而被認定是「始作俑者」的成家，更是被推到了風口浪尖上。

數日來，英國公府都閉門謝客，本來是一等一的顯貴門庭——

本身既是大周朝的天下兵馬大元帥，又剛升格為太子的岳父，十之八九嫡長女就是未來母儀天下的皇后，試問滿朝勛貴，哪家有這等殊榮？

卻因為鐵赤一事，成為朝中幾乎所有言官的靶子，日日被攻伐責問，甚而隱隱還有人借這件事把風頭引向太子……

成家也由原來的門庭若市，變為現在的門可羅雀。

成弈手扶著桌案勉強撐起身體，高大的身影斜斜投在窗櫺上，有著說不出的寂寥。

不得不說神醫聖手的名頭不是虛的，自己現在終於可以告別輪椅站起來了。

他的對面，坐著神情緊張、眼巴巴瞧著兒子站立起來的英國公成銘揚。

英國公府眼下而言，說是內憂外患也不為過，那些人之所以敢如此囂張，一則是因為貪慾，想借著打擊自家進而打擊太子殿下，畢竟，於太子而言，成家無疑是最好的臂膀。

二則，不就是看著成家後繼無人嗎。

現在兒子又能站起來了，也就意味著家族後繼有人，成銘揚如何能不激動？

成弈何嘗不理解父親的想法？恨不得這會兒就能健步如飛，即便有些堅持不下去，頭上滲出豆大的汗珠來，依舊強撐著想要多站一會兒。

成銘揚瞧得心裡不忍，神情也是悲喜交集。「奕兒，你剛能站，別強撐太久，小心累著。」

兩人說話間，一點白色忽然穿過夜空，一下停在窗櫺上。

「小七？」成弈心裡一喜，探手抓過鴿子，身子也隨之無力的坐倒軟墊上。

「小七的信？」成銘揚忙探過頭來，有了小七這個女兒時，自己已是四十多歲了，說是老來得女一點兒也不為過。成銘揚也好、成弈也罷，都對小七疼愛得緊。

而如今，這份心疼之外，更多了份濃濃的愧疚——

當初若非自己在邊關遇險的事傳回京城，夫人也不會慌張之下失了防範，令得小七被有心人拐走，甚而現在，為了能讓神醫出手相救長子，小七甘願放棄金尊玉貴的英國公府嫡小姐身分，以著病弱在外休養的名義做了神醫的徒弟。

雖然心裡這般想，成銘揚卻並沒有表現出來，只那眼巴巴瞧著鴿子的眼神洩漏了英國公爺急切的心情。「這是軍營裡的那對信鴿？怎麼瞧著倒是有些退步了？」

那信鴿黑溜溜的眼睛一下看過來，瞧著竟似是在抗議——放眼天下，就沒有哪個能比自己更快的傳遞消息了吧？主人不說誇誇自己，怎麼瞧著還不滿意似的？

成弈不及細說，已解下白鴿足上的一節竹管，剛要展開，卻又往房外屋頂上瞧了一眼，成銘揚早已不耐煩，手一揚，一個瓦片應聲而出，隨著聲短促的「哎喲」聲響起，一個詭異的黑影從房頂掉落。

「李景浩這混蛋，現下也不比咱們處境強多少，還派出這麼多兔崽子盯著咱們，真是夠死心眼的！」成銘揚哼了聲道。

心情不爽時就幹翻派來府裡的錦衣衛，是這對父子這些日子僅有的樂趣，當然，眼下他們也不想有人看到小七的信，畢竟再如何，父子兩人都不想任何人知道小七的下落。

成弈已打開信箋，趁老爹還沒過來搶，快速的瀏覽了一遍，卻突然驚「咦」了一聲。

「怎麼了？有人欺負小七？」成銘揚神情一下繃緊，語氣裡有著不自覺的怒氣。

「不是。」成弈忙搖頭，把手裡的信遞給成銘揚。「咱們小七，竟是要幫咱們解決大麻煩呢……」語氣明顯有些複雜。

不怪成弈如此，這些日子以來，成家面對的指責實在太重，卻無力辯駁。之前不是沒有懷疑過鐵赤的忽然出逃，或許是草原那邊出了事，可這裡畢竟是京城，而非邊疆，兩人沒有第一手消息的情況下，又如何能憑空揣測出鐵赤的動機？

無論如何也沒有料到，這棘手的事情竟是讓小七給解決了。

除此之外，成弈的眼睛還在一個名字上頓了一下。

「陳毓？」那邊成銘揚已經把信扔到了火盆裡，抬頭看向兒子。「這人是誰？怎麼這名字有些熟悉？」

「爹爹忘了？」儘管有些不情願，成弈還是提醒道：「陳毓，是當年救過小七的那個小孩的名字。」

「那個救了小七的孩子？」成銘揚終於想起來，卻是雙眉一挑。「和這個陳毓是一個人嗎？」

「是。」成弈點頭，又把在鹿泠郡渡口的事一併告訴了成銘揚。

「竟然是一個人？」成銘揚蹙眉，雖沒有多說，卻明顯已記住了陳毓這個名字，甚至語氣裡有著濃濃的……忌憚？「奕兒你歇著吧，我要連夜去見太子。」

事出突然，若能越早搶佔先機，對英國公府和太子府就越有利。

第二日，久未上朝的英國公一早就去上朝了，更獲得了一個單獨面見皇上的機會。也不知兩人說了什麼，只知道英國公離開後，皇上竟是長久的坐在房間，明顯頗受觸動的模樣。

而三日後，徐恆的密信也終於快馬送到鎮撫司，鎮撫司的老大李景浩當即把消息送到了皇上的案頭上。

然後令所有人都想不到的一幕發生了，久被皇上冷遇的英國公府先是迎來了太子殿下，然後連皇上也親至，伴隨而來的更有帝王並太子對英國公府的連番賞賜。

就在所有人都想不通究竟是因為什麼，才讓皇上對成家的態度發生了這麼大的轉變時，鎮撫司又突然派出錦衣衛帶走了一大批人，被帶走的人雖然瞧著八竿子打不著，卻有一個共同點——他們全是之前在鐵赤一案上攻擊成家和鎮撫司最厲害的。

所以說這就叫現世報吧？

第二十一章 大功告成

鐵赤幾人躺在破敗的寮棚裡，恨不得衝出去和守在外面的周人拚命，可卻均是有心無力，別說拿起武器，就是動一下手指的力氣都沒有了。

到這會兒鐵赤等人才深切體會到，大周人經常掛在嘴邊的「士可殺不可辱」是什麼意思——

自己幾人明明是草原上的雄鷹，這會兒卻全都癱軟在地上，連地裡刨食的蠢雞都不如。

那些周人果然陰險，明明已佔據絕對優勢，卻每日裡除了死死包圍著這裡，就什麼事都不做了。甚而還在包圍的第三天、所有人都快餓瘋了的時候，終於給扔進來兩個籃子，籃子裡面分別裝著一個饅頭並一壺水。

不說鐵赤是王子，便是兀格等人也都是族裡威風至極的人物，這樣明顯帶有侮辱性質的投餵，自然沒辦法接受。更不要說以周人的陰險，那饅頭裡說不好藏有什麼詭計也不一定。

可到第五天，幾人的想法就動搖了，甚而想著，若然對方非要給，就分吃了吧？哪想到之前還是丟在那裡，等幾個時辰後才會把饅頭拽走，這次卻不過扔進來一炷香的時間，周人看寮棚裡沒動靜，竟是立馬毫不猶豫的把裝饅頭的籃子給拽了回去。

作為自詡草原上最偉大並驕傲的民族，這種耍猴似的行為令得鐵赤等人憤怒已極，每當聽到腳步聲靠近時，便先閉上眼睛，對扔過來的籃子瞧都不瞧一眼——當然，即便眼睛閉上了，所有人的眼皮卻都不停顫動著。

實在是他奶奶的，那饅頭的香味太好聞了！這輩子，還沒有聞過這麼香的味道！

現在已經是第七天了。

鐵赤昏昏沈沈時經常作一個夢，夢裡無不對那個帶著一群兔子衝進來的少年仇恨無比，可夢境的結尾，全是自己衝上去，然後抱起少年身邊的兔子，一口就咬了下去……

「咚」的一聲響傳來，又一個又香又軟的饅頭丟了過來，好巧不巧，那饅頭正好落在兀格腦袋邊。兀格只嗅了一口，就痛苦的捧著小腹蜷縮成一團。「王子……您殺了我吧！」

實在是連自殺的力氣都沒有了，更可怕的是，手竟然不受控制的往饅頭那裡伸了過去，連帶著看過去的眼神也渴望無比，體內每一部分都好像在拚命的叫囂著——吃吧、吃吧。即便吃了後會墮入阿鼻地獄……

鐵赤眼睛微微張開一條縫，抓住兀格另一隻哆嗦著想去拿刀自裁的手。「吃了吧。」說著勉強坐起身子，朝著外面道：「讓你們……主事者……來見我……」

短短的一句話，竟是分成了三段，待說完最後一個字，鐵赤已連氣都喘不上來了。

如果說開始還不懂周人想要做什麼，可到現在要是還不明白，那就真是蠢到家了。周人無疑想要瓦解己方數人的意志，進而在談判中獲得更大的利益。

雖然明知道和周人合作是飲鴆止渴、與虎謀皮，可鐵赤不得不承認，在經歷了這麼多天的折磨後，即便是自詡具有鋼鐵意志的自己等人，也已到了崩潰的邊緣。

罷了，周人有句老話，叫「留得青山在不愁沒柴燒」，眼下最要緊的是回到草原，奪回屬於自己的一切。

很快，一陣腳步聲響起，一眾錦衣衛簇擁著一個長身玉立的年輕人健步而來，他的身後則恭恭敬敬的跟著徐恆和顧雲飛兩個。

鐵赤努力集中精神，在年輕人身上定了一下，最後落在年輕人腰間溫潤玉珮垂下的黃色穗子上，臉色終於緩和了些。

雖是受了這些日子的折辱，但好歹對方派來的是一個皇族子弟，而不是隨便弄個上不得檯面的人來輕賤自己。

年輕人一揮手，便有手下疾步上前，放置了幾把椅子並一方桌案在兩方人中間，甚而還上前扶起鐵赤等人在談判桌前一一坐下。

只是相比於周人挺拔的坐姿，鐵赤等人的形象無疑太過狼狽而有礙觀瞻，說好聽點是坐，說難聽點根本就是癱成一團。

「王子和幾位貴客先用點粥暖暖腸胃。」年輕人優雅中透著矜貴，舉手投足間盡顯上國氣度，看似謙恭得體的笑容中又自然流露出一種高高在上的傲然。

若然平時，心高氣傲的鐵赤等人如何受得了？這會兒卻根本顧不得腹誹對方。之前堅持著便罷了，這會兒一鬆懈，再加上面前香甜粥品的強烈刺激，飢餓的感覺更是鋪天蓋地而來，各人匆忙端起面前的小碗，不顧形象的一飲而盡。

等唏哩呼嚕的把手裡一小碗粥喝完，幾人終於能坐直身子抬起頭了。

年輕人眉目含笑的瞧著鐵赤等人，神情足夠尊重，彷彿這裡不是破舊的寮棚，而是皇宮大內的宴會大廳，對鐵赤等人餓死鬼投胎一般的喝粥架勢更是視若未見。

待人收拾乾淨桌子，他單手推過來幾份協議。「這些條款，還請王子殿下簽署，等這邊事畢，菜餚酒饌應該也會備好了。」

方才不吃東西還好些，那麼點兒湯進肚裡，鐵赤等人力氣雖是有了些，卻明顯更餓了，甚而鐵赤雙耳都不住轟鳴，便是面前這些周人也彷彿全都化成了香香甜甜的大白饅頭……

他眼睛發花的看向那些條款，不由苦笑，也不知是哪個王八蛋擬的這些操蛋條款，雖俱皆苛刻，即便當初戰敗被擒時，大周擬定的協定都比這寬鬆。卻偏又在自己接受範圍之內，並未超過自己底限。

可眼下已沒有了討價還價的可能——

一則，實在沒力氣跟一瞧就不好搪塞的眼前幾個人唇槍舌劍的交鋒；二則，被擒時自己背後的家族雖是遭到重創，卻依舊屹立不倒，可這會兒要是不想法子趕回去，鐵翼族就將永遠從草原上消失。

自尊心和滅族之禍，鐵赤還是分得清孰輕孰重的。

當下草草看過一遍，便沈默的接過周人遞來的上等羽毛筆簽上自己名字，又加蓋了隨身印信。

等鐵赤落下最後一個印章，年輕人緩緩吐了口氣，嘴角無論如何也忍不住一點又一點的揚起，本是嚴肅的臉龐瞬間變得和煦無比，籠在袖筒裡的手攥了攥又鬆開。

沒有人知道，他袖子裡還有三套方案，而方才拿給鐵赤的，無疑是最想達成也對大周最有利的那套，本來想著，只要能簽署其中任何一個方案，都是父皇並朝臣能夠接受的，卻沒料到幸福來得這麼容易，竟是一下就得到了幾乎所有人都認為最不可能達成的結果。

年輕人轉頭瞧向徐愷和顧雲飛，此次談判成功，這兩人功不可沒。這飢餓之法當真絕妙，若沒有之前這麼長時間對鐵赤等人意志的摧殘，自己焉何會有此等輝煌戰果？待得回朝，無論如何要替這兩人向父皇請功。

「給你們獻策的是誰？」鐵赤擱下筆時忽然抬頭問了一句，眼睛更是落在徐愷和顧雲飛的身上。

若真是關起來嚴刑拷打，鐵赤等人說不好早就來個玉石俱焚了。也就是這等刁鑽的軟刀子磨人，以為自己還有希望，到得最後，只能被牽著鼻子走到別人設好的套裡……

徐愷和顧雲飛微微一笑，均沒有回答。

年輕人頓時臉有異色，剛要開口詢問，就聽鐵赤接著道：「是不是那個騎著兔子衝過來的小子？」說這句時，語氣不自覺有些陰森。

騎著兔子衝過來的小子？年輕人第一感覺是鐵赤餓瘋了吧？再看向徐愷和顧雲飛莫測的

神情，心裡卻「突」了一下，難不成鹿泠郡還有其他高人，獻了這條妙計的另有其人？

此種情況下卻也不便多問，他直接令人趕來兩輛馬車，拉著餓得東倒西歪的鐵赤等人往鹿泠郡郡守府而去。

鐵赤等人被人扶下車來，正好和已是能勉強下地行走的朱慶涵碰了個正著。

朱慶涵雖是身體好些了，可明顯還有些虛弱，這麼一動，傷口處也是疼得緊，他勉強拄著枴杖死死撐著，終於在看到嘴唇乾裂、餓得完全不成人樣的鐵赤等人時露出無比快意的會心一笑。

小毓的法子果然好，自己被挾持了旬餘，這些王八羔子也被一報還一報的挨了這麼多天的餓，更不要說這些日子以來自己時時刻刻處在死亡邊緣的絕望和恐懼。

嗯，雖是沒能親自報仇，看對方比自己好不了多少的淒慘模樣，這心氣也終於順了。

朱慶涵向著被簇擁在最中間的年輕人深施一禮，才歡天喜地的探頭對身後車子裡的人道：「小毓，哥哥順氣多了，大恩不言謝，這份情義，哥哥記著了。」

年輕人腳不覺頓了一下，很是好奇車裡坐了什麼人。怎麼聽朱慶涵的意思，他被鐵赤等人挾持的仇恨，是車裡人幫他報的呢？

還未想清楚個所以然，一道灰色的影子突然在眼前一閃，竟是直定定的往馬車內衝去，裡面的人似是猝不及防，躲避不及之下，重重的撞在車廂上。

「朱、慶、涵！」

一個惱怒的聲音響起，朱慶涵嚇得腦袋一縮。哎呀，闖禍了！想著今兒個就要跟著太子殿下離開，自己才厚著臉皮跟小七要了各種各樣的藥物，尤其是那個引來兔子的，偷偷往陳毓身上撒了一些，想著再領略一番兔大神的風采，以慰離開後不得相見的思念之意，本想著自己走時能瞧見就很開心了，哪想到這藥效竟是這般神速。

這幾天早見識了陳毓的手段，朱慶涵可不願臨走時再留下「終生難忘」的回憶，當下顧不得傷口疼，無比麻溜的一轉身就跟在了太子的後面。

即將被人扶入酒樓的鐵赤卻忽然站住，恨恨的瞪了眼馬車。毫無疑問，車裡面的應該就是那個坑了自己的無比狡詐的少年。

太子也有意往車廂裡瞥了一眼，透過微微掀起一角的車帷，隱約能瞧見一個宛若新竹般挺身坐著的峭拔側影，雖是腳下沒停，神情卻是無比感興趣的模樣——

倒沒想到鹿泠郡還真是藏龍臥虎，自己一定得想法子認識一下這位高人。

「先生，這是方城府那邊的特產，先生嚐一下，可合口味……」

「還有這兩件棉袍，北方的棉花最是綿軟，先生穿穿看可還合適？」

瞧著鋪滿一床的衣物，以及桌子上滿滿的各種吃食，柳和鳴臉上的笑意那可真是止也止不住。

就說自己眼光好呢，這個關門弟子可真真一個寶！不獨小小年紀一筆好字自成一家，更兼聰明得緊，書本學問一點就透，難得的是寫的文章辭藻華美更是言之有物，往往能一語中的切中時弊，心胸之練達，竟是還在諸多成年人之上。

讓老先生最最喜愛的一點還是，小陳毓外表瞧著冷冷的淡淡的，對誰都愛答不理的樣子，可要是接受了誰，那真是好得讓人心肝肺都是顫的。

怪不得孫女那般稀罕，自己現在瞧著，這小徒弟可真是比他那些師兄好得太多了，若然自己能有個孫子，也不過如此吧？

心裡雖如此想，可他依舊要擺出為人師者的威嚴。「離開這麼久，學業可有荒廢？」聽得旁邊伺候的下人嘴角直抽抽——

臉板得這麼緊，聲音卻這麼溫柔，甚而那一臉燦爛的笑都沒收起來，先生也真是夠了。只師徒重聚的溫馨很快被外面的腳步聲打破。「先生，外面有客人到訪。」

「客人？」柳和鳴勉強收住笑，示意陳毓開門，卻在看到來人的第一時間站起身形。正撩起衣袍下襬一級級踏上臺階的年輕人也看到了柳和鳴，臉上頓時露出一個大大的笑容，忙搶上前幾步，一把扶住柳和鳴坐下。「多日不見，先生風采依舊如昔。」

「託你吉言。」柳和鳴拍了拍年輕人的手。「我這身體自己知道，還是老了啊。」又吩咐陳毓。「還愣著幹什麼，給你師兄看座啊。」

陳毓怔了一下。年輕人甫一進來，陳毓就認出對方正是之前在府衙前被前簇後擁的那位尊貴之人，倒沒想到竟然和先生有舊。只是那人的身分，這會兒紆尊降貴，怕是和先生有話要說，陳毓正準備悄悄退下去呢，先生卻這麼吩咐自己。看座這樣的事，自來都是僕從阿午做的，先生如此，明顯是想要自己和貴人結識的樣子。

果然，聽了柳和鳴的話，年輕人隨之看了過來，眼睛在陳毓身上注目片刻又旋即轉開，溫聲一笑道：「這是先生的後輩嗎？倒是有些面生呢。」

這麼小小年紀，想著應該是先生同宗後人。

他早知道老先生這一房是斷了傳承的，先生當初離開時，自己就曾多次暗示，讓他從後輩中挑選看得上的過繼到膝下，到時候有自己護著，給他個一官半職，好歹讓老先生這一支傳下去，百年之後，也有個祭祀香火的。

無奈老先生始終未曾應允，現在瞧著，這是終於想通了？

「陳毓見過公子。」陳毓上前，不卑不亢的衝著年輕人一拱手。雖然知道對方身分必然尊貴，可人家既然沒有表露身分，自己當然只能跟著裝糊塗。

「陳毓？」年輕人明顯有些訝異，不是先生的後輩子弟嗎？怎麼姓陳？轉念一想，卻又明白，難不成這是先生看得上眼的有些聰明的孩子？

這孩子用心培養的話，將來許是會有出息，可於現在的自己而言，還是太小了。先生果然還是老了，不復之前的睿智，有些喜怒隨心了。

心裡雖不以為然，到底想著先生的面子還是要給的，當下笑道：「陳毓嗎？瞧你的衣著，身上已是有了功名嗎？果然是少年英才呢。」

他隨手從侍從捧著的禮品中，取出一方上好的硯臺並一盒散發著淡淡香氣的上品松墨遞過去。「有先生教導，將來定然大有可為，我等著看你大展宏圖的那一天。」語氣中不乏鼓勵和勸勉。

於鹿泠郡而言，一個十二歲的秀才或許稀罕得緊，於自己而言，見過的比這更小的天才不要太多。先生既然抱了這麼大的期望，只希望將來這孩子不要泯然眾人矣。

陳毓如何看不出年輕人話裡的敷衍？只是對方的身分，肯這麼跟自己一個孩子說話，已是相當難能可貴了，因此他回應了句「公子過獎」，便識趣的退到柳和鳴身後侍立。

這一舉動倒是勾起了太子的興趣——瞧這少年也是個聰明人，應該能猜得出來，柳先生既是有向自己推薦之意，說不好之前已對少年暗示了自己的身分。少年卻沒有如同其他人般立即巴上來行死纏爛打之事，倒也算難能可貴。

更有意思的是這少年的表現，畢竟是國之儲君，即便為了不在白鹿書院引起不必要的喧鬧而穿了布衣來，氣勢卻是掩蓋不了的，這少年竟是絲毫沒受影響的樣子。小小年紀便這般進退得宜，當真是少見得緊，怪不得能讓先生起了惜才之心。

太子眼下急欲離開，沒時間再和這少年寒暄，當下指揮著侍從放下各色禮物，無比歉意的對柳和鳴道：「我還有事，須得趕緊趕回家去，不得陪先生久坐，還請先生見諒。」

「好，正好坐得腰都痠了，我陪你到山下去。」柳和鳴依舊笑咪咪的，卻是已經站起身來，陳毓忙跟上。

侍得出了山門，已然能看到幾十騎快馬並一輛馬車，車窗裡還伸出一個遍布一臉紅疙瘩，甚而連眼睛鼻子都分不清的人。那人正生無可戀的仰頭望天長吁短嘆，瞧見太子一行人出來，忙從車上跳下來，作出恭迎的模樣。

雖然太子之前一再交代過，讓朱慶涵好生躺在車上養著就是，可他怎麼會是那般不知禮的人？何況倒楣的時候看見別人也不舒服，自己這心裡總能舒坦些不是？所謂獨樂樂不如眾樂樂，那獨苦苦，自然也不如眾苦苦了。

旁邊的侍衛神情頓時有些扭曲——

朱公子好歹也是去科的探花郎，既能被點中探花，才學尚且不論，相貌必然是一等一的好。

可惜那是從前！這幾日裡朱探花竟是從頭到腳全長出了這種紅疙瘩，說句不好聽的，那簡直是一隻人形蟾蜍啊。

蟾蜍是什麼？蟾蜍還有個俗名就叫癩蛤蟆。沒有人會明白每天和一個癩蛤蟆同吃同住那是怎樣一種酷刑，這才幾日啊，就覺得本來合適的衣服都寬鬆了不少。真這麼陪著一路走到京城，怕是真要細腰不盈一握，每日裡無事也可以做做迎風流淚的雅事了。

最最讓人崩潰的是，太子都已一再無比溫和的表示，讓朱公子躺在車裡歇著就好，這貨卻是無論如何不肯答應。甚而太子惡狠狠的下了命令，這貨竟還能硬扛著正氣凜然的拿君臣大義來說事。

朱慶涵躬身拜下的那一刻，太子臉上的笑容一下僵住，心想眼睛這才不受污染多大會兒啊，這貨又出來噁心人了，待會兒又得找個地方好好的洗洗眼睛了。

「公子。」朱慶涵直起身形負手而立，剛要擺出平日裡最引以為傲的瀟灑造型來震一震這些無知的人們，卻突然臉色一變，竟是不等太子攆人，就一扭頭「哧溜」一聲鑽進車廂裡，怎麼瞧都是一副遇到天敵的模樣。

朱慶涵心裡早就悔得腸子都青了——天知道這麼迷人的小毓弟弟怎麼就那麼小心眼呢？自己不就是暗算了他一回嗎？就把自己整成這德行。生怕自己出場次數多了，再勾起陳毓的新仇舊恨，朱慶涵再不敢出來得色，老老實實的縮在車裡一動不敢動了。

太子不覺訝然，朱慶涵今兒個怎麼這麼乖，自己可還沒趕人呢！

下意識的回頭瞧，身後除了德高望重的老先生，也就多了一個長身玉立的美少年罷了，實在是看不出哪個有把朱慶涵嚇成這副德行的潛質。

帶著錦衣衛侍立階下的徐恆也瞧見了陳毓，雖是太子面前不敢放肆，冷冽的臉上依舊露出一個大大的笑容。

待得太子飛身上馬，徐恆終於找準機會低聲對陳毓道：「好兄弟，哥哥家裡也沒什麼親人了，記得跟哥哥常來常往，以後有什麼事去京都找我。」

說完便忙忙的打馬追趕太子去了。

這一幕被太子盡收眼底，心裡不住犯嘀咕，倒沒想到這陳毓人面夠廣的，前面有柳老先生推薦，這會兒瞧著，竟是連鎮撫司最難搞定的徐恆都和他私交甚篤，還有朱慶涵的反常舉動……難不成都和這少年有關？

一路想一路走，終於在晌午打尖時，把心裡的話問了出來。

太子有問，二人自然不敢隱瞞。

「您不是問那個救了我的兔大神是誰嗎？就是他了。」朱慶涵死氣沈沈、有氣無力道：「別看年紀小，這小子下手，那可真是忒黑。」一副心有戚戚然，往事不堪回首的模樣。

至於徐恆，雖然陳毓囑咐過，稟報上司時不用把他扯進去，自己卻本來就不想昧了陳毓的功勞，這會兒太子既然已起了懷疑，當然就要知無不言了。「太子之前關心的那個逼得鐵赤等人乖乖聽話的妙計，就是小毓搗鼓出來的。」

陳毓好歹當年也是占山為王的匪首軍師，出個把陰損的計謀……不對，應該說，有如此深謀遠慮，那還不是手到擒來？

太子目瞪口呆之餘，終於體會到了何謂懊悔！明明是先生愛惜自己，才特特想要送這麼個人才到自己身邊，倒好，還被當成阿諛攀附的了。

須知，和那些自負詩書水平頗高卻從來都是好高騖遠、絲毫不能給自己添磚加瓦的臣子比，陳毓這樣的人才，真是太難能可貴，也是自己眼下最亟需的啊！

「著加授宣武將軍，調任大興府……」

陳毓一目十行的看完吏部公函，臉上喜色愈濃。「恭喜大哥，加官進爵！」

顧雲飛臉上也全是掩不住的笑意。

先活捉鐵赤，繼而協同太子簽訂了和鐵翼族的條約，怎麼也想不到，遠離邊關還能立下此等大功！更不要說從長遠看來，簽訂的條約實在對大周太有利，不管鐵赤勝利或者失敗，都令得未來十年不須再擔心北境安寧。

早在數日前，有了大周的協助並推動，鐵赤以最快速度安然返回草原，然後就以雷霆手段誅殺了自己兄弟，很快在鐵翼族站穩腳跟，緊接著便和摩凌族羌揚徹底撕破臉面。

雖然因為內亂，鐵翼族頗受了些打擊，可好歹曾經是草原第一強族，在打了幾場敗仗後，兩方便處於膠著狀態，從他們目前的死傷情況看，短時間之內大概難分勝負。若然最後取得勝利的是鐵赤，自然之前簽署的所有條約都要兌現；即便是羌揚取勝，實力損耗太大之下，十年之內根本不可能有揮兵南下之力。

也因此，活捉鐵赤一事自然在朝堂上影響甚大，而在這件事上，最直接的受益人便是顧雲飛和徐恆——

徐恆回京後，便升任正四品的鎮撫使。

不過要說受益最大的，還是英國公府老國公成銘揚。即便當時被眾多叵測小人推到了風口浪尖上，英國公依舊一心為國，且眼光無比睿智的看穿了鐵赤死而復生又高調出逃的真正原因，所有簽署的條約也全是老國公主持擬定。

其眼光之老辣、斷事之精準令得朝野無不推崇佩服至極。

鐵赤事件塵埃落定之後，皇上便在第一時間對英國公府褒獎，加封成銘揚為太師，便是家中兒女也各有封賞，即使從未在京都露面的、在外養病的那個最小的女兒也被給了個縣君的封號，各宮賞賜更是流水般送入英國公府，令得英國公府一時風頭無兩。

而除了這些明處的賞賜外，還有一些看不見的影響——

比如黜落了一批貪贓枉法的官員，這些官員以潘系居多，還有一些是之前對英國公府進行了嚴重詆毀的；而太子的後院，原本一直同太子妃爭權的側妃潘氏忽然稱病，竟是以退讓的姿態，讓太子妃迅速地在太子府站穩了腳跟。

當然，還有另外一個消息，那就是潘家在長女做了太子側妃以後，又有嫡次女嫁入隱隱和太子爭鋒的二皇子府做了正妃……

當然英國公府也好、潘家也罷，距離陳毓都太過遙遠，也就是權做八卦，聽一聽罷了，卻是實打實的替顧雲飛和徐恆開心。

「可不只是我升官了呢！」顧雲飛笑著道：「適才得到朝中消息，便是令尊、我那陳家叔叔也官升一級，調任西昌府知府。」

「我爹？」陳毓不由詫異，轉念一想，一則這些年來，方城那裡爹爹確然政績不俗；另外，八成徐大哥那邊跟那位貴人說了什麼。他嘴角現出一絲笑容，卻在聽到「西昌府」幾個字時一下僵住，抬起頭來疾聲道：「大哥，你說我爹要調任何地？」

「西昌府啊。」陳毓的神情變化太過明顯，顧雲飛也不由一頓。「怎麼了？可是有什麼不妥之處？」他心裡頗為不解，據自己所知，西昌府乃是綏西路上的重鎮，雖比不得江南之地的富饒，也算是殷實所在了。怎麼自己這兄弟一點兒不開心不說，臉色還這麼難看？

「不是大哥想的那樣。」陳毓已恢復了正常，搖了搖頭緩聲道：「只是想著爹爹這一調任，卻是離得越發遠了。我想著，怎麼也要回去一趟見見爹娘才好。」

「也是。」顧雲飛點頭，西昌府地處西南，距離鹿泠郡可不是比方城府還要遙遠？小毓平日裡雖也算老成持重，可畢竟年齡在這兒放著呢，會想念爹娘也在情理之中，便提醒道：「不過小毓還是不要回方城府了，陳叔叔這會兒說不好已是赴任了。你若回方城府，怕會錯過。」

「我不去方城府。」陳毓搖頭。「我去西昌府，先生說我文章雖是寫得不錯，只人情世事方面還需歷練，正好我又對西南風物頗感興趣，這麼一路遊歷，再去拜訪爹娘，也算是一舉兩得了。」

這話倒不是說謊，柳和鳴一向主張讀萬卷書不如行萬里路，而且和陳毓相處時間愈長，柳和鳴愈覺得這名學生字裡行間自然流露出來的風格氣勢，與其說是一位書生，更不如說是一名俠客，筆墨之間不乏刀光劍影，委實太過鋒芒畢露，缺少些打磨過後的圓潤。

本來老先生想親自帶著陳毓外出走一走，畢竟年老體衰，已不適合旅途跋涉。正好數日前在西昌書院任教的劉忠浩發來一封邀請函，想請柳和鳴和陳毓一塊兒前往參與西昌書院三年一度的書法大會。

劉忠浩一腔愛才之心，語氣裡殷勤備至，平日裡信件來往間又對陳毓頗多指點，說是半個老師也不為過。

柳和鳴有意派遣陳毓代替自己前往，只是又覺得陳毓年紀小，雖是漏了口風，卻依舊有些猶豫。

陳毓本並不願前往——別人不知道，陳毓卻是曉得，未來兩年內，西昌府將成為大凶之地，即便現在還維持著表面的平和，局勢卻已是一觸即發！

基於以上原因，陳毓已委婉的跟柳和鳴提過，自己也好、先生也罷，都不必往西昌書院去。甚而想著，雖然無法暗示劉忠浩西昌即將而起的兵禍，好歹能不能想個法子，邀請劉忠浩到白鹿書院來，幫他避過一劫才好。

至於其他，即便陳毓有這個心，可戰爭的爆發卻不只是單方面的原因，憑陳毓一個小小的秀才，根本於事無補。

再沒想到，父親會被調到西昌府去。眼下的西昌府分明是凶相已成，即便父親如何英明神武，怕都無法挽回頹勢。雖然記不清準確日子，可陳毓卻有印象，應該就是在來年夏天，一場暴雨造成洪災之後，種種尖銳矛盾之下，終於激起民變。

原西昌府知府是個膽小鬼，當此禍事，竟直接向叛軍投誠，饒是如此，依舊沒有被放過，一家大小甚而整個府衙的官員全成了亂民洩憤的第一個所在，衙內所有官員盡皆被殺後暴屍城樓！

又因為西昌府是通往京都的西部要塞，失守之後自是給叛軍打開了一條坦蕩通途，不過數日，西邊大部地區盡入叛軍之手，直逼京城。

後來雖被平定，依舊令得大周元氣大傷，皇上震怒之下，接連誅殺多名官員，而那名投降叛軍的知府更是禍及全族。

以爹爹的個性，陳毓明白，自然絕不會做出不戰而降那樣的事來，可這卻不代表爹爹就安全了，畢竟，聽說當時西昌府守備還是和叛軍有過一番血戰的，只是最終依舊以失敗告終。

雖然眼下還沒有什麼具體章程，陳毓還是決定要立即趕往西昌，絕不能眼睜睜瞧著父母陷於孤立無援的境地。

「大哥要調往大興府嗎？不知道和武原府守軍統領可熟悉？」

大興府和西昌府之間隔了一個武原府，若然能在叛軍作亂的第一時間聯絡到武原府駐軍，西昌府勝利的機會必然大大增加。還有顧大哥的大興府，說不好到時也得多多借力。

以為陳毓想要幫陳清和掃除障礙，顧雲飛想了想道：「不獨武原府守備，便是西昌府守備我也認識。」

武原府守備周大虎是自己昔日袍澤，兩人關係自不是一般的好。至於西昌府守備姓嚴單名一個鋒字，他的兄弟嚴釗和自己同是成家軍，有過幾面之緣。

嚴釗？那不就是之前被送走的華婉蓉嫁的郎君？據自己所知，當初可不就是嚴釗帶兵平定了這場叛亂，並據此一戰成名，徹底穩固了在軍中的地位！

嚴鋒也就罷了，畢竟是在老爹手下做事，而且記憶裡後來還被朝廷嘉獎過，怎麼也應該是忠義之士，倒是那周大虎，還是要仰仗大哥幫著牽線才好。

「我要去西昌，可不得經過武原府，大哥有沒有什麼禮物要讓我幫著捎給故人的？有的話，大哥儘管吩咐。」

「可方便？」顧雲飛也有些意動，同生共死的兄弟這麼多年沒見了，自然想要致以問候。

「一件小事罷了，算得了什麼？」陳毓一笑。「又不須特意跑過去，正好順路呢。」

「好。」顧雲飛點頭，拍了下陳毓的肩膀道：「那小毓你什麼時候去西昌府，告訴我一聲，我還就是想大虎了。」

「西昌府？」小七的聲音在外面響起。「小毓你要去西昌嗎，正好，我也有事要往西昌一趟呢。」

「小七？」顧雲飛一下站了起來，神情明顯有些無措。「姝兒這會兒可還好？」

陳毓愣了一下，大哥這是怎麼了？難道是大嫂有些不妥？如此也跟著站了起來，哪想到後面卻呼啦啦走過來一大群人。

最前面的正是柳雲姝，只這會兒柳雲姝眉眼深蹙、臉色蒼白，明顯處於惶恐不安的狀態中。甚而旁邊還有兩名丫鬟小心扶著，一副如臨大敵的模樣，走一步就囑咐一句。「夫人，您慢些，再慢著些……」

顧雲飛看看這個瞧瞧那個，一顆心早已在胸中上下晃盪，最終提到了嗓子眼處。早年征戰沙場，本見慣了世間生死，這會兒卻依舊緊張得大氣都不敢喘。

不怪顧雲飛如此，實在是昨兒個發生了天大的事。

本來這些日子歇了求子的心思，夫妻兩個生活自然少有的愉悅和美，可就在昨兒個晚上，兩人晚間要敦倫敦倫時，顧雲飛卻忽然覺得有些不對。

初時還以為是自己的錯覺，等掌上燈讓柳雲姝躺平了好好看，才發現柳雲姝本是光滑平坦的小腹竟微微隆起，把手放上時，明顯察覺到裡面應該有什麼東西。

當即就把顧雲飛嚇得逸興全無！

莫不是生了惡瘡？要命的是竟然在肚腹這樣關鍵的位置。

雖是強作鎮定，哄著妻子睡下，顧雲飛自己卻是擔心得一夜未眠，更是天不亮就著人去醫館請人，程峰正好外出就診，小七看守備府下人臉色惶急，便先跟著過來了。

而顧雲飛這裡，即便當初四處廝殺，也從來沒有這麼怕過，終究讓人請來陳毓，想著轉移一下注意力，也權當壯壯膽子不是？

雖是如此，一顆心卻始終飄飄悠悠，好不容易挨到小七他們出來，又跟陳毓說了這麼會兒話，顧雲飛覺得自己已經能稍微穩定下來，哪知道這會兒看見這陣仗，堂堂七尺男兒，還是嚇得連站都要站不起來了。

顧雲飛手按著椅子扶手，使了好幾回力氣，還是陳毓上前幫了一把，才勉強起身，慢慢挪到柳雲姝身邊，攬了肩道：「姝兒莫怕，萬事有我呢。」

直到把柳雲姝抱到懷裡，顧雲飛才覺得又有了些力氣，不管發生了什麼，好在姝兒這會兒還好好的在自己身邊，真是姝兒有個什麼萬一，這官自己也不當了，不然，就陪著姝兒去了也好……不行，若然真如此，怕是老父和祖父……不然，乾脆就找座荒山，了此一生罷了……

胡思亂想間，只覺從前那些想要封侯拜相的雄心壯志，這會兒全成了過眼雲煙，顧雲飛只覺得，什麼加官進爵、光宗耀祖，所有的一切加起來，都沒有懷中的這個女人重要。

罷了，大不了姝兒到哪裡，自己都陪著了。

實在是那股生離死別的氣氛太濃，便是陳毓心也一點點沈了下去，忙上前低聲問小七道：「小七，大嫂她到底……」

陳毓也跟著不安起來。沒有人知道，上一世的大嫂這會兒早化成累累白骨了，便是大哥，也在殺了仇敵之後落草為寇，哪有今世顧大人、顧夫人的風光？

難不成自己以為可以改變的一切，還要重回原樣？

這些人做什麼呀？小七終於受不了了，白了陳毓一眼就要開口說話，卻被柳雲姝攔住。

「小七，我想……自己跟雲飛說。」她口中說著，眼淚撲簌簌就掉了下來。

旁邊的春杏頓時急了，忙開口勸阻。「夫人可莫要再落淚，小心傷了……」又想起夫人方才說要親自說，只得又把後面的話嚥了回去。

「好，妳說。」明明剛才已經做了心理建設，顧雲飛的心依舊擰成了一團，那種尖銳的痛楚，是之前從未體會過的，甚而連聲音都是抖的。

「大哥。」柳雲姝瞧著顧雲飛，早已是淚眼盈盈，內心激蕩之下，連平日裡閨房的稱呼都叫了出來猶不自覺。「你、你要當爹了……」

說出這句話來，卻是再也止不住地伏在顧雲飛胸前嗚咽起來。

顧雲飛腦海中早已一片空白，一下一下拍著柳雲姝的背。「姝兒不怕，不管發生——咦？」下一刻眼睛猛然睜大，不敢置信的瞧著懷中的柳雲姝，想要把人拉起來，又似是想到什麼，雙臂竟是被人使了法術一般，無論如何動不了分毫。

自己剛才聽到什麼？一定是作夢吧？不然，姝兒怎麼說自己要當爹了？

「姝兒……妳、妳再說一遍，我……妳、妳到底怎麼了？」

經歷過聽到小七說自己有喜時的感受，柳雲姝自然清楚，因為太過驚喜，顧雲飛這會兒也是被嚇著了，抬起淚眼，瞧著顧雲飛邊抽泣邊道：「大哥，我不是病了，小七說，是有了孩子了，我們就要做爹娘了呢！」

顧雲飛倒抽一口冷氣，激動地一下把柳雲姝抱了起來，等舉起來又想起了什麼，慌張的瞧向小七。「小七，我剛才會不會嚇著孩子，姝兒……」

還是陳毓哭笑不得的搬過來一把椅子。「把大嫂放這兒吧。」

春杏眼疾手快，忙又拿了個軟墊放上去。「椅子太硬了，可不要硌著夫人和孩子了。」

小七在一旁看得都好笑了。

好大一會兒，忙亂的正廳才安靜下來，顧雲飛這個傻爹，依舊是手足無措地站在柳雲姝旁邊直搓手，那模樣，彷彿媳婦兒就是個瓷做的，一碰就碎，還逮著空就抽冷子問小七一聲。「姝兒真是有喜了？我要當爹了？」等得到肯定的答覆，就站在一邊開始傻樂。

到了最後，便是小七也開始懷疑，不都說一孕傻三年嗎，怎麼這會兒瞧著，真傻的那個不是顧夫人，倒是顧大人了？

還是陳毓準備了紅包賞給府裡的下人，又囑咐顧雲飛，趕緊寫封信回老家報喜，畢竟這兩人也成親七、八年了，終於有了孩子，對顧家而言可不是天大的喜事？

顧雲飛親自扶著柳雲姝送回臥室，過了好大一會兒才折返。

說實在的，顧大人這會兒哪有心思來陪義弟？恨不得義弟趕緊滾，自己好一直瞧著夫人的肚子樂。只是小七卻不能不理，畢竟，這段時間一直幫著妻子調理身體的就是小七，如今柳雲姝果然就懷上了，竟是渾然把自己辛勤耕耘的功勞全都忘了。

「感謝倒不必。」小七搖了搖頭。「就是我要去西昌，還請將軍幫我找幾個得用的人才是。」

「去西昌？」顧雲飛一愣，下意識的看向陳毓。「小毓也要去西昌府，你們兩個不是正好結伴？」

話說完了才覺得不對，明明這兩個小傢伙平時瞧著關係好得緊，怎麼這會兒都冷著臉？這是……吵架了？

「小七。」陳毓如何看不出來小七正因為自己的拒絕而氣怒，卻依舊沒有改變主意的意思。「你怎麼這般任性？」

陳毓心裡的火也是一把一把的燒起來，自己去西昌府是迫不得已而為之，若非擔心爹娘和妹妹將身陷險境，他才不會在這個節骨眼上趕到那裡去。

許是陳毓說的話太重了，小七的眼睛一下紅了，竟是再不說話，轉身就往外走。

顧雲飛慌忙攔住，又瞪了陳毓一眼，訓斥道：「還不快給小七道歉。憑什麼你可以去西昌府，小七就不行？」

陳毓也意識到自己方才語氣太重了，緩了緩讓自己平靜些才徐徐道：「不就是找一種藥嗎，小七你告訴我，到時候我定然幫你找到便是。西昌府天高路遠，水土與江南大異，我有功夫傍身，自是不怕。你這般瘦弱，萬一路上……」

小七冷著臉打斷。「你放心，我定不會牽連到你。我和師父二人也一樣能走到西昌府去。」

大哥這會兒渾身脈絡已盡通，想要健步如飛恢復得同常人一般，還需配新的藥物，眼下萬事齊備，就差了最關鍵的一味火芝蘭，偏生這種藥物最是稀有，除了西昌府，再沒有其他地方可得。

即便相信陳毓的為人，答應了必會盡力，可於小七而言，卻不是盡力就行的，自己勢在必得，不去西昌府是無論如何也不會甘心的。

之所以想要和陳毓同行，也是考慮著師父年齡大了，又知道陳毓頗有些手段，再加上陳毓的父親就是西昌府的父母官，想著要做什麼總方便些，哪想到竟是毫不猶豫的被拒絕，甚而還被貼上了個「任性」的標籤。

「你！」陳毓氣結，卻不能把到底為何攔著小七不許他去的理由說出口，他明白小七的性子，怕是即便自己不帶他也會不管不顧的上路，無奈之下只得道：「好，我們一起便是。」

第二十二章　美色誤人

知道陳毓願意替自己去一趟西昌書院，柳和鳴很是開心。

他這把年紀，長途跋涉身體本就吃不消，再加上知道孫女兒有孕在身，不用陳毓多勸解，老先生就爽快的答應留下來。卻不免還是有些擔心，倒不是怕陳毓會折了自己的名頭——以陳毓的才華，自然足以擔起白鹿書院的門面——就只是，學生的年紀還是太小了。

「先生莫要擔心。」陳毓怎麼不明白先生心裡想些什麼？當下寬慰道：「裘家的商船上自有護衛，我爹好歹也是西昌府父母官，此去西昌書院，定會一路平安。」

先生一心擔心路上會出什麼事，卻不知道最危險的地方可不正是西昌府？

「哼，小小年紀，倒是會吹牛皮！老柳，這麼長時間不見，你看人的眼光可是下降不少，怎麼臨老又收了這麼個糟心的弟子？」一個陌生的聲音忽然在外面響起，語氣明顯不悅至極。

陳毓如何聽不出那陌生聲音對自己的不滿，更匪夷所思的是，對方口中的老柳難道就是自己的先生柳和鳴？不禁咋舌。以先生的威望，有什麼人敢這麼叫他？

柳和鳴也是一怔，神情明顯有些不敢置信，待搶步走出房間，迎面卻是一個身著道袍的清癯長者正站在那裡，道人雖是衣著有些邋遢，一雙長長的壽眉卻精神得緊，無形中便多了幾分出塵之氣。

只是這仙氣很快被打破，道人斜著看了陳毓一眼，竟是探出手來，一下掐住了陳毓的臉蛋。「這就是老柳你剛收的徒兒？也就一副臭皮囊還能看罷了。」

明明說話時笑咪咪的，聽在人耳裡卻是陰森森的，甚而捏著陳毓臉蛋的手也越來越用力。

陳毓沒說話，使了個巧勁擺脫道人的箝制。

雖不過片刻的接觸，陳毓已察覺這人身上並無半點功夫，若非這人方才稱先生「老柳」，想著對方應該和先生是舊交，這會兒早被自己打翻在地。

陳毓當下退後一步站在柳和鳴身側，瞧著道人依舊不言不語，倒是白皙的臉蛋上卻留下幾個清晰的指頭印。

「臭小子，還敢躲！」道人很是不滿的哼了聲。

柳和鳴嚇了一跳，忙不迭把陳毓護到身後，神情有些緊張。「虛元老道，你可悠著點兒，要是傷了我這寶貝學生，我可和你沒完！」

別看虛元老道手底下沒一點兒功夫，別說一個陳毓，就是再來十個、八個，碰見他也得認輸，誰讓人家手裡有各式各樣的毒藥呢？

柳和鳴趕緊招呼陳毓。「還愣著幹什麼？平日裡瞧你這孩子也是個機靈的，怎麼這會兒倒呆了？還不快來拜見道長！也是你運氣好，有道長一路相伴，我就徹底放心了。」

虛元哼了聲。「誰要他拜見？若非小七幫他求情，哪個才要和他一道？」

自己本就是個孤拐的性子，沒想到最可心的小徒弟性子竟是比自己還要固執。依著自己的性子，並不耐和外人打交道，即便這叫陳毓的小子是西昌知府的兒子。無奈小徒弟竟是拗著非要和這小混蛋一塊兒，倒好，人家不領情也就罷了，那模樣竟似是自己和小七佔了他多大便宜似的。有小七那麼護著，自己想要出手給他個教訓都不行。

「小七？」陳毓怔了一下，上上下下打量虛元道長一番，忽然意識到一點，原來眼前人就是小七的師父嗎？

口中不覺有些發苦──一個小七也就罷了，怎麼這會兒瞧著，他這師父的性情也太過古怪了吧？只是再怎麼說也是小七的師父，又和自家先生是老友，陳毓倒也不再記恨這人方才拿自己當小孩似的掐臉蛋了。

依言上前恭恭敬敬的施了一禮。「見過道長。」

虛元翻了個白眼，明顯氣還沒消的樣子。「算你小子識相。」

陳毓也沒說什麼，只趁虛元出去的片刻跟柳和鳴央求，能不能幫著勸說一下虛元，讓他和小七還是留在鹿泠郡，至於那火芝蘭，自己一定幫著尋到，然後讓人送回來。

讓人送回來？柳和鳴只覺弟子用詞似是有些古怪，不應該是自己拿回來嗎？又想著陳毓怕是對虛元方才的舉動有些不滿，想了想含蓄道：「倒也不全是為了火芝蘭，虛元每年都要去一趟西昌府的，只今年提前了些罷了。」

虛元道長老家竟是西昌府人？陳毓張了張嘴，無奈的把話嚥了下去。這樣的話，怕是如何勸都不會有用，怪不得小七說，即便不和自己一道，他也是要到西昌府的。

罷了，想法子讓他們去了之後趕緊離開便是，無論如何都有自己護著呢！

瞧著無論自己如何挑釁，陳毓都老神在在一副「你再鬧我都忍著你」的模樣，虛元也覺得很是沒意思，暗暗詫異，也不知小七哪根筋不對，竟會喜歡上這麼個沈悶無趣的少年。

陳毓心裡有事，終是覷了個空告辭離開。等下了山，便徑直往鹿鳴館而去。

瞧見陳毓到了，鹿鳴館的管事裘成大老遠就接了出來。

自打陳毓憑著書法在白鹿書院一鳴驚人，裘成就央著把鹿鳴館所有應該題詞的地方都換成了陳毓的手筆，消息傳出，鹿鳴館生意就一路水漲船高，甚而除了官學學子外，連白鹿書院的學生並一些外來遊學的人，也都對鹿鳴館趨之若鶩，眾人所為不過一點——想見識一番那連大師劉忠浩都推崇備至的書法。

自然，等看到陳毓的墨寶後才發現，劉忠浩的話並沒有誇大。

一傳十，十傳百之下，自然令得鹿鳴館聲名大噪，利潤也豐厚得緊，每日裡瞧著銀子流水似的來，裘成能不把陳毓當成財神爺嗎？不用裘文雋吩咐，每日都是提起精神奉承著。

好在陳毓內殼畢竟不是真正的少年，不然每日裡被裘成這般吹捧，不定會養出怎樣目中無人的性子呢！當下也不理跟在身後喋喋不休的裘成，只管奮筆疾書——

既然是大災之後的暴亂，自然得提前做些準備，最好能把那場暴亂消弭於無形！

「你派人連夜把信給三哥送去，請他幫我找些治河方面的能人。再者，今年陳家的分紅全都拿出來，讓三哥幫著從現在起大量收購糧食和藥物，然後全都運往裘家設在西昌府的客棧。」

西昌府那裡最大的河流就是衍河，那條河日常就時有決堤情形發生，上一世那場叛亂最後鬧到那般田地，衍河決堤沖毀堤壩讓西昌千里沃野化為澤國，無疑是最重要的原因。

大災之後必有瘟疫，是以糧食和藥物也都必不可少，雖然距離叛亂的發生還有段時間，可為了以防萬一，還是要及早做好準備，希望這會兒做的對緩解西昌危局能有一點兒幫助。

找匠人？還買糧食和藥品？裘成聽得一愣一愣的，張了張嘴，卻又把到了喉嚨口的話嚥了回去。陳公子可是三公子最看重的人，既是這麼說了，怎麼也得好好回稟三公子才是。

偏偏怎麼想怎麼覺得陳毓這次出了個昏招？雖然江南一帶糧食多有盈餘，收購起來價錢不會太貴，可真運到西昌府，十之八九也會虧本。畢竟有需求才會有利潤，西昌府自己種的糧食都吃不完，何必花錢購買外地糧食呢？

哪想到回頭和裘文雋說了自己的見解，裘文雋思慮了片刻，立馬就作了一個決定——陳毓買多少糧食，裘家也買多少斤糧食，然後一塊兒送到西昌府。

聽了裘成的彙報，便是陳毓也是目瞪口呆。

以裘家這會兒的情形，陳家三分之一的盈餘已然是一個可怕的數字，三哥再拿出那麼多，加在一塊兒，怕不得至少十萬兩銀子？說句不好聽的，都快趕上朝廷賑災的數目了。

一時又是感激又是無奈，不知道該說裘家大手筆還是三哥對自己盲目的相信？

平日裡但凡有什麼決策，三哥總是小心再小心，唯恐出一點兒差錯。也就是自己的這個提議，竟是問都不問就應下來不說，還又送了這麼多糧食過來，天知道自己這糧食送出去別說賺錢了，或可能全賠進去也不一定。

似是看出陳毓的猶豫，裘成忙又轉告道：「三公子讓轉告公子，想做什麼只管做去，糧食不夠的話讓人捎個信來，他會繼續籌集。」

一番話說得陳毓有些怔愣，三哥的意思竟不是為了賺錢，而是瞧出來自己有用？裘成則是更進一步認清了陳毓在自家當家人心目中的位置——

這也就陳公子是男的，不然，自己怕真要以為三公子對陳公子有什麼企圖呢？

出發那日，柳和鳴和顧雲飛親自送到渡口。顧雲飛也就罷了，早知道自己這個義弟不一般，把託陳毓轉交給武原府守備周大虎的親筆信並禮物遞過去後就不再多話。

倒是柳和鳴殷殷囑託。「記得多聽道長提點，萬事莫要衝動……」

知道這是先生對自己的愛護，陳毓始終恭恭敬敬的聽著，倒是一旁的虛元不耐煩之極。「好了，老柳，什麼時候恁般囉嗦？」他扯了陳毓一把。「走了。」

陳毓紋絲不動，到底聆聽完了柳和鳴的囑託，這才一揖告別。瞧得虛元越發不喜，板著臉道：「小小年紀就是個假道學老古板，將來若是哪個嫁了你，真是倒了八輩子楣！」

小七正好提了個包裹準備上船，聞言腳下一踉蹌，頓時劇烈的嗆咳起來。

陳毓忙過來接了小七的包裹揹上，又探手想要幫著捶背。「好好的怎麼就岔氣了？」

話音未落，卻被虛元一下把手打開，防賊一般盯著陳毓道：「做什麼？離我家小七遠些。」弄得陳毓莫名其妙，卻也知道之前拒絕一同前往已是得罪了虛元，這會兒瞧自己不順眼也是有的。

罷了，好歹活了兩輩子了，何必同這等只活了一輩子的人計較？

陳毓邊自我安慰著邊跟在虛元的身後上了船。

因著眼下裘家如日中天的氣勢，裘家商船自然也是大手筆，不獨結實，型號也是所有商船裡最豪華的一款，這一啟航，頓時引來無數驚豔的眼神。

虛元瞧得越發來氣。「借了別人的勢窮顯擺罷了，還真以為自己多高貴了……」

一番冷嘲熱諷之下，便是裘家眾人也都紛紛側目，心想這老道怎麼回事？佔了人便宜還這麼嘰嘰歪歪的不消停。

又說了一會兒，看陳毓始終沒反應，倒是小七滿臉不愉，虛元真是挫敗之極。這個小丫頭，也不想自己這麼賣力的幫著試探陳毓的人品都是為了誰？

意興闌珊的他，哼了一聲就起身回船艙了，只是因為心不在焉，險些被腳下的椅子給絆倒。

「你別怪我師父。」小七目送著虛元進去，眼神有些悵然。「師父他心裡不好受，這麼沒話找話的訓你，也不過是因為緊張罷了。」
「緊張？」陳毓蹙眉。「近鄉情更怯嗎？」
畢竟，據自家先生說，虛元不就是西昌府人嗎？
「也有吧。」小七點頭。「不過更重要的是，師父的兒子要成親了。」
「道長的兒子？」陳毓嚇了一跳。「道長怎麼還有兒子？」
而且有兒子的道長也就罷了，怎麼兒子要成親了，當爹的不是開心，反而這般悽悽惶惶的模樣？
小七如何看不明白陳毓的意思？點了點頭道：「是師父出家前的兒子。」
雖然師父平日裡根本沒有提起過這個兒子，卻能看出來師父心裡其實一直掛心著他。聽師兄說，師父每年必回西昌府一次，除了祭祀亡妻外，還會偷偷的跑去看兒子……
陳毓聽得越發糊塗，心想這都是什麼亂七八糟的？想起第一次在渡口見面時，小七明顯有些怕水的模樣，便起身道：「走，我帶你去甲板上坐坐。」
多見識些水，自然就不怕了。
看陳毓兩人出來，早有侍候的人幫著把桌椅等什物也一併搬到甲板上去，正是朝陽初升，金黃的晨光灑在水面上，船頭彷彿跳躍著一團火焰，襯得並排站在船舷處的小七和陳毓皮膚越發顯得白皙，兩人站在那裡，當真是和一對金童相仿。
那邊喜子已是沏好香茗送了過來，連帶著桌椅都已擺好，陳毓剛要開口讓小七一塊兒過去，不提防船猛地往旁邊一旋，然後一下停住，小七一個站立不穩，一頭栽倒在陳毓的懷裡。

一個蠻橫的男子聲音隨即在後面響起。「哪家的商船，吃了熊心豹膽不成？竟敢擋住我們官船的道？還不快滾開！」

陳毓眉梢眼角中已有些肅殺之意。倒不是懷疑對方的身分，而是深覺即便是官船，那也太霸道了吧？方才若非船家反應快，說不好這會兒船都翻了！

正自思量間，那艘大船已劈波斬浪而來，其間還濺起大朵的浪花，好在小七有陳毓護著，身上倒是沒有濕多少，反而是陳毓從頭到腳淋了一身的水。

濕漉漉的頭髮垂下，令得陳毓一雙眼睛顯得越發深邃，瞧著真是漂亮至極。

一聲驚咦聲旋即響起，然後那艘正全速開動的官船竟然慢慢停了下來。

陳毓冷著臉看了過去，正好瞧見一個十七、八歲公子哥兒模樣的人正挑簾而出，站在甲板上和陳毓二人遙遙相對。

「不知兩位弟弟是哪家公子？在下嚴宏有禮了。」最後一個字明顯帶了絲顫音，卻是陳毓正冷冷的一眼掃了過去，目光相碰處，嚴宏只覺小腹一熱，竟是整個人都酥了的感覺。

雖然說不上怎麼回事，陳毓總覺得對面官船上自稱嚴宏的人有些不對勁，當下也不理他，半圈半推著小七就要往回走，轉身處自然露出小七的容貌，和陳毓令人驚豔的俊美不同，小七雌雄莫辨，卻也益發襯出傾城之姿。

嚴宏簡直看得眼睛都直了、本以為一路上前往西昌府，必然是窮鄉僻壤，哪裡比得上京城的繁華？倒沒想窮山出俊鳥，還能碰見這麼一雙極品，即便在京城中也沒有見到過這麼讓人銷魂的小倌！看兩人要走，怎麼捨得？忙不迭道：「兩位公子，別走！」

見兩人沒有反應，又一道聲音隨即道：「好大的膽子，兀那商船，叫你們呢，沒長耳朵嗎？這位可是我們西昌守備府的大公子，還不滾過來給嚴公子賠罪？」

可不是之前那個逼停了商船的聲音？

陳毓怔了一下，上一世的記憶裡，西昌府守備一直是大周樹立的忠孝節義典型，怎麼家人卻如此蠻橫？或者只是打著嚴家的旗號胡作非為？

還未想清個所以然，那自稱嚴宏的年輕人已是轉身對著身後管家模樣的人厲聲道：「瞧你做的好事，怎麼這般不懂禮數！還不快給兩位公子道歉？」

剛剛才呵斥過別人，這會兒就被主人叱罵，習慣了狐假虎威的管家一下傻在了那裡，倒是反應快，忙不迭向陳毓和小七連連作揖。「哎喲，都是小人有眼不識泰山，方才冒犯了兩位公子，還請公子見諒……」

陳毓急著回去換衣服，只沈著臉拉了小七往船艙去，對那管家也好、嚴宏也罷，根本理都不理。

嚴宏的臉色就有些不自然，便是那管家也沒受過這般待遇，看向陳毓兩人的眼神就不大友善。

被人敗了興，陳毓兩人索性不再出去，換了衣服後只在船艙裡下棋品茗，倒也別有一番樂趣，其間好幾次和那官船擦身而過，而嚴宏都無一例外的以著相當騷包的姿勢站在甲板上，瞧著臉上神情，明顯有話想同陳毓兩人說，可惜始終不能見到兩人的身影，只得作罷。

一直到了金烏西沈，兩艘船終於一前一後停在一處渡口旁。

這邊剛停穩，那邊嚴家船上的拜帖就恭恭敬敬的送到，拜帖的最末處署了三個名字，除了嚴宏外還有兩個，分別是趙佑恆和賀彥章。

趙佑恆？不就是那個在渡口處看自己不順眼，結果被自己揍了，還連累得小七跌入水中的那個小子？

陳毓怔了下，已是信了對面那艘官船果然就是西昌府守備嚴鋒的家人。

來之前已然聽大哥顧雲飛說過，趙佑恆的爹可不就是徙去西昌府做了守備嚴鋒的副手？

躊躇了片刻，終於對無比期待地站在那裡靜候結果的管家點了點頭。「告訴你家公子，我們兄弟這就前往拜會。」

之所以決定如此，卻是陳毓以為，既是那般「忠孝節義、以死殉國」的嚴守備的兒子，這嚴宏的家教應該還是可以期待的，更想要借嚴宏瞭解一下嚴鋒其人。西昌府本就多災多難，唯一讓陳毓還有點兒底的可不就是嚴鋒這個名字？

陳毓可不想就連嚴鋒這人身上也會有變數。

兩人進去稟了虛元，知道嚴宏的真實身分，虛元倒也不以為忤，甚而陳毓提出對方信裡邀請的還有小七時，虛元雖有些不高興，也沒有多加阻攔。別人不知道小七的身分，他卻是曉得的，而那嚴家可不正是依附於成家的小世家之一？

陳毓和小七回房間裡稍事收拾，等到出來才發現，嚴宏的行動力倒是強，得到陳毓的首肯後，這麼短的時間內已在兩艘大船的中間搭了一塊厚厚的木板。

陳毓也不矯情，既是答應了，便大大方方的登上，小七則跟在後面。

官船上，嚴宏已在等著，那模樣很是喜不自勝。瞧見陳毓過來，忙上前一步就去抓陳毓的手。「好兄弟，快過來！哥哥一見你，就覺得咱們兄弟倆有緣呢！」

陳毓猶豫了下，手就被嚴宏抓了個正著，剛要說什麼，又一陣腳步聲響起，可不正是趙佑恆和他的表兄賀彥章？

嚴宏就有些悻悻然，只得鬆開陳毓的手，臨放下時，忍不住在陳毓手背上摁了一下。雖然很輕，卻還是讓陳毓起了一身雞皮疙瘩。

回頭正好瞧見嚴宏還想去攙跟在後面的小七，一股厭惡頓時油然而生，陳毓搶在嚴宏之前，先一步帶過小七。「三位公子，陳毓有禮。」

待得舉步進了船艙，腳下卻是一頓，瞧著船艙裡富麗堂皇的擺設，久久無語。本以為裘家的商船已是夠闊氣了，哪裡知道跟嚴家這艘外表樸素的官船根本就沒法比。這般鑲金嵌玉的，說是豪宅府邸也不為過！怕是光這一間待客的船艙，就抵得住裘家那麼大一條商船了。

陳毓心裡不住下沈。嚴鋒一個守備罷了，即便家族也算小有名氣，可這般奢華的模樣還是太過了。

旁邊嚴宏看陳毓目瞪口呆的模樣，早已竊喜不已——

雖說之前趙佑恆已經認出來，這個長得合自己胃口之極的小子還有一個身分，那就是白鹿書院的學生，嚴宏卻更相信金錢的魅力。不就是一個窮書生嗎？這麼大的年紀又正是最愛顯擺的，看到自己這顯赫家境，不怕他不上趕著沾上來。瞧瞧，這麼傻不愣登的模樣，明顯自己的計策奏效了，看來自己很快就可以左擁右抱，把這兩個極品少年盡攬懷中了！

趙佑恆和賀彥章神情卻有些莫名。

不怪兩人如此，實在是嚴宏這會兒的情形和一路上自己二人的待遇實在是太過迥異。

趙佑恆之前在陳毓手裡吃過虧，這會兒再遇見，臉上神情不免有些訕訕。

倒是賀彥章畢竟年齡大些，又對陳毓在白鹿書院和商銘比試時的書法驚豔不已，早已有心結識。看陳毓走過來，已快步迎了上去，心裡竟是有些終於得見真人的激動。「陳公子，彥章有禮！」明明年齡比之陳毓要大，執禮卻恭謹得很。

緊跟其後的趙佑恆鬱悶得緊——表哥如此，自己豈不是也要跟著行禮？雖有些不樂意，但兄長在前，也只得有樣學樣。

畢竟並不是真的少年，陳毓能看出兩人確然和讓人怎麼看都不舒服的嚴宏不同，尤其是趙佑恆，不情不願的皺著一張包子臉，當真頗為搞笑。他不動聲色的回了一禮。

瞧出陳毓對趙佑恆兩人的態度跟自己明顯不同，嚴宏眼神冷了一下，轉念一想，卻是越發有興味，果然如賀彥章兩個所言，這陳毓頗為傲氣。

也恰恰是這份讀書人的傲氣，令得嚴宏益發激動——就是京城那些當紅的小倌，自己見得也多了，這般讓人一見就心蕩神搖的極品還是頭一遭，更不要說還是出身白鹿書院的天才學子！他很快擺脫了不悅情緒，越發心熱起來。

「來來來，我和毓兒、小七當真是一見如故，咱們兄弟今日可要不醉不歸！」嚴宏說著，探手就想去拉兩人到自己兩邊就座，卻是再一次拉了個空。

陳毓正抬眼看過來。「嚴公子說笑，我們兄弟年紀尚小，家中大人囑咐不可飲酒。」身形已然錯開，得體的把三人讓到主位坐下，陳毓和小七則是拿年紀小這一說頭坐到了下首。

嚴宏再次碰了個不軟不硬的釘子，終究賊心不死，竟是強把賀彥章推到上首，自己則朝著小七轉了過去。雖然這陳毓也挺勾人，可總覺得滑不溜丟的，倒是一直不作聲的那個小七，瞧著是個性子綿軟的，不然，先把小七弄到手也成。

卻不防陳毓身形更快，已搶先坐到了小七的位子，這樣一來，自然恰好和嚴宏挨著。

嚴宏怔了一下，有些意外。原來自己想錯了嗎，其實這陳毓方才一番作為是欲拒還迎？看自己轉移了興趣，就趕緊又貼過來？

罷了，確然這兩人裡第一眼吸引了自己的就是陳毓，就容讓他使些小性子。

只是嚴宏總覺得有些不對勁，循著直覺瞧過去，正對上小七暗沈沈的視線，不由更加得意。哎喲喂！那個小美人也吃醋了嗎？

「拿最好的酒來！」說著瞧向陳毓。「毓弟你莫要拒絕，我這酒可不尋常，都是作為貢酒用的，哥哥不是誇嘴，當真好喝得緊，也就是你們哥倆罷了，外人便是求我，也甭想要走一滴去。」

那邊管家已是用一個鑲著金邊的盤子托了一小罈子酒過來，人還未至，濃郁的酒香就在周圍瀰漫開來。

陳毓越發蹙眉，這樣的小酒罈子，他倒是在先生那裡見過，乃是先生歸鄉時皇上所賜，可不就是朝廷貢酒？這酒也和陳家的綢緞一般，因打上了皇家的烙印，價錢不是一般的貴，說不好一小杯酒的價錢就夠尋常百姓人家一年的嚼用了。別看這麼一小罈子，怕是有上千兩？

再結合眼前所見金玉滿堂的情景，心情越發低沈。嚴宏這般揮金如土，難不成家裡有金山銀山不成？嚴鋒一個守備，何德何能可以支撐得了兒子這般一擲千金？

很快各色菜餚也都送上，竟是魚翅、燕窩、鮑魚俱全，難得的是連這個季節根本很難見著的熊掌都有，配上那價值千金的美酒，當真越發耐人尋味。

陳毓雖然知道不該因為一個嚴宏就對嚴鋒有看法，卻對西昌府的前景更加不樂觀。

嚴宏見陳毓直盯盯的瞧著滿滿一大桌子菜，卻遲遲不動筷子，只道陳毓是真被自己鎮住了，不免有些忘形，竟親自執起酒罈給陳毓和小七一一滿上，至於趙佑恆和賀彥章則被丟到了一邊。

父親的下屬，嚴宏眼裡自然和家裡奴才沒什麼兩樣，能讓他們作陪，已是看在他們認得兩個美人的面子上。偏是美人到了還不有眼色些趕緊退下，不然這會兒，船艙裡就是自己和美人的天下了。

當下也不理那兩人，直接拿起酒杯，又把另外兩杯酒塞到陳毓和小七手裡。「我和兩位弟弟一見如故，來來來，咱們兄弟怎麼也得玩個新花樣，不然就喝交杯酒？」

那般色迷迷的模樣，簡直和妓館裡喝花酒一般無二，便是旁邊一直伺候的管家也是見怪不怪的模樣。自詡出身京城，這樣兩個窮鄉僻壤的讀書人算什麼？當下也笑呵呵的幫著想要把陳毓往嚴宏懷裡推。

「也是你們有福，不妨告訴你們，我家少爺可是出自京城赫赫有名的嚴家，知道嚴家嗎？那可是英國公府最得力的左膀右臂，更是世交，即便在成大小姐面前，我們少爺也是很有面子的，知道成大小姐是誰嗎？那可是堂堂太子妃！得了我家少爺的青眼，也就等同於入了英國公府的眼、入了太子妃的眼，保管你們以後不論是科舉還是做官，全都能青雲直上。」管家說得洋洋自得，畢竟在這些窮鄉僻壤的泥腿子面前，嚴家可不就是土皇帝一般？

陳毓神情倒還平靜，小七卻是臉色鐵青。

那邊嚴宏仍絲毫不察，已然站起身形，一隻胳膊去拐陳毓的脖子，另一條胳膊又想勾小七，卻不防剛一動，一陣鑽心的疼痛就傳來，胳膊竟已被人掐住，緊接著額頭上「咣」的一聲響，嚴宏痛叫一聲，下意識的就想去捣頭，無奈何胳膊正被陳毓給掐著，根本絲毫動彈不得，倒是有熱熱的液體順著臉頰流下。

可不正是橫眉怒目的小七，正用力把手中的酒杯砸過來？心中更是驚怒不已——

要知道，爹爹即便立下莫大功勛，依舊每日裡教導家中後輩切不可居功自傲，不然必給家族招禍，沒想到嚴家會這般大膽，做出這等糟污事不說，竟還敢打出了英國公府的旗號，更是連姊姊都給攀扯上了。也就是這番話落到了自己耳中，若然給旁人聽到，不定怎麼想英國公府和太子妃呢！若再傳到有心人的耳朵裡，一道奏摺遞上去，不獨爹爹會受申斥，便是鎮日裡如履薄冰的姊姊處境也堪憂。

若然這樣做惡事便打著英國公府旗號的惡徒多了，英國公府想要不倒都難！

小七一時想殺了嚴宏的心都有。

「快放開我！」嚴宏自幼嬌慣，什麼時候嚐過這苦楚？

船上的家丁也很快趕來，紛紛抄起武器就要往上衝，陳毓手一用力，耳聽得「咔嚓」一聲響傳來，卻是陳毓神色淡然的抬手，乾淨俐落的就把嚴宏的兩隻胳膊都卸了下來。

賀彥章瞧得激動，強忍著想要鼓掌的慾望——果然不愧是自己都敬佩的人，陳毓真是條好漢子！

至於趙佑恆，身形悄沒聲的往左邊一移，正好擋住一名正縮在角落裡的弓箭手。

下一刻陳毓隨手拿起桌上的酒杯，漫不經心的往外一丟，本以為藏得很好的另外三名弓箭手慘叫著就趴到了地上。

嚴府管家終於徹底傻眼，眼看著自家少爺已是哭得都快癱在地上了，再不敢輕舉妄動，任由陳毓二人施施然回返，然後手一鬆，任憑嚴宏跌落水中。

「你竟敢謀殺我們公子！」管家嚇得臉都白了，少爺自幼長在京城，哪裡會水！只控訴了半句卻又頓住，陳毓正抬起頭，眼神明顯不是一般的冷。

看管家不說話，陳毓才衝著趙佑恆兩人攤了攤手。「不好意思，失手……」

方才賀彥章兩人的表現，陳毓完全看在眼裡，得罪了嚴宏，自己倒是不怕，趙佑恆的父親卻是在嚴鋒手下做事，怕是日後少不得受刁難。

接到陳毓的眼色，正自憋著看笑話的賀彥章一愣，旋即明白了陳毓的意思。

方才自己二人幫著陳毓，說不定已被有心人注意到，之後還得跟這位嚴公子同船，還有姨丈那裡，怎麼也不好撕破臉不是？雖然不知道陳毓有什麼依仗，敢這麼收拾嚴宏，自己和表弟卻是不敢這麼放縱的。

陳毓這般，明顯就是把所有責任攬在自己身上，不讓自己兄弟受到拖累。當下感激的微微對陳毓點了點頭，只管大著嗓門呼喝著救人，衣服都沒脫，就撲通通跳下水去了。

趙佑恆也不傻，也跟著跳了下去。

兩人動作快，自然最先找到在水裡撲騰的嚴宏，卻是打心眼裡厭極了這人，故意裝作手忙腳亂，那麼東一按西一拉的，好一番折騰之後，直到嚴宏喝了滿滿一肚子水，才在船夫的幫助下把人送上船。

嚴家官船上的兵荒馬亂自然也驚動了虛元，出來時正瞧見自家乖巧徒兒面沈似水的模樣，甚至身上還有些許酒漬，臉一沈。「嚴家人無禮？」

說著狠狠的瞪了一眼陳毓。「真是沒用！你不是說會保護她？」

頓了下又陰惻惻道：「既是把人傷了，怎麼不索性送到我這兒醫治？」

陳毓不覺摸了摸鼻子，不知道為什麼，總覺得虛元這句話，有著無限的深意。自己不過就是拒絕和小七同行，這老道就記了那麼長時間的仇，這會兒會好心給嚴宏醫治？騙鬼還差不多。

陳毓幾個跟沒事人一般，商船上的裘家管事卻明顯有些不安。儘管知道主子對陳公子的看重，可嚴家畢竟是以武起家，真是耍橫的話，少不得要吃些眼前虧。

到得晚間眾人用飯完畢，估計著送往岸上就醫的嚴宏也快回來了，裘家管事終於忍不住上前請示陳毓。「公子，要不，咱們的船趁夜離開……」

自家是商船，而嚴家是官船，真是對上了，怕是沒什麼好處。

「不用。」陳毓還沒開口，虛元已經徑直道，語氣也是篤定得緊。

陳毓也點了點頭，明顯對虛元的決定沒有意見。

管家之前已得了裘文雋的囑咐，萬事單憑陳毓作主，只要陳毓有了決定，便只管去做。

這會兒看陳毓如此，也不再多說，退回了自己房間。

到得天黑透了，岸邊終於傳來一陣踢踢踏踏的腳步聲，卻是嚴宏被人扶著回來了，瞧見裘家商船還在，眼裡閃過些陰狠。

方才因去報案得晚了，縣衙已然散衙，嚴宏就命人直接拿了拜帖送到縣太爺那裡。

初時那縣太爺還有些拿大，被嚴宏一番威脅，頓時嚇得屁滾尿流，答應明日一早就會派人把裘家商船截下，交給嚴宏處置。

只要今兒個讓下人看住他們就好……

嚴宏當即點了幾個得力的手下，太過激動之下，根本沒注意那幾人蠟黃的臉色。「待會兒夜深人靜時，你們幾個下水，把那條船給我鑿漏了，爺必有重——」

話沒說完，那幾人已是苦著臉告了一聲罪，提著褲子撒腿就跑。

「混蛋！」嚴宏半晌才反應過來，氣得眼睛都是紅的。爺雖好男色，可也不是一點兒都不挑的好不好？就剛才那幾個貨色，白給自己都不要！

他抓起旁邊桌上一個杯子狠狠地朝地上摔了下去。「管家……哎呀……」卻忽然摀住肚子，只覺腸子彷彿被人抓住擰了幾圈又狠狠地切成幾段般，疼得連氣都喘不上了，嚴宏頓時臉色煞白，來不及說什麼，玩命一般的就想往船尾衝，奈何只跑了幾步，就開始飛流直下……

整整一夜，嚴家船上都沒有消停，到得天亮時，別說去叫衙差，整個船上已經連一個能爬起來的人都沒有了。整艘富麗堂皇的官船，更是從外到內都散發出一陣惡臭。看到裘家商船有條不紊的起錨、揚帆，趴在臭烘烘被窩裡的嚴宏恨得眼睛都能滴出血來。

相較於其他人而言，嚴宏尤其悲慘，不獨肚子疼起來和凌遲一般，更兼每一次都根本來不及跑到茅廁，就這麼一夜時間，所有的衣物盡皆無一倖免，以致自詡高貴風流的嚴大公子這會兒已是連件蔽體的衣物都沒有，整個光溜溜的縮在床上。

儘管沒一人瞧見陳毓幾個做過什麼，可嚴宏就是肯定，自己淪落到這般悲慘境地，定然就是那陳毓等人的手筆，不然何以兩艘船離得這麼近，裘家船上的人沒事，自己這邊卻無一倖免？

「敢打我徒兒的主意，讓他受三天的腹瀉之苦還是便宜的。」瞧著身後那越來越小的黑點，盧元哼了聲，轉而又有些黯然。若非聽說兒子和嚴家交好，自己的手段還要更厲害些。就只是這般不堪的嚴家，胤兒他……

這之後，一路上倒也順風順水，因著小七第一次走這麼遠的水路，盧元也好、陳毓也罷，都擔心小七會不舒服，便也不急著趕路，就這麼慢悠悠的來至武原府。

武原府守備周大虎是個赤誠漢子，聽說陳毓是顧雲飛的結拜兄弟，當真不是一般的熱情，待得交談起來，和陳毓竟也投契得很，彼此之間頗有些莫逆的意思，直到天色晚了還不肯放人，硬是留陳毓幾人在府中住了一宿。

本想著第二天無論如何都要離開的，沒承想天還未亮便下起了大雨，甚而這雨一連下了一天一夜之久，待得好不容易天光放晴，再來到衍河岸邊，陳毓無比震驚的發現，這麼一場大雨，衍河水已是將要和兩岸齊平，更有黃色的濁流奔騰而下，正好撞擊到拐彎處的堤岸上，一大片泥塊應聲而下，頓時發出巨大的轟鳴聲。

這般大自然的偉力面前，即便陳毓已有了心理準備，心情依舊蕩到谷底。畢竟武原府這裡地勢平坦，大水衝擊尚且如此，自己來時可是特意問詢過，西昌府正好在一個凹斗中，而且據自己所知，將要到來的那場大雨可是足足下了將近半月之久。

自己提前做的準備，真能有幫助嗎？

瞧了眼身旁正小松鼠般捧著塊糕點吃個不停的小七，不覺嘆了口氣。到時若真和上一世般發生叛亂，又該如何安置小七呢？

察覺到陳毓的眼神，小七的臉一下沈了下來，丟下糕點，站起來就要回船艙。

陳毓不知道發生了什麼，頗有些莫名其妙，當下拉了小七一隻手道：「怎麼了？」

小七掙了下沒掙動，靜立了片刻忽然轉過身來，踮起腳眼睛直視著陳毓的臉，一字一字道：「陳毓，看著我的眼睛。」

陳毓有些不明所以，依著小七的話望過去，一下沈入了一雙黑亮澄澈的眼眸裡。

那般水潤清透，宛若世間最純粹的水晶，不沾染塵世間分毫塵埃，偏是那片清亮裡，這會兒無比清晰的映出自己的影子，專注、執著，又有著一往無前的倔強……

兩人這般執手相望，陳毓的一顆心不知怎麼，漸漸不受控制的「咚咚咚」的急速跳了起來，甚而俊臉也開始變紅。

「咳咳咳——」虛元正好出了船艙，瞧見兩人深情凝視的模樣，一個沒撐住，不由劇烈的嗆咳起來。

陳毓終於找回神智，彷彿被貓抓了似的一下抽出手來。

倒是小七表情依舊平靜，只亂轉的眼波出賣了心虛，終究指著虛元道：「陳毓你記著，那才是我師父。」你就比我大一歲，你不是我師父，也不是我爹，所以，不要用那種看女兒一般的眼神看我……

一直到小七氣呼呼的離開，陳毓都有些摸不著頭緒。

那天夜裡，他作了一夜的夢，只覺自己抱著一個人，怎麼也不捨得放開，兩人耳鬢廝磨做出了各種親暱的動作，正做得最舒服的時候，懷裡那個人正好抬起頭來，陳毓終於看清了那張臉，嚇得一下從床上坐了起來——

伸手探進底褲裡，已是一片濡濕，自己這是……成年了？

陳毓瞬間汗出如漿。有過上一世的經歷，這樣的小事實在算不了什麼，自然也就嚇不倒陳毓，可怕的是那個夢裡讓自己舒服得欲仙欲死的人，為什麼會是小七?!

之前自己還覺得嚴宏噁心，難不成自己也是……

第二十三章 一山還有一山高

重生以來，陳毓第一次賴床了。

許是因為虛元對陳毓的不喜，在船上的這些時日，小七並不敢如平日裡那般和陳毓親近。

這也讓陳毓心虛之餘，大大的鬆了口氣。這種情形一直持續到來至西昌府，除了偶然幾次碰面，兩人再沒有一起過。

直到要下船了，陳毓才察覺到古怪。虛元道長這些日子，也太安靜了吧？

本想要率先舉步下船的腳就有些躊躇，終於還是轉身，往虛元的船艙而去。待推開艙門，卻是大吃一驚。實在是船艙裡的氣味當真難聞得緊，再放眼地上，更是堆滿了大大小小的酒罈子，怕不有幾十個之多。

這麼多酒，就是酒仙再世，怕也要喝出事來！

他忙快步上前，扶起酒氣沖天整個人都癱在冰冷地上的虛元。「道長……」卻根本無人回應，虛元明顯已是醉死了的。

一陣腳步聲隨即響起，陳毓抬頭看去，卻是小七，正紅著眼睛站在艙門處，怔了片刻，終是上前一步，探手幫著去攙虛元。「師父，您這又是何苦。」

口中說著，眼中已是落下淚來。

陳毓親手餵虛元喝了醒酒湯，到得小七平靜下來，才低聲道：「西昌府不是道長的故鄉嗎？又何至於此？還是道長的兒子出了什麼事？你告訴我，說不好，能想出解決的辦法來。」

小七搖了搖頭，神情明顯有些複雜。「師父的兒子好好的……」

甚至下月初六，就是那個未見面的師兄沈胤大喜的日子，娶的更是沈胤最心愛的姑娘，這般圓滿人生，簡直是好得不能再好了。

只是，沈胤的圓滿人生裡，並沒有師父的存在。

「你說道長的俗家姓氏是沈？」陳毓心裡一動。

他來之前特意對西昌府的形勢下足了功夫，聽說西昌府最出名的豪門士族就是沈、王兩家。尤其是沈家，因為家中杏林高手輩出，便是京城太醫院，也多有聖手出自沈家門下，聲勢更是在一般世家之上。

連帶的沈家現任家主沈木，在西昌府的地位也非同一般，聽說就是歷任郡守面前，沈家家主也都是有一席之位的。

再連結虛元道長神乎其神的醫技，陳毓已然有八成把握，道長應該和沈家有關。

小七點頭。「不錯。」猶豫了下又道：「其實，沈家現任家主沈木正是我師父嫡親的弟弟。」說到嫡親兩字，語氣卻頗有些嘲諷的意味。

人世間最難測的就是人心，最禁不起考驗的也是人心。即便是嫡親的兄弟又如何，名利面前，也都要退避三舍。

就比如，師父。

虛元道長的俗家名字叫沈喬，乃是沈氏家族嫡長子，不出意外的話，還是板上釘釘的沈家下一任家主。家資豪富，生為嫡長，又最愛著一襲紅袍、騎一匹白馬馳騁於西昌府長街之上，那般倜儻風姿令得多少閨閣女子為之傾倒。

更有甚者，年紀雖小，醫藥之術便已超越歷代先祖，外人都說，沈家或是能在沈喬手裡走到一個前人難以企及的高度。

就在這樣的讚嘆和羨慕中，二十歲那年沈喬又如願娶了心心念念多年、小自己六歲的表妹趙氏女為妻，夫妻成親後琴瑟和諧、恩愛非凡。

二十歲之前，沈喬可謂順風順水，無一處不得意，沈喬這個名字，簡直就是幸運兒的代名詞。可或許人生的運氣都是有定數的，而沈喬的運氣也在二十歲之後，便開始急轉直下。

先是成親多年，妻子卻始終不曾有孕，令得家中長輩極為不喜；好不容易在三十歲上喜得一子，妻子卻連產床都沒下來就撒手歸西。

沈喬本就是個癡情人，又一路順風順水慣了的，何曾受過這般打擊？聽人說瞧見躺在血泊中的妻子的第一時間，沈喬就瘋了，更在七年之後出家為道。

陳毓皺了下眉頭，對虛元的做法頗有些不以為然。雖是人生難得癡情人，可再怎麼說，人生在世的責任不只是夫妻恩愛，丟下家中父母和嗷嗷待哺的幼兒，也委實太過心狠了些。

許是看出了陳毓的想法，小七嘆了口氣，低聲道：「可不就是因為這一點，師父對沈胤始終懷著深深的歉疚。」

畢竟三十歲上才有那麼一個兒子，師父又怎能不愛？只是失去一生摯愛的打擊太過巨大，沈喬難免對兒子多有忽略，等沈喬再想到兒子的存在，沈胤已對他排斥得很。

每每沈喬一靠近，就會嚇得大哭不止，甚至經常同旁人說沈喬怪他害死親娘，要殺了他……所謂童言無忌，外人眼裡，沈喬無疑瘋得更徹底了，以致最後，便是自來疼沈喬的沈家老太爺、太夫人也都唯恐沈喬會做出殺子之事，不允許沈喬靠近沈胤。

正是沈胤對父親的拒絕和仇視，成了壓垮駱駝的最後一根稻草，令得沈喬徹底心灰意冷。

「稚齡的孩子又懂得什麼？」畢竟早看遍了人世間種種醜惡，聽說這件事的第一瞬間，陳毓就覺得不對。「說不好是有外人教唆也未可知。」

陳毓不憚以最大的惡意猜測，那個教唆沈胤的主使者，十之八九就是當年沈喬出家後的最大既得利益者，現任家主，沈木。

小七看著陳毓，有些失神。

毓哥哥，除了當年被拐賣，你還經歷過什麼？怎麼可能一眼就看透人性的醜陋？

若不是因為虛元堅持要收自己為徒，大哥特意著人暗暗調查過師父生平，自己根本猜不到，不獨沈胤對師父的仇視和沈木夫妻有關，便是當初師母的離世怕也和沈木夫妻有莫大關係。

據大哥的調查結果，師母婚後之所以長久不孕，其實是師父的意思。

師父是杏林高手，本就以為女子生子年齡不宜過小，以二十餘歲最為相宜。又兼師母比他小了足足六歲，又自來體弱，不將養幾年，怕是根本過不了生子那一關。

師父深愛師母，自然不願師母為了孩子損及自己身體，便想著怎麼也得等到妻子身體完全調養好之後再讓師母受孕，卻哪裡想得到，師母竟然偷偷停了避子湯。到得最後，果然因為生子而離開人世。

據大哥所言，當初師母之所以會即便拚卻性命也要為師父生一個孩子，除了同樣深愛師父之外，更是聽說一個消息——自己再不生子的話，沈家老太爺便會逼師父停妻另娶。

而這個消息最早正是從二房那裡傳出來的。

還有沈胤特別依賴的那個乳娘——小七有足夠的理由懷疑，當初沈胤一直喊著父親要殺他的話是乳娘所教，因為就在沈喬出家為道後，那個乳娘的兒子便被派了個得用的差事……

「走吧。」一個有些嘶啞的聲音傳來，陳毓回頭，可不正是虛元？雖則這會兒瞧著精神還好，眼眶周圍卻是烏青，一身灰撲撲的道袍下，令得虛元越發顯得孤苦伶仃。

這般頹廢形象實在讓陳毓難以和小七描述中那個鮮衣怒馬的紅衣少年聯繫起來。

幾人一前一後往船頭而去，虛元走在最前面，剛要舉步下船，腳步突然一滯，眼睛直直的瞧向岸上兩個並肩站著的年輕人中那紅袍青年的身上。

許是感覺到虛元異樣的視線，紅袍青年微微轉頭，朝這邊望來。

飛揚的劍眉、黝黑的雙眸、挺直的鼻梁，當真好一個翩翩男子！

男子的眼神漫不經心的在虛元身上停駐片刻，旋即漠然移開。

虛元的身形一踉蹌，好險沒掉入水中。許是動靜太大了，和紅袍男子並立的墨袍男子也回過頭來，陳毓明顯感覺到那人的視線更多的是集中在自己和小七身上，不免覺得有些古怪，畢竟，自己也就是和虛元道長還算相熟，和沈家及岸上兩人卻是從無任何交集，怎麼瞧著對方的樣子，倒是對自己和小七頗為關注？

還未想通個所以然，墨袍男子臉上已是漾出一個大大的笑容。「哎喲，這不是大伯嗎？」又回頭對一直低頭沈默不語的紅袍青年道：「胤弟快過來，你爹回來了呢。」

墨袍男子話落的一瞬間，沈胤的臉上明顯閃過一抹屈辱，猛地撇過頭去，咬著牙道：「大哥你胡說什麼？我從小就福緣淺薄、父母俱無，這會兒又從哪裡冒出的爹爹來？」

虛元眼神一痛，削瘦的身形更是仿若風中枯葉，簡直站都站不住。

小七一旁瞧著很是不忍，不由上前一步道：「師兄，你怎可如此說話，明明師父他——」話音未落卻被沈胤凶狠的打斷。「你叫我什麼？我可是堂堂沈家二公子，想要跟我攀上關係，也得看你有沒有那麼大的臉面！現在，和你那見不得人的師父趕緊滾，不然別怪我不客氣！」說著伸手就想推開小七。

陳毓臉一沈，探手攥住沈胤的手腕，剛要發力把人丟出去，卻在瞥見虛元痛苦的神情時，終究頓了一下，往旁邊輕輕一帶。

沈胤踉蹌了好幾下，虧得被旁邊的墨袍男子抓住手才沒有跌倒，卻是紅著眼又要向前衝，竟是要和人拚命的架勢。

這麼一副毫無格調的亡命徒模樣，和旁邊即便身處亂局依舊舉止有度、讓人覺得君子端方的墨袍男子，形成鮮明的對比。

因著這邊的喧譁，旁邊早有不少圍觀的人，雖不知道發生了什麼，卻明顯認出了這兩兄弟。「這兩位不是沈家大公子、二公子嗎？」

「那位墨袍男子就是大公子沈允，也就是沈家下一任家主，才有這般翩翩風度。」

「可不。沈家老爺和夫人都是慈心人，平日裡捨粥施藥、鋪路搭橋，都說好人有好報，才會養出大公子這麼出色的兒子。」

「話說都是沈家人，這二公子和大公子怎麼差得那麼多呢？白瞎了一張俊臉，若非頂著沈家二公子的名頭，可真就和街頭地痞無賴一般了。」

「那是，都說龍生龍鳳生鳳，老鼠的兒子會打洞，我瞧著啊，二公子就是像足了他那個不成器的爹，枉費沈家老爺夫人用心教導，始終是爛泥扶不上牆，上不了檯面的……」

雖是出於對沈家及沈允的敬畏，眾人只敢竊竊私語，可陳毓幾人依舊聽得清楚，虛元臉上血色盡失，沈胤僵立片刻，卻忽然掉轉過頭來，直直的瞧著虛元，低吼道：「滾，都給我滾！是，我就是扶不上牆的爛泥！可你給我記住，我就是臭了餿了，也是我自己的事，和一個早就應該死去的外人沒有一點兒關係！你們都滾！滾啊！」

太過沈重的痛苦，壓得虛元的腰都佝僂了，竟是一瞬間被抽去了所有的活力似的，連看心心念念的兒子一眼都沒了力氣，虛元痛苦的閉了閉眼，終於艱難的轉過身來。

只是還未抬腿，那邊沈允已是大聲斥道：「二弟。你怎可如此？自古子不嫌母醜，即便大伯當年如何，終究是你的親爹，快過來跟大伯跪下賠罪，我們沈家可絕不允許出現目無親長的後輩！」

那個瞧著落魄不堪的老道竟然是沈二公子的爹、當初傾倒整個西昌府的紅衣俏郎君沈喬?!

眾人好像聽見了什麼了不得的事，一個個眼睛瞪得溜圓，連帶著瞧向沈胤的眼神也多了些好奇和譴責。

這沈允果然是好大哥，還真是不遺餘力的要臭了沈胤的名聲啊！

陳毓嘴角閃過一抹嘲諷的笑容。

要是到現在還看不清沈胤的處境，陳毓也算白活這麼多年了。沈家老爺夫人是大善人？騙鬼還差不多！當初擠走沈家繼承人沈喬還不算，眼下瞧著，竟還生生養廢了道長的兒子。這沈家二房當真是好心計、好狠的心！

不過都淒慘到了這般境地，沈允還不遺餘力的想要毀了沈胤，怕是對沈胤依舊有所忌憚。陳毓視線不覺落在虛元身上，難不成……和虛元道長有關？

那邊沈允瞧見沈喬真要離開，忙不迭拖著沈胤踉踉蹌蹌上前，一下擋在沈喬面前撲通一聲跪下，抱住沈喬的腿道：「大伯，都是我沒有教好二弟，千錯萬錯都是我的錯。您若是有氣，就懲罰允兒好了。」無比焦灼的對沈胤道：「二弟，還愣著做什麼？還不快給大伯磕頭賠罪！」又抬頭衝著沈喬央求道：「大伯，您這會兒回來，不就是為了二弟娶妻這件天大的喜事嗎？待會兒親家公的船就要到了，大伯既然正好碰見了，怎麼也不好這樣就走不是？不然，就留下來，兩親家見一見……」

沈胤的未婚妻正是西昌府和沈家齊名的另一富商大賈王家，閨名淺語，雖是家中庶女，生得倒是千嬌百媚。王淺語的爹王行，在家排行第四，一直跟著長兄在外打理家族生意，今日正好回返。

沈喬蠕動著嘴唇，卻是半天說不出一個字，心頭更是一片蒼涼。

當年因為妻子體弱，沈家兄弟兩房也不過沈允一個男孩罷了。一直到胤兒出生，足足七年裡，自己夫妻雖是做人伯父伯母的，卻真真把沈允瞧得跟眼珠子相仿。甚而這麼多年來，不論身在哪裡，在自己心裡，允兒也同胤兒一般，都是自己的兒子。

可眼下沈允雖是跪在自己面前，眼中那算計的神色卻是不容錯認的。

沈喬心裡既悲傷又無奈，對沈胤愧疚更甚。算計自己也就罷了，如何要連胤兒一起設計在內？

原還想著，到沈胤成親那一天，自己偷偷觀禮即可。能看到兒子幸福，自己也能稍稍心安些。

可既然二房的人這般想讓自己留下，那留下便是，倒要看看他們到底想做什麼！

陳毓也是這般想法，當下也不說話，只跟小七站在虛元身後。

沈允帶著一班家丁和王家人站在一處，至於沈胤，則是眼神空洞的站在外圍。

足足半個時辰後，才有一艘大船從天邊而來，沈允瞥了一眼依舊佝僂著靜靜站在一旁的虛元幾人，眼神中是盡力壓抑的喜悅。

雖然在外人眼裡，沈喬這個人跟不存在沒什麼兩樣，可只有沈家人知道，沈喬這個名字在沈家的意義。

沈允明白，這個大伯眼下只是無心罷了，真想要做些什麼，沈家偌大的家業，或許真會落到沈胤手裡。所以這些年來，即便心裡對沈胤如何忌憚，爹娘也好、自己也罷，依舊不得不供著沈胤，甚而不得不忍痛拋出自己的女人做誘餌。

本想著怎麼也要趁沈胤成親，神不知鬼不覺的讓大伯消失，倒沒想到竟是連老天也幫自己——就在前兒個，一封信件被快馬加鞭送入府中。

守備府大公子嚴宏被人謀刺，而據嚴宏信中對凶手的描述，沈允斷定，那個老道必然就是自己的大伯。

本來，自己對此還有些拿不準，但在瞧清楚陳毓並小七的容貌後心下就篤定了。外人不知道，自己可清楚，那嚴宏生性好男風，這次之所以遠離京城被迫來至西昌府，正是因為他在京城中想要對一個落魄的皇族後裔霸王硬上弓，事情被捅破後才不得已來此避難。

大伯這兩個弟子生得如此好相貌，嚴宏不看上了才怪。

也不枉自己這兩日都在這裡守著，終於及時截住大伯和他那對俊美的徒兒。

據嚴宏信中所說，他們正是今日會到。到時候借了嚴家的手除去大伯，還不用擔心得罪太醫院，爹娘和自己就再無後顧之憂了。

說話間，那船已來至近前，待得船完全停穩，眾人急忙迎了上去，虛元幾人也被圍挾著來到船邊。

隨著艙門打開，先走出一個管家模樣的人，然後是兩個容貌有些相似的富態中年人。前面那個年長些的，明顯應該是王家老大王元，後面那個板著一張臉的中年人，應該就是沈亂的岳父王行了。

看王行從船上下來，沈亂臉上終於閃過濃濃的喜悅，喜悅之外又有些侷促，一副唯恐老丈人不滿意自己的忐忑模樣。

虛元一旁看得心酸，因為沒有爹娘護著，亂兒才過得這般提心吊膽嗎？畢竟以沈家長房嫡子的身分，卻要娶王家一個庶女為妻，怎麼說都是亂兒太過委屈才是，而眼前瞧著，患得患失的那個卻是亂兒，倒是王家那邊倨傲得緊。

罷了，看亂兒的模樣，對這樁婚事倒是很滿意。

「大伯、岳父。」沈胤搶上前一步，眼看就要拜倒。

哪知王元卻側身躲開，後面的王行更是厲聲道：「沈二公子，你這聲岳父我可受不起。」

說著瞧向正欲走過來見禮的虛元，冷笑道：「我們王家的女兒，可不會嫁給一個殺人犯的兒子。」

殺人犯？沈胤神情明顯很是迷茫，根本鬧不懂王行說這話什麼意思。

還未想清個所以然，船艙門再次打開，一個錦衣華服的年輕男子在眾人的簇擁下走了出來，居高臨下的俯視著虛元幾個。

「好你個雜毛老道，竟敢對小爺下黑手，還真是活膩味了！」

若不是為了抓住這三人，自己何至於緊趕慢趕，連暴風雨都不避開？結果卻翻了船。若非遇見王家兄弟，這會兒怕是早已葬身魚腹。

「你們！這位公子……」依舊跪在那裡卻無人搭理的沈胤臉色一下變得蒼白，這會兒再不明白王行剛才說的殺人犯是誰，腦子就真的有問題了。

無措之餘，他一把拉住王行的衣服下襬，很是艱難的開口。「岳父息怒，這裡面怕是有什麼誤會……」

王行一下甩開，臉上是絲毫不加掩飾的厭惡，陰沈沈道：「沈二公子是耳朵有問題，沒聽見我的話嗎？你沈二公子這樣傑出的青年俊才，我們王家可高攀不起！至於說想要求娶我那不成器的女兒，你這輩子就死了這條心吧。」

「岳父！」猝不及防的沈胤一下歪倒在地，卻依舊不肯放棄，向前膝行幾步想要再次攔住王行，王行早已耐心盡失，抬腳就要把沈胤踹開。「若非瞧在沈老爺、沈夫人的面子上，我那女兒焉能配你？就憑你這沒出息的樣子，癩蛤蟆想吃天鵝肉罷了！」

「混帳！」瞧見沈胤這般被王家輕賤，虛元眼睛幾乎要滴出血來，終是忍不住上前一步擋在沈胤面前，陳毓自然不能眼睜睜的瞧著王行踹虛元一腳，當下抬腿撞去，王行一介商人罷了，如何能抵得住陳毓？兩腿相交間，「哎喲」一聲抱著腿就蹲在地上，疼得眼淚都下來了。

「若非方才沈二公子叫你一聲岳父，就憑你這般為虎作倀之舉，便是廢你一條腿也是夠了的。」陳毓冷哼一聲道。

「你做什麼？」沈胤也沒想到虛元會突然替自己擋下那一腳，瞧見王行震怒，眼神慌張之餘，更有著說不出的隱痛，竟是衝著虛元幾人歇斯底里道：「你以為自己是誰，憑什麼管我的事？要不是因為你，我會被人打、被人吐唾沫，被所有人當成地上一灘爛泥去踩？那是我岳父，別說踹我一腳，就是要了我的命我也願意，又和你一個早該死了的人有什麼關係？」

「胤兒……」虛元只覺自己整個人都被無邊的愧疚給淹沒。當初，自己曾和妻子如何期盼著這個孩子啊，愛妻更是為了他連命都不要了，無論如何沒想到，到頭來竟讓他淪落到這般境地。

「滾、滾啊！我讓你們快滾，聽到沒有？」沈胤拚命地去推沈喬三人。「快滾，既然當初走了，現在回來又有什麼意義？別再出現在我面前、別再讓我多恨你……」

虛元身不由己的被推著倒退，卻怎麼也捨不得對兒子如何，哪知沈胤的神情突地一僵，愣愣的瞧著前面。

沈允和沈、王兩府家丁，正正攔住幾人去路。

虛元也回過頭來，正好和沈允視線相撞。

沈允有一瞬間的慌張，又很快平靜下來，對二人道：「大伯、二弟，我雖然不相信大伯會如此糊塗，可沈家歷代並無犯罪之人，大伯要是這會兒非得離開，可不得背上殺人犯的罪名？為了二弟和家族好，大伯還是稍候片刻，待得衙差到了，自有公論。」

此時他瞧著沈胤的眼神已明顯有了防備。

方才沈胤叫喊著讓大伯滾，是真恨毒了大伯，還是其實想裝瘋賣傻、借機掩護大伯趕緊走？倒沒想到，還真是小瞧了這個弟弟呢！平日裡裝得多恨大伯的模樣，關鍵時候，還敢為了大伯跟自己玩起心眼了。

「你報的官？」虛元瞧著沈允，語氣格外的平靜。

沈允倒也沒有否認。「所謂身正不怕影子歪，大伯沒做過虧心事，又有何可擔心的？嚴公子乃是京城來的貴人，也是西昌府守備家的公子，守備公子被謀刺，可不是一件天大的事？既不是大伯做的，便同他去一趟官府又如何？也好消除嚴公子的懷疑，正一下沈府的名聲，便是二弟，也不必背上個殺人犯兒子的名頭不是？」

口中這般說著，已是示意身邊的人兩兩一組看定了虛元幾人，便是沈胤身後也多了兩個孔武有力的彪形大漢。

「啪啪啪——」一陣鼓掌的聲音忽然響起，卻是嚴宏正在眾人的簇擁下悠悠然走過來，瞧著虛元幾人的神情，簡直和瞧著死人一般，更是在陳毓身旁站住腳，一字一字道：「小美人兒，敢對爺下手，很快爺就能讓你明白，什麼叫生不如死。放心，我爹麾下壯實的漢子多得是，我會多找些人讓你狠狠的爽，然後，再把你這副漂亮的皮囊一刀刀劃爛……」

嚴宏的聲音並不小，旁邊聽到的人明顯不少，有那膽小的，已被嚴宏陰森的語氣嚇得汗毛都豎起來了，只是對方已然亮明身分，乃是守備府的公子，更在話裡說得明白，是那幾個人先對他下的手。眾人瞧著陳毓幾人的眼神雖是有些同情，卻沒有人敢上前相助。

「果然還是沈兄技高一籌，若不是你把這爺倆都給拖住，我也不能這麼順利的就逮著人。這份人情，本少爺記下了。」嚴宏又拍了拍沈允的肩，無比得意的放聲大笑起來。

沈允沒想到嚴宏敢在這麼多人面前，大剌剌的把要做的事給說出來，連和自己謀劃的內容也一點都不避諱，不免有些尷尬，但他很快恢復平靜，恍若沒聽見一般。

嚴宏既如此說，分明已是把這三人都判了死刑。既是注定要死，自己又有何懼？

「大哥，你！」沈胤全然怔住，即便早已經察覺到自己在沈家的尷尬地位，平日裡沈允在沈胤面前還是做足了好大哥的模樣。

可方才自己聽到了什麼？嚴宏的意思，是沈允和嚴家商量好要扣下自己那不成器的爹？

那豈不是說，沈允早知道會發生這一切，甚而連岳父王行所為也早在他意料之中？

虛元盯著沈允，眼睛中的熱度一點點降下來，慢慢道：「沈允，不過一個沈家，就可以讓你們一家喪心病狂到這般地步？既如此，這沈家，還是不要也罷！」

虛元的聲音並沒有多大起伏，沈允卻聽得毛骨悚然，下一刻他惱羞成怒，索性不再演戲，咬牙道：「是嗎？那也得你們父子能活著從監牢裡走出來才好。」

話音剛落，一陣噠噠的馬蹄聲響起，卻是守備府騎兵接了沈允的消息後，快速趕了過來，連帶的另一條大路上，西昌府衙的衙差也急速而來，郡守府和守備府的人同時出動，自然驚動了不少路人，見這般大場面，還以為哪裡冒出來些逆賊呢！

沈允的心頓時放到了肚子裡。

嚴宏也樂得合不攏嘴，這新任西昌府知府還真上道。也是，自家老爹在西昌經營了這麼多年，那陳知府新來乍到，怎麼也不敢不給爹爹面子才是。

當下便任那些兵丁把陳毓三個包圍起來，自己則大剌剌上前，對那些衙差一擺手。「好了，這些人我們帶回去就成，回去告訴知府大人，這份情，嚴宏心領了，回去定會轉告家父。」說著一揮手，就想把陳毓幾人帶走。

為首的差官名叫孟強，明顯被嚴宏的做派給弄糊塗了，慢了半拍才意識到，那幾個被圍在中間的，應該就是自己接到報案的所謂殺人犯吧？

雖然懾於守備府的威勢有些膽怯，可自己來時可是得了知府鈞令的——聽說有殺人犯潛逃至此，知府大人大為震怒，令自己必須把所有犯人全部逮捕歸案，絕不許放跑一個。

現在犯人找到了，卻讓守備府的人帶走，明顯於理不合，自己回去也不好交差不是。畢竟，這位新知府大人雖說是讀書人出身，人也生得和氣，可自己瞧著，卻是比之上一位鎮日裡任事不管、彌勒佛似的大人不好伺候得多。

他忙不迭上前一步，陪著笑臉道：「公子莫怪，實在是知府大人有令，讓把一干人犯押去府衙待審，不瞞公子，我家大人這會兒正在公堂上等著呢！」

嚴宏頓時有些不悅，方才的喜悅也一掃而空，不滿的瞪了沈允一眼。你說你通知守備府也就罷了，怎麼連知府衙門都去了？即便再如何紈袴，也知道地方上武將是不能越界去抓文治的。

知府睜一隻眼閉一隻眼也就算了，真堅持的話，自己還真沒辦法就這麼強硬的把人帶走。

那孟強也是個有眼色的，瞧見嚴宏不語，忙拍著胸脯道：「公子放心，既是人證物證俱全，去衙門也不過走走過場罷了，到時候還不是公子說如何便如何……」

話裡話外對嚴宏推崇之至，令得嚴宏原有的一點不悅頓時煙消雲散，傲慢的點了點頭道：「好吧，就依你。咱們先去衙門裡走一趟。」

「我也陪公子前往。」王家兄弟也湊趣道，王行又笑咪咪的招呼沈允。「世姪，你和我們一道吧。」

三人無比冷漠的從被刀指著的沈胤身邊走過，瞧都沒有瞧一眼。

嚴宏沒想到之前船上那般猖狂的陳毓，這會兒竟然這麼乖巧，不免有些訝異。

一行人很快來到府衙，因有守備府的兵丁跟著押解人犯，場面當真是壯大得緊，早有人一溜煙的跑進去稟告。

王元、王行及沈允怎麼說也算是西昌府本地人，便自告奮勇走在前面給嚴宏引路。一抬頭，正好看見衙門外正站著幾個人，為首的那個倒也認識，可不正是知府大人從方城府帶來的親信何方？

三人臉上一起露出大大的笑容，又自以為是守備府公子的友人，也有資格和知府大人的親信結交，當下紛紛上前跟何方打招呼。「哎喲，怎麼敢勞煩何大人親自出來？」

「聽說何大人家喜得麟兒，辦酒席的時候，可別忘了讓我們叨擾一番啊。」

何方本是裘家護衛，後來護著陳清和父子到方城府，因辦事得力，索性被陳清和留在身邊做事，現如今已是正七品的推官，平日裡專司大案要案。

既是何方出面，明擺著知府大人的態度是要對這幾人從嚴處置了，思及此，幾人臉上的笑意是藏也藏不住。

因陳清和在裡面等著，何方倒也無意同幾人周旋，當下一拱手。「知府大人就在裡面，在下這就把人犯押上公堂。」
聽何方如此說，守備府的兵丁已是各往後退一步，讓出一條路來。
「何大人小心著些，這幾個可俱是亡命之徒。」自詡算是跟嚴公子共患難的，王元忙又加上一句。
「可不，自古讀書人多重義輕利，這些窮凶極惡之輩倒好，枉讀聖賢書，不思忠心報國，竟敢因著貪圖守備府的富貴，就生出殺人的心思來，當真罪該萬死！」王行也道。
這些話都是路上早就商量好的。
嚴宏自不願意承認是自己強搶美男不成反被坑，和王元兄弟商量之後，就決定以對方貪圖富貴以致生出殺人之心為罪名，甚而把沈船的事也全賴在對方身上。
哪裡知道他們這邊說得熱鬧，何方卻是傻了一般，一直站在那裡，瞧瞧陳毓，又揉揉眼睛，沒錯啦，眼前被當成窮凶極惡、意圖殺人搶劫民財的匪人，可不正是自家公子？
轉過頭去瞧一眼猶自喋喋不休的王家兄弟。「你們說，是他貪慕守備府的富貴，才會見財起意、起了殺人劫財之心？」
「是啊。」王行連連點頭，臉上神情鄙夷無比。「何大人啊，您老別看他生得一副好皮囊，卻最是奸猾，當初一力央求嚴公子，說家中父母如何病臥在床，他如何想要賣身救家人，嚴公子一片好心，暫時容留了他，倒好，竟是個白眼狼……」
嚴宏聽著，瞧向王行的眼神頓時多了幾分讚許。這商人嘴皮子就是溜，自己不過稍微提點了番，就能編出這麼一個故事來。既然自己如此「高義」，那待會兒提出把人帶走的意思應該也不會被拒絕吧？

何方臉已是沈了下來，轉頭瞧向嚴宏。「嚴公子，他說的可是事實？」

「自然是事實。」嚴宏很是痛快的就承認了。

王行唯恐何方不信，又笑嘻嘻補充道：「大人，當時船上那麼多人呢，可怎麼也不會冤枉……」

話音未落，臉上卻是實打實的挨了一巴掌。

「荒唐！混帳！」

「啊？」王行被打得暈頭轉向，實在鬧不明白，方才還對自己等人和顏悅色的何方，怎麼短時間之內發生這麼大的轉變，一時捣著臉，完全傻了的模樣。

「你這是要做什麼？或者是，你竟敢維護賊人？」嚴宏也沒想到會有如此變故，登時氣急。唯一想到的就是，難不成何方同那陳毓認識？不然，怎麼這麼大的反應？

「做什麼？」何方冷笑一聲。「嚴公子，虧你還是出自守備府，這般編造謊言誣陷他人，若是令尊知道了，怕也不會饒過你。」

「什麼編造謊言？」嚴宏簡直氣樂了，忽然轉頭拔出兵丁腰間大刀，直指何方。「難道你同這賊人是舊識，想要徇私枉法不成？」

何方捏著指向自己的刀尖，無所謂的往旁邊一推。「還真讓你說對了，這人，我確實認識。」

說著，上前一步，對陳毓深施一禮。「卑職見過公子，公子放心，不管對方是誰、有何出身，膽敢弄奸作怪到公子身上，卑職一定會徹查個明明白白。」

開什麼玩笑，以陳家之豪富，會殺人劫財？還真是天大的笑話。更不要說沒人比自己清楚，大人有多疼這個兒子。

說著直起身，一指陳毓道：「你知道他是誰嗎？」

「是誰？」嚴宏依舊一副目中無人的模樣，就不信了，這西昌府還有哪家公子會比自己身分還要尊貴。

沈允和王元兄弟的心卻是一下提了起來——實在是這何方的為人他們也知道，並不孟浪，會如此說，怕是這少年來歷還真有些不同。

「是誰？」何方冷笑一聲。「也不怕讓你們知道，這位就是我們陳大人膝下大公子，試問，知府大人家的公子會貪圖你一個區區守備府的富貴？還謀財害命？傳出去不要笑掉別人的大牙才是！」

「撲通！」方才還叫囂不已的王行聞言是驚嚇不已，一個站立不穩，頓時坐倒在地。至於嚴宏和沈允幾人，也早已呆若木雞。

嚴宏臉色一陣青一陣白——之前還有些想不通，明明之前在船上時，陳毓還囂張得緊，甚而自己還沒占到什麼便宜呢，就被整治得生不如死。怎麼方才被自己誣賴時，別說反抗了，根本連辯白都不曾，合著是在這兒等著呢！

到了這般時候，嚴宏哪裡不明白自己方才那番話根本就是漏洞百出。所謂的謀刺之事編得再如何圓滿，也得看對象是誰，若是平頭百姓，自然黑白全由自己掌控，這陳毓的身分卻是四品知府的兒子，自己方才所說，可不就成了一個天大的笑話？

沈胤這會兒腦子也不夠用了。一直護著父親的少年，竟然是堂堂知府大人家的公子？

守備府帶兵的是一個叫張勇的把總，心思倒是活絡，很快回過神來，一面派人急速回守備府面見守備，把這邊發生的烏龍稟報清楚，一面連滾帶爬的翻身從馬上下來，陪著笑臉對何方道：「誤會、誤會！許是我們家少爺認錯了人……」

「那倒沒有。」陳毓淡然瞧過來。「途中我和令公子確然有一面之緣，只不過嚴公子或是記錯了也未可知，因為被打劫的那人，是我。真正想要圖謀不軌的那人，是令公子。是非曲直，咱們還是進大堂好好說道說道才是。」

他又瞧向王元兄弟及沈允。「倒是這兩位，既然言之鑿鑿，當也是證人才對，只許是我腦子不好，怎麼不記得嚴家的官船上有你們這一號人？還有沈大公子，擒賊有功，可不得好好賞賜一番？」

一句話連消帶打，說得三人頓時臉色慘白，不住鞠躬作揖，唯唯諾諾著一句話都不敢說。

尤其是沈允，更是悔得腸子都青了。本想借嚴家人的手除去沈喬父子，哪裡想到借勢不成，反令得自己和知府公子交惡。

嚴宏哪吃過這等悶虧？之前自己是心懷不軌不錯，可說到底卻是一點兒便宜沒占到，還著了陳毓的道，明明自己才是更慘的那一個，倒好，他們還追著不放了！

當下咬牙發狠道：「好好好，我倒要看看，你又能把我如何？你爹是知府又怎樣，我爹可也是堂堂西昌府守備！」

一句話未完，一陣噠噠的馬蹄聲傳來，嚴宏忙回頭看去，臉上頓時一喜，跑在最前面的那匹馬上端坐的人，可不正是自己父親、西昌府守備嚴鋒？

他心裡頭一塊大石登時落地，忙不迭上前一步。「爹——」

陳毓循聲瞧去，那嚴鋒瞧著也就四十上下，鷹勾鼻配環眼，典型的武將容貌，只是這人周身上下卻少了些武人的英武之氣，反是多了股高高在上的倨傲。

府衙大門同時大開，身著四品官服的陳清和正疾步而出，待得瞧見陳毓，腳下不由一頓。

「爹。」一眼見得多日不見，陳清和身形更加清矐，陳毓明白，自己老爹怕是在西昌府任上做得頗為艱難，一時心裡又是激動又是心疼。

「你沒事吧？」即便眾目睽睽之下，父子倆不好太過親熱，陳清和終究忍不住快走幾步，瞧著兒子眼神之慈愛，便是旁人也都能覺察得到。

眾人頓時詫異得緊。實在是陳清和蒞任以來，展現在西昌府人眼前的一直是剛毅的一面，甚而之前好幾次和有西昌府土皇帝之稱的嚴鋒鬧得頗不愉快——

相較於嚴鋒身上明晃晃的英國公府標記；陳清和雖是知府，根基無疑卻淺薄了些，放眼朝中，根本連個靠山都沒有，卻敢二愣子似的和嚴鋒對上，實在太過狂妄。

而這般作風強硬的知府，這會兒竟是用如此柔軟的眼神瞧著自己兒子，當真讓所有人心裡一動——倒沒想到，這陳知府的軟肋竟是他的兒子嗎？

陳毓搖頭，尚未開口，陳清和已是轉過身來，居高臨下瞧著臺階下的嚴鋒父子。「既是原告、被告盡皆到了，那就公事公辦，咱們到大堂上說個清楚吧。嚴大人以為如何？」

嚴鋒沒想到，自己都到了，陳清和還擺出這麼一副軟硬不吃的模樣，竟是一點兒臉面都不準備給自己留。

都說知子莫若父，嚴鋒如何不瞭解這個兒子？在京城裡吃了那麼大虧，若非弟弟嚴釗在英國公面前還有些臉面，又親自央求到國公爺面前，嚴宏這會兒說不好早被扔到天牢裡去了。還以為他好歹能受些教訓呢，倒不料，竟是甫一來至西昌便惹出這般事來。

如果說原先還只是猜想，及至這會兒看清陳毓的容貌，嚴鋒立馬就知道自己還真是猜對了。

那邊嚴宏看嚴鋒臉色難看，還以為自己老爹的火是衝著不知好歹的陳家父子呢，猶自梗著脖子道：「哎喲嘿，真是給臉不要臉！還上公堂？以為爺怕了你們還是怎地？爺——呀！」

卻是嚴鋒已然抬起手來，朝著嚴宏右邊臉頰上就是結結實實的一巴掌。「孽障！我平日裡怎麼教導你的？到現在還沒個正形！」口中罵著又是一腳踹了過去，嚴宏慘叫著就飛了出去。

「這可是西昌府，哪裡是你能胡鬧的地方？丟人現眼的東西，還不快給我滾回府裡去！」

「爹……」嚴宏艱難的強撐著抬起頭來，猶自不敢相信剛才發生的一切竟然是真的。

「陳毓那個混帳害我——」

沒想到兒子這麼不上道，嚴鋒好險沒給氣瘋了。不待他說完，劈手捉住嚴宏胸前衣襟，抬起手來來回回搧了嚴宏五、六個巴掌，因是習武出身，又唯恐兒子再說出什麼貽人把柄的話，嚴鋒這幾下當真是用足了力氣。

到得最後，嚴宏整張臉已是腫脹如豬頭一般，除了嗚嗚著流淚，再說不出一句話。

嚴鋒終於停了手，早已恚怒不已，冷眼瞧著陳清和道：「陳大人可還滿意？哼！」

說完不待陳清和反應，便即揚長而去。

陳毓瞧著眉頭卻蹙得愈緊，這會兒如何還瞧不出，嚴鋒此人根本就是個剛愎自用、小肚雞腸的人，這樣的人，真是上一世那個忠肝義膽的嚴鋒？

正自沈吟，耳邊忽然傳來「撲通」一聲響，卻是王元兄弟及沈允，正抖抖簌簌的跪在自己面前。

方才親眼見到連守備大人都不得不服軟，三人早已是六神無主，互相對視一眼，齊齊來至陳毓身前跪倒，也不說話，就只是不停的磕頭，陳毓不發話，三人根本頭都不敢抬。

一直到頭破血流，陳毓才淡然道：「好了。你們走吧，只記得若要再做此助紂為虐之事，我必不輕饒。」

嚴宏都走了，再留下這些人又有什麼意義？沒得壞了爹爹的官聲，就得不償失了。

「小的再也不敢了。」王元抖著嗓子道，心裡暗恨，這陳毓年紀雖小，卻是當真歹毒，非得眼睜睜的瞧著自己磕了這麼多頭才肯善罷甘休。

王行跟著起身，卻是磕得狠了，猛一陣頭暈目眩。

沈胤忙上前，攙住王行一條胳膊。「岳父……」

王行再次甩開，恨聲道：「沈二公子認錯人了吧？我如何有這等福氣，有你這個好女婿?!」說著推開沈胤，跌跌撞撞的離開。

沈允勉強擠出一絲笑容，襯著他臉上的血，整個人益發狼狽。「二弟。」又膽怯的瞧著沈喬，可憐兮兮道：「大伯，剛才是允兒糊塗，犯下那等大錯，還請大伯念在姪兒年幼無知，莫要怪罪才是。」

陳毓和小七在旁邊站著，還真是佩服極了這沈允，當真是夠不要臉、夠無恥。

沈允只做未覺，依舊殷殷道：「大伯這麼久沒回來了，不然，回家住些日子？」

即便心裡恨不得虛元這會兒就滾，沈允卻絲毫不敢表現出來。只是這麼多年都不肯踏進家門，眼下自己客氣一句，大伯也依舊會拒絕的吧？

哪裡想到事與願違，盧元竟是點了點頭。「走吧。」接著當先朝著沈府的方向而去。

小七對陳毓點了點頭，便也跟了上去。

沈允的冷汗一下就下來了，雖是心裡暗恨，卻也不敢說什麼，愣了片刻，忙又小跑著追了上去。

數日後，沈家最大的依仗——藥材生意——不知惹了哪路神仙，紛紛被拒之門外；一直被奉為座上賓的沈允前往解決問題時直接被人丟了出來，使得沈家現任家主、二老爺沈木不得不親自出馬，奈何無論用盡什麼法子，依舊毫無半點起色。

一個月後，沈家家主易主，沈木一家被發配到了一個條件艱苦的小農莊，沈家家主之位交由盧元暫代。

至於沈胤的岳家王家，先是放出話來，無論如何不會把女兒嫁給一個破落戶、沒一點用的廢物，哪想到不過短短一個月時間，那個自己當初怎麼也瞧不上的毛腳女婿卻成了沈家偌大家業的唯一繼承人。

確認消息的第一時間，王行就遣了媒人來商討婚禮細節，卻被盧元拒絕，直接挑明沈家嫡子不可能娶一個上不得檯面的庶女。

王行又羞又愧，卻又不肯放棄這塊即將到嘴的肥肉，終是派了女兒出去，美人一哭一鬧之下，沈胤便堅定了娶王家女的決心，甚而說若然虛元不允，他寧願離開沈家。

虛元不得已，只得同意了這樁婚事，可誰也沒有料到，就在兩家高高興興準備結親時，卻爆出了王家庶女王淺語已有足足三個月身孕的特大醜聞！

——未完，待續，請看文創風447《公子有點忙》3

2016年9月出版

夫婿找上門

文創風 442～444

這世道，雖說寡婦難為，
可若撿到一個好男人回家當夫婿，
再憑著她這雙會蒔花弄草、種菜養果的好手，
日子還不經營得有滋有味？

筆鋒溫潤似玉，情思明媚若春／微雨燕

她一穿越就成農家寡婦，還附帶兩支拖油瓶在身旁，
上有婆婆要逼嫁，下有小叔在覬覦，
唉，這世道可真艱難唷！
可自從她救了這來歷不明的男子「溪哥」，風水就輪流轉了——
他自願做上門女婿，她又有發家致富的本領，
兩人攜手合作便能讓一家四口過上好日子。
無奈好景不常，堂堂郡主親臨便攪亂了一切，
更令她詫異的是，這枕邊人原來竟是名震西北的小將軍！
照常理說，從鄉里寡婦晉升為小將軍夫人應是喜事，
可她偏偏只想帶著孩子在村中過自己的日子。
如今兩人是道不同不相為謀，
既然能做半年開心的夫妻，和離時應該也能好聚好散吧？

2016年8月出版

文創風 439～441

一妻獨秀

重生於他的意義，只有一個——
再好好愛她一次，絕不錯過有她的每一天！

你儂我儂　唯愛是寶／芳菲

前世從小婢女升級許國公世子最寵愛的姨娘，卻糊裡糊塗死在世子夫人手中，
今生再次被賣為奴，阿秀忍痛決定——慎選主家，保住小命優先！
但她左挑右選，居然還是進了一心想把女兒送進許國公府當世子貴妾的商戶，
主子正是被寄予厚望的大小姐，萬一事成，她這個貼身丫鬟不就要跟著陪嫁?!
那遠離國公府、遠離世子爺、只想過平安日子的願望，豈不全化作泡影……

哭棺竟哭回了八年前，蕭謹言還顧不得驚嘆自己的神奇遭遇，
如今的當務之急，是依照記憶尋找讓他又疼又憐又不捨的阿秀，
上輩子沒能護住她已經大錯特錯，這輩子哪還能讓她「流落在外」、「無家可歸」？
雖然此時的她仍是個小姑娘，他也心甘情願養著她、等她長大！
可他來不及阻止她當別家丫鬟了，現在該怎麼把人帶回許國公府啊……

人生如潮，平淡是福／容箏

文創風
446

公子有點忙 2

國家圖書館出版品預行編目資料

公子有點忙 / 佑眉著. --
初版. -- 臺北市 : 狗屋, 2016.09
冊 ; 公分. --（文創風）
ISBN 978-986-328-635-6（第2冊：平裝）. --

857.7　　105012849

著作者　佑眉
編輯　黃暄尹
校對　黃亭蓁　許雯婷
發行所　狗屋出版社有限公司
地址　台北市104中山區龍江路71巷15號1樓
電話　02-2776-5889～0
發行字號　局版台業字845號
法律顧問　蕭雄淋律師
總經銷　知遠文化事業有限公司
電話　02-2664-8800
初版　2016年9月
國際書碼　ISBN-13　978-986-328-635-6
原著書名　《天下无双（重生）》，由北京晉江原創網絡科技有限公司授權出版

定價250元
狗屋劃撥帳號：19001626
網址：love.doghouse.com.tw　E-mail：love@doghouse.com.tw